스 토 리

흥행하는

글 쓰 기

The Tools of Screenwriting : For Korean Writers

/圖解/韓國影劇
故事結構聖經

韓國影劇征服全世界的編劇法則

오기환

吳基桓 著

郭宸瑋　譯

「寫作的生活雖然孤獨，
卻是唯一有價值的人生。」
──古斯塔夫 · 福樓拜（Gustave Flaubert）

「這本書獻給世界上
所有為創作故事竭盡全力的編劇。」
──吳基桓

鑿開文筆思路的魔法

　　許多人會大聲疾呼：「與其看一些自我成長的書，還不如利用那些時間好好生活！」可是，大家活著活著會發現，自己也在不知不覺間讀起那些有動人標題的勵志書，比如當你發現自己被書名是《根本不需要讀什麼勵志書！》的書吸引時，然後心裡忍不住一陣尷尬。

　　對於一直在創作的我而言，寫作書算是自我成長書籍。小時候，在想要寫出優美詩句的心情驅使下，我除了買很多詩集來讀，也偷偷買了幾本詩歌創作書來看，但裝出沒這回事的樣子。

　　如出一轍的模式也發生在小說創作書上，甚至連劇場的創作書也有。沒有我沒讀過的寫作書。即使知道自己看了這些書也寫不出什麼作品，卻仍抱著有可能實現的期盼，跳進誘惑之中。

　　一直到開始學習電影後，我暗自發願：至少在電影這個領域，絕對不要去讀那些號稱解開個中奧祕的指南書。然而，我必須坦承，雖然我下定決心要將自己奉獻給電影、親自解開關於電影的所有祕密，實際上在這二十餘年的旅程中，我依舊幾乎讀遍了所有創作類的寫作書。

　　這是為什麼呢？

這種「想要創作出什麼」的生活，就像被困在克里特島的迷宮[1]裡一樣，無法知曉自己應該走向何方，站在名為「寫作瓶頸」的銅牆鐵壁前，徬徨不已，受挫之後再重新邁出腳步，然後再一次被打擊，如此週而復始的刑罰人生，大概就是原因吧！

當然，如果我們登上天穹一探究竟，就會看見天際妝點著數以萬計的佳作。能夠幫助我們逃出迷宮的無數地圖，就近在我們的眼前，但光靠這些地圖，無法輕易撫慰那些被焦慮不安蠶食的創作者靈魂。最終，我們仍懇切期盼有誰能夠出現在我們眼前，將他手中握著的迷宮解析圖贈予我們，即使它是個只能讓我們向前邁出一步的一小片希望。

幾十年來，我一直祈禱著能夠出現會寫劇本的人工智慧，但這個期盼顯然還十分遙遠。也許是老天聽到我的心聲，我得知市場上出現升級版的寫作指導書《【圖解】韓國影劇故事結構聖經》，立刻求知若渴地吸收這套新穎的寫作祕方，以緩解我對於寫作奧祕的飢腸轆轆。雖然書裡看似都是我已經知曉的道理，當中卻充滿你我不知道的故事，也透過分析電影佳作考察其中每一個元素。這種樂趣填滿了這本書。只要我們將這些元素重新排列組合，也許就能夠砌出優秀的作品。偶爾讓自己盡情徜徉在這種幻想中，果然不是壞事。

正如同其他的寫作書，《【圖解】韓國影劇故事結構聖經》不是在講未來的故事，而是對於那些包裝美好過往的傑作所留下的美麗給予最高級的盛讚。未來所有動人的故事，必定是盛開在顛覆與背叛之中。歷史上大多數的名作都是在不同於普世期待的路線上誕生，也因此在飛逝的時光中留存下來、登上經典之堂。有趣的是，這些經典傑作也是將本書描述的那些過去的概念與原則全部都消化後，才在陌生的道路上開展出屬於自己的視野。

從這個角度來看，這本由韓國現職電影導演毫不藏私寫成的劇本寫作指南，對我們這些在「寫作瓶頸」迷宮高牆前亟欲逃出的忒修斯（Theseus）[2]們而

1　希臘神話中有一座禁錮牛頭人身怪物米諾陶洛斯（Minotaur）的迷宮，據說只能進、不能出。實際考古後，克里特島上確實存在一座米諾斯（Minos）文明的迷宮，內部路線曲折迂迴。
2　希臘神話中的英雄之一。

言，也許正是阿里阿德涅的線團³也說不定。

你知道嗎？只要輕輕拉一下那個線頭，它就會變成鑿開文筆思路的魔法，讓前路暢通無阻。

——電影導演閔奎東／代表作《她們的故事》、《妻人太甚》

3　希臘神話中阿里阿德涅（Ariadne）給予忒修斯（Theseus）的線團，幫助忒修斯走出迷宮，故後世常以「阿里阿德涅的線團」比喻解決難題的線索或方法。阿里阿德涅，克里特王國米諾斯之女。

決定寶物的位置與方向

　　對我來說，劇本就像在旅程出發之前必須準備的地圖一樣。我們尚未踏上旅途，也還沒選好能夠帶領我們平安抵達目的地的路徑。啟程之前，我們會想像這趟旅行是什麼模樣，也會為了爭辯哪一條路才是正確的，向旅行的同伴堅持自己的意見。討論過程中，我們偶爾彼此對立，偶爾各執己見、互不相讓，甚至讓領頭的人決定要取消這次的旅程。

　　但是，一段美好的旅行中最重要的東西，並非選擇什麼路線前進，而是旅行的目標本身。刻畫在地圖上的眾多寶物當中，我們必須清楚知道要尋找的是哪些寶物，以及它們對我們每個人來說具有什麼意義。為此，首先要確認寶物的正確位置，並且熟知地圖上的東西南北標誌。最後是，那個決定方向的人，必須讓一起上路的同伴對於目標也能產生共鳴才行。

　　當我們在路程中遇見江河，可以架橋過河，可以泛舟渡河，也可以步行繞過迂迴曲折的河流。我們是為了什麼目的、為了尋找什麼寶物，所以才踏上旅途──只要我們清楚自己的目標與方向，那麼該用什麼方式前進，就一定會鮮明地出現在眼前，我們也就不必再為哪條路才是正確的而爭吵不休。

　　在名為「劇本」的地圖上，決定寶物位置與方向的最重要元素，是主要情節。當主要情節不夠明確，那麼不管選擇什麼路線，都沒有辦法到達目的

地。不論地圖繪製得多精美、路線規畫得多華麗，也只會讓人覺得眼花撩亂，無法發揮地圖引導旅人的原本功能。這就像我們在吃飯的時候，無論菜餚有多麼豐富美味，假如生米尚未煮成熟飯，大家都沒辦法開動。電影也是如此。如果主要情節沒設計好，就算其他元素再怎麼出色，那部電影也絕對無法順利發揮。

從這個層面來看，《【圖解】韓國影劇故事結構聖經》一書中考證並確立故事構成的多項觀點與理論，可以讓初次動筆寫作的編劇鮮明地看見屬於自己的寶物。新手冒險者很容易在琳瑯滿目的寶物中迷失自我；我希望各位讀者能夠透過這本書，完成尋找屬於自己的寶物之訓練，並熟悉閱讀地圖的方法。這一定會是一段愉快又幸福的旅程。當你抵達目標後暮然回首，會發現自己一路走來的歷程就是你該走的、屬於你的道路。

——電影導演申言植／代表作《一勝》、《東柱》（腳本）

目次

序言

你好，我是《【圖解】韓國影劇故事結構聖經》的作者吳基桓。在你們懷抱著熱情開始閱讀之前，讓我真心地歡迎你們所有人。此外，也非常感謝你們。為了讓讀者覺得買下這本書是一個正確決定，我會盡自己最大的努力。

翻開本書的各位，也許是以電視編劇或電影編劇為志向。倘若不是此二者，那麼或許是想系統性研讀電影劇本的影像科系學生，或是在忙碌的日常生活中也想擠出時間來嘗試寫劇本的社會人士。撇開各位現在做的工作，以及各位的國籍、種族、性別，大家都是喜歡各式各樣故事、對電影或電視劇劇本感興趣的人。

首先，我想告訴各位，你們做了一個非常棒的選擇。本書涵蓋了所有與故事相關的內容，廣泛且深刻。因此，無論各位讀者正在為哪個部分苦惱，我相信本書都可以提供你們一些線索或解決方法。

現今韓國的電影或電視劇產業中，最強大的部分是哪一塊？
在遊戲或網路漫畫產業中又是什麼？

不管在哪個領域，如果是以販售內容為主體的經濟領域，它的重心一定

是「內容」。再者，內容的本質就是「故事」，因此在內容主導的經濟產業裡，最強有力的部分就是編劇。所以我可以說，各位現在打算前往的方向是一條正確的道路。

不過，各位是否好奇即將透過這本書與大家一同前往「故事創作者之路」的人是誰呢？我是個電影導演，同時也是一名編劇。至今為止，我是從事電影劇本創作的編劇、傳授電影劇本理論的電影系教授，也是審閱劇本的劇本醫生。我累積了許多經驗，讓我可以在故事相關的各種問題上，提供屬於我自己的答案。

撰寫這本書的契機是因為過去二十餘年來，我讀過無數的故事創作指南，卻從未找到能夠讓我心服口服的答案。於是我在某個瞬間終於領悟到，要在別人的書裡找到屬於自己的答案，也許就是一個錯誤的方法。

別人的書裡，有的只是「那個人的答案」而已。讀者閱讀到的是作者的答案，而如果讀者沒辦法對作者的答案產生共鳴，要找到屬於自己的答案就非常困難。因此，我下定決心要找出「屬於我自己的答案」。後來即使被困在知識的迷宮裡，我也從未屈服，為了找到答案而鞠躬盡瘁。最後，我終於找出一個適用於任何媒介的故事創作公式。這也意味著，我找到「屬於我自己的答案」。

為了找到故事創作的公式，我下足了功夫，歷經艱難而無趣的過程，累積所有相關知識，再將它們全部集結在這本書裡。這當中，我只呈現最客觀的理論和經過檢證的經驗給各位讀者，都是在故事創作過程中可以立刻派上用場的實用內容。我創造的這本書，可以讓各位一直放在電腦旁邊，每當你在創作中遇到瓶頸，就可以翻開書本找到答案。

「創作故事」這件事，就像在創造一個全新的世界，這並非容易的事。不像製造業的產品製造，它沒有一個明確的起頭與結尾。任何人都可以在任意時間、地點，以任何方式開始他的故事，同時也無法預知他會在何時、用怎樣的面貌來結束故事。可是，各位只要能夠確立方向、定下開始與結束，你的故事就能夠順利從開頭走向結尾。

我會「坐在」各位讀者的身邊，陪著你們在這條路上奔跑到盡頭，並給

予聲援與協助。請各位把我當成「領跑員」[4]。我非常了解這條道路，不光是我已經在這條路上奔跑過無數次，而是至今仍每天孜孜不倦地在這條路上重新起跑。只要各位讀者向我發出「我準備好了」的信號，我們現在就能立刻出發。

4 長跑賽事中的一個人員配置，負責協助跑者順利進行賽事，同時安撫跑者的心理狀態。

如何閱讀本書

本書的構成

第一章〈故事的理論〉，簡單整理出目前現有的故事創作理論與寫作方法書籍。我想從中指出的是各種不同的理論書與寫作書中，從它們各自擁有五花八門的視角裡，我們應當能夠找出一個公分母，也就是尋找故事理論的基本要素。我在本章中整理出所有故事創作理論家不約而同提出來討論過，而且貫穿整個創作過程的必要元素。羅伯特・麥基（Robert McKee）、大衛・霍華德（David Howard）、希德・菲爾德（Syd Field）這些劇本創作理論領域的先驅者，在他們自己的著作中展示了獨有的理論與功能，並且各自提供了特有的解決方案。只要了解他們之間的差異，對於整理出故事創作的概念就能產生極大的幫助。

第二章〈情節〉與第三章〈主角〉，將延續故事的基礎理論。從第四章〈公式的概念〉到第七章〈公式的應用〉為止，將說明故事的內在循環。我將在其中說明並應用支撐故事世界的「情節三角」、故事「布局」與「高潮」的因果關係、攻擊點1與3的關聯性，並在最後證明故事是一個活生生的有機體。

第八章〈類型的規律〉，我將說明世界上的故事分別具備怎樣的特色與

構造，並進一步解釋不同的類型會呈現怎樣的樣貌，又會以何種形式去編排故事。如此一來，各位讀者得以熟悉愛情片、人性劇情片、運動／體育片、恐怖片、動作片等各種類型下各式各樣的基本敘事原則。此外，各時代青睞的故事種類有哪些？不同時代下的故事呈現型態產生了怎樣的變化？今天，影視產業領域喜好的類型又是什麼？對此，我也將一一說明。

第九章〈故事的創作〉、第十章〈創作的順序〉與第十一章〈各類型故事的寫作〉，我會說明故事創作的整個詳細過程，列出創作的每個過程中需要確認的地方，讓各位輕鬆地具體化故事創作的整體流程（為此我不斷地嘗試與反覆琢磨），也更明確地展示創作的各個過程是如何有機地建構起來。

故事不是可以量產的製成品，而是有機體，或者說是生物體，以生命的形式誕生在世界上。我在說明故事誕生的原理與構成要素的同時，也會向讀者傳達我心目中的完整故事創作體系。我在這三章裡下最多工夫的地方，是其他故事創作理論家或寫作技法書從未告訴讀者的，那就是：「理論」與「創作」之間的連結。

換句話說，我想在這本書中證明「只要學了，就能動筆寫出來」這個單純的命題。

本書的內容也包括故事創作方向的未來預測，以及影視產業的實際狀況。讀完本書之後，我很確定各位讀者心裡一定能夠找到屬於你們自己的答案：「原來所謂的故事，就是＿＿＿＿啊！」

本書特色

結構 vs. 台詞

「成功的故事是什麼樣子？」、「我想要透過這本書傳遞的訊息又是什麼？」我一邊企畫這本書的內容，一邊苦心思索，得出的結論如下：故事的核心就是結構。我認為，要正確理解故事本質的最簡單道路，就是去闡明故事的基本結構。本書從故事的基礎出發，專注於探討支撐故事的敘事結構。

　　威廉・戈德曼（William Goldman, 1931 − 2018）的《虎豹小霸王》（*Butch Cassidy and the Sundance Kid*, 1969）贏得了奧斯卡金像獎最佳原創劇本獎，《大陰謀》（*All the President's Men*, 1976）則贏得奧斯卡金像獎最佳改編劇本獎。不僅如此，他還寫出《霹靂鑽》（*Marathon man*, 1976）、《戰慄遊戲》（*Misery*, 1990）等諸多劇本，是一位偉大的編劇。如果問他，劇本中最重要的三個元素是什麼，他會回答如下：

　　「第一結構，第二結構，第三還是結構！」

　　戈德曼的看法，我百分之百同意。我絕不是要貶低台詞與畫面指示[5]的重要性，但如果要說明故事的本質，我會選擇從結構著手。因此，本書是透過

5　劇本中基於表演需求，提供導演或演員的說明性敘述。

結構來說明故事的本質。

好萊塢電影 vs. 韓國電影

故事創作理論的領域中，幾乎沒有書籍是從韓國人的視角出發，闡述以韓國為主的理論，發揚韓國特有的敘事手法，在市場上產生影響力，反而絕大多數是外國人寫的西方理論書籍，分析的劇本也多是好萊塢的電影文本。這些外國書籍至今仍在學界廣泛應用，這是因為在韓國，大多數好萊塢電影都會跟美國同步公開、上映，因此以好萊塢電影為主要素材與範例的教材，都可以被韓國教育體系毫無反抗地接受。

不過，如果把這些西方理論從教育場域搬到拍攝現場的話，會發生什麼事呢？如果依據他們的理論來創作電影劇本、電視劇台詞，會在韓國獲得投資人的青睞嗎？我不禁產生這樣的疑惑。因此，比起去分析好萊塢電影或影集，我應該以韓國的電影與電視劇作為本書的基底。本書是以韓國影視產業為基準，再透過名為韓國的窗戶去眺望整個世界。倘若各位讀者未來打算在韓國從事影視相關行業，一定能帶來許多幫助。

如果你平常大多看好萊塢電影，或是每天在 OTT（Over-the-top）影音串流平台上看外國影集，可以試著從我上面的想法出發閱讀此書。

為什麼外國人喜歡看韓國電影與電視劇？

希望各位能夠跟我一起解開這個問題。與目前為止的學習方法相反，倘若在了解韓國式的故事創作理論與方法後，將我們的視線與公式套用在好萊塢電影上進行分析，又會是什麼結果呢？在故事創作的領域，我們也以韓流證明了「韓國式敘事」是存在的。舉例來說，《寄生上流》（2019）便證明了韓國式的故事可以跟全世界產生共鳴。

分析論 vs. 創作論

本書會將重點放在如何實際創造一個故事。它想告訴讀者的，不是只能存放在腦袋中的理論，而是能夠透過雙手創造出實際作品的方法。我讀過成千上萬本書，也聽過數不清的故事創作課程，雖然我因此獲得許多理論知識與資訊，卻很難藉由這些理論創作出真正的作品。我心裡不斷浮現這個想法：「就算我盡可能去學習創作理論，創作卻還是很不容易……」

　　「你已經學會故事創作理論了，現在開始創作你的故事吧！」

　　學習故事創作到最後，都會看到這樣的話。可惜的是，我們找不到先伸出手握住學生、一起往前走的書籍或課程。這或許有點像那種「告訴我數學公式，卻沒有告訴我練習題解析」的感覺？老實說，我每次都會出現這種感覺。因此，每當我翻到寫作技法書的最後一頁，內心都會覺得空虛不已。這一次，我想試著成為率先伸出手的人。當各位讀者對故事有所了解時，我會在大家的耳邊輕聲說：

　　現在，要不要一起動筆寫寫看？

　　如果各位已經做好心理準備，只要勇敢地往你的作品奔去就好；如果你還沒做好準備也沒關係，可以再把這本書重新讀過一遍。

　　與我同行時，因為我也讀過許多前輩寫的書籍，因此我們之間也許會有一些共通的感覺。屆時，希望各位可以跟我說。無論你們向我提問多少次，我都會再次為各位說明。

　　這本書中，隨處都可以見到路標和告示牌。這是我走過許多次的路程，所以在那些可能會讓讀者迷路之處，我都會設定一個路標；在那些讓我迷失方向、使我無措又迷惘之處，我也會畫下一個箭頭符號；在那些曾經讓我因為不知終點何在而心生放棄念頭之處，我會寫下路途還有多遠的提示。

雖然沒有地圖很難抵達終點，但是有這些路標與告示牌，任何人都能夠走完全程。

電影 vs. 其他影視

本書列出的範例，大多為韓國電影。此外，其中或多或少也會提到一些韓國電視劇與綜藝節目，因為不同的媒介／載體，故事的原理應用也幾乎完全相同。不同的故事載體為因應不同格式，也只是要素的配置方式稍有不同而已。所以，透過電視劇，也可以說明故事的基本理論；綜藝節目，也能拿來談主角的功能與任務。只不過，如果有人問：「解析故事的固定模式時，最有效的文本是什麼？」從份量與密度來看，最有效率的文本是電影劇本，所以本書中我將以電影為主軸進行說明。

就像一部電影的時長大多為兩小時，一集電視劇大約七〇分鐘左右，這本書也有既定的篇幅限制。一部十六集的電視劇，即使只是分析其中幾集，也會占去本書一半以上的篇幅，因此從效率層面來看，電影還是我的最佳選擇。但必須以電視劇或綜藝節目來說明時，我也會稍微提起。

原創 vs. 改編

在電影院放映的電影中，有多少部是原創劇本？電視劇中又有多少呢？以電影來說，比如鋼鐵人、蜘蛛人這類漫威英雄的電影，本來就有原作漫畫或原著小說。電視劇的情況也差不多，即使劇本本身是原創，也有把在國外放映或播出過的同名作品搬過來的情況。那麼，各位未來想寫的作品比較多是原創故事，還是其他作品的改編比較多呢？

覺得不太清楚嗎？

那麼我換個問法：各位是想成為「創造」原作的編劇，還是「改編」原

著的編劇？前面那個問題的答案可能很模糊，後面這個提問的答案就會很清楚。絕大部分的編劇，都想要創造屬於自己的原創故事，這是編劇的本性。我先說，本書適合想以創作原創作品為目標的人。原創作品與改編作品的創作方式不同，畢竟，從無到有創造出一個全新的東西，跟再次創造一個已經存在的東西，怎麼可能會一樣？

論文 vs. 模擬試題

雖然我擁有電影相關的學位，但我不是學者，而是在拍攝現場工作的電影導演。這本書也不是論文，硬要說的話，可能比較像前輩偷偷遞給可愛後輩的「模擬試題」之類的東西吧？這份模擬試題中，不只有答案，而是將目前為止的考題進行定量分析，用機率與統計的方式分門別類後，推測這次的考試內容會怎樣出題——本書是類似這樣的前輩給後輩的解析。

　　對多個作品進行定量分析，將其仔細地分門別類，然後經過機率與統計的分析之後，最後再附上我的分析。對於「這個應該這樣分析才對吧？」、「距離提出第一個問題已經是那麼久之前的事了，現在問題的趨向應該多少改變了吧？」等問題，該汲取本書中的部分內容，還是全盤吸收本書的知識，這些都任憑各位選擇。

肉 vs. 骨

本書著重的並非「故事的肌肉」，而是「故事的骨架」。比起油脂滿載的美味故事，在這些脂肪下面撐起這些故事的堅硬骨骼，才是我想要分析的重點。我們往往津津有味欣賞電視劇與電影，卻不知道那些故事情節是位於結構的哪個環節、用什麼形式出現、呈現什麼型態。當你透過本書理解了「故事的骨架」，往後在面對緊湊的故事時，便能夠知道該在哪個部位、如何用創作的刀刃下刀，削去堅硬的骨，獲得美味的肉。在這個過程中，你會了解該如何重新建構故事。

我認為故事的骨骼型態是長這樣的：

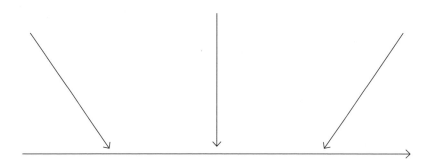

覺得看起來很奇怪嗎？

　　如果是第一次看到故事的骨架，覺得奇怪是很正常的事。任何電影與電視劇的故事中都有骨架存在，在仔細地剔除故事的肉後，如果你以前沒看過當中的骨架，當然會對它覺得很陌生。

　　雖然我之後會在本書中仔細說明，但如果各位想先一睹故事骨架的模樣，可以看看你正在追的十六集電視劇的第四集、第八集和第十二集。如果你最近看的是時長兩小時的電影，就去看第三〇分鐘、第六〇分鐘和第九〇分鐘的段落。

什麼都看不出來嗎？各位，這個世界的真相，本來就是知道多少，才能看到多少。你只要敞開內心，接受眼前展開的全新世界，就一定夠看得見其中的真相。請不用擔心！

　　以上是本書的特色介紹。除此之外，本書中還有一些與現有的寫作技法不一樣的獨特觀點。請各位直接閱讀這本書，自己找出這些不同之處吧（敬請期待）！

　　故事創作的世界既寒冷又孤獨。它不是一條可以悠閒散步的路，更像是

獨自靠著繩索、必須不斷往上攀登的山路。不過，這條寂寞又冰冷的路途盡頭，有滿溢著牛奶與蜂蜜的土地正在等著各位。相信我。「希望」永遠隱藏在「絕望」的背後，正等著各位的到來。

　　故事創作之路，現在開始出發！

第 1 章
故事的經典理論

各位上過多少跟故事創作有關的課？又曾經創作過多少故事？

　　故事，實在是個不容易搞懂的東西。真的非常困難。雖然司法考試和高普考也很困難，但這類考試都已經定好考試範圍，只要在出題範圍內好好念書就可以。相反地，故事的開始與結束都沒有固定（等於沒有範圍），連考題會出自哪裡都不知道。此外，「考試」的結果，也就是故事創作的成品，也沒有任何人可以給出標準、明確的分數。

　　如果故事創作的世界能像樂高的組裝方法一樣，可以展開來讓人一目了然看清楚，那該有多好？作為長久以來一直在學習如何寫故事的人，我認為這是人類想偷窺造物主絕對領域的貪慾。創造的世界，是人類無法侵犯的神之領域。

　　所謂的「作品」，沒辦法被定量、定律創造出來。雖然任何人都可以起頭寫一篇故事，卻沒有人可以事先預知它會在何時、哪個瞬間、以哪個程度完成，或是以何種水準被寫出來。因此，寫作的人才會發出哀怨的告白：我正在寫的故事不知道會怎麼結束。

　　創作故事跟煮泡麵不同。簡單來說，故事不像泡麵。我們可以簡單地將泡麵煮好，再輕鬆吃光泡麵。我們可以用同樣的器具煮同樣口味的泡麵，並且煮出同樣的味道。但是，故事的創作方法跟煮泡麵不一樣。

　　泡麵跟故事在本質有什麼不同？

一、泡麵是肉眼可見的食物，故事卻沒辦法用肉眼看見。

二、煮泡麵只需要三分鐘就很足夠，故事的誕生卻至少需要一年到
　　三年如此漫長的時間。

三、泡麵的味道就算讓一千個人來煮，味道都差不多，但一千個人

利用相同的素材來撰寫故事，會出現一千篇不同的稿子。

　　從開始學習寫故事，我們就必須了解：故事不是泡麵。我們學習故事的創作，跟學如何煮泡麵是天差地別的不同。我們也必須明白，故事創作的奧祕沒那麼容易被找到。就連創作的祕訣，也可能因人而異。大家學習寫故事的起點或許是一樣的，終點卻各不相同。雖然我也不想承認，但有些人確實無法到達那個終點。

　　即使如此，你也得承認，正是因為有這麼多困難之處，故事創作才會有這麼大的魅力。也許正是因為這條路不容易，我們才會選擇這條路。從現在開始，我們要去觀摩那些比我們率先踏上創作之路、還在這條路上前行的若干前輩們走過的旅途。我不會只是敘述他們筆下的故事，而是會同時將一些我自己深受感動的部分，以及我對這些故事的看法補充在本書中。

　　我也希望，各位可以在讀了本書後，嘗試整理出自己的想法。畢竟，嶄新的事物往往是以全新的視角去看現有的事物，才得以被創造出來的。

《故事的解剖》

　　羅伯特·麥基在電影《蘭花賊》（*Adaptation, 2002*）中以本名登場，他的著作《故事的解剖：跟好萊塢編劇教父學習說故事的技藝，打造獨一無二的內容、結構與風格！》（*STORY：Substance, Structure, Style and the Principles of Screenwriting, 1997*）道出「衝突是故事的核心」宗旨，直到今天仍是許多人探求故事真理時精讀的書，我也拜讀過。可是，比起這本書中出現的「節拍」（Beat）[6] 或是「原型劇情」（Archplot）[7]（傳統的、理想的結構），我更想將本書緒論中的章節介紹給讀者。

　　「本書說的不是規則，而是原理。」
　　「本書說的不是公式，而是普世皆同、歷久彌新的形式。」
　　「本書說的不是輕忽觀眾，而是尊重觀眾。」
　　「本書說的不是複製，而是原創。」

　　該書緒論裡的八段文字，這四句話對我的影響最為深遠。就算在本書的

6　一個場景中，最小的結構要素。
7　在麥基的理論中，代表一種故事「經典設計」法則，主張故事中必須以一名主動的角色為核心，主角與主要來自外部的敵對力量進行對抗，以追求自己的渴望。

序章加入這些內容也可以，因為我百分之百認同這些話。

　　我打算這樣總結上面的四句話。

「本書說的不是規則，而是原理。」

沒錯，我也想透過這本書，匯集我至今所累積與故事相關的知識，對這些理論知識進行分析，從我個人的主觀角度去解釋，並傳達給所有讀者。然而，我不希望這些內容成為束縛讀者的規矩，也無意將理論變成硬性規定來限制讀者的思考。我只是想提供一些在創作的道路上可以倚靠的原則。我在本書整理出大部分可供參考的理論，但如果讓各位覺得有些主觀或獨斷，我會在後面說明充分的理由與脈絡。

「本書說的不是公式，而是普世皆同、歷久彌新的形式。」

本書的前半段，我會列舉並說明這世界上關於故事的理論，後半段則整理出一套故事的公式。這道公式乘載著故事的原型，並充分表現所有故事的架構。我希望這個涵蓋公元以前乃至現今所有故事普遍型態的公式，能夠與各位讀者的創造力形成相互映照的標準與尺度。

　　對編劇而言，想像力與創造力是最重要的資產。透過編劇的想像力與創造力所呈現的故事，其故事水準能否被觀眾接受，尚未有一套客觀的驗證基準與規定。因此，當一部作品問世時，編劇的基準與社會的基準產生衝突是常有的事。我一直認為，制定一個在某種程度上解決這個衝突的基準是必要的。倘若各位願意使用我創造的公式來檢視自己的故事，那就太好了。我的故事公式裡，涵蓋了創作者的主觀與觀眾的客觀之間有所衝突時能夠協調並平衡彼此的普遍準則。當然，這個公式沒有強制性。

「本書說的不是輕忽觀眾，而是尊重觀眾。」

一般的創作者是非常主觀的，換句話說，就是非常自利；另一方面，觀眾則是非常客觀，換句話說，就是非常無私。而寫作這件事，通常都是既主觀又

自利的編劇，為了客觀又無私的觀眾寫成的，而且還想要獲得這些客觀又無私的觀眾的正面回應。非常不容易，對吧？

　　我能夠理解作為編劇的各位，但也認同一般的觀眾。說好聽一點，就是我擁有較寬闊的視野，因為我在學校教授許多課程，也有許多在拍攝現場的工作經驗。因此我想做的是，站在編劇與觀眾的中間點，不用傷害各位讀者的主觀性，也能夠以客觀性的無私角度給予寫作的建言。讓各位讀者的創作成果，有朝一日能夠出現在實際的拍攝現場。這就是本書的終極目標。

「本書說的不是複製，而是原創。」

在學習創作過程中獲得的知識，未來會被用來寫出你精心打造的故事。也就是說，這些從外部獲得的知識，不是為了讓你套用來說出你的故事，而是為了幫助你「不重複自己」。換句話說，我們不該將習得的知識用在「習慣性思考」上，應該將它用在「獨創性思考」中。跟故事創作有關的所有理論，都不是為了成就複製與複習，而是為了闡述獨立與獨創的東西。請不要忘記這一點。

02

《劇本指南》與
《劇本大師》

「某人為了完成某件事而付出極大的努力，卻難以達成那件事。」

「這種戲劇性狀況是每一場好戲的核心，也是所有優秀故事中最關鍵的要素。」

這兩段話出自好萊塢編劇兼劇本創作講師大衛‧霍華德的兩本書，是對我來說影響最深遠的兩段話。

我很慶幸自己能夠在閱讀《劇本指南》（ _The Tools of Screenwriting: A Writer's Guide to the Craft and Elements of a Screenplay,_ 1995）與《劇本大師》（ _How to Build a Great Screenplay: A Master Class in Storytelling for Film,_ 2004）時，發現了這兩段話。多虧它們，我才能獲得關於主角與情節的思考線索。

我將其整理成下頁的圖解：下面兩個圓圈是主角的行動大綱（Action Line），上方的圓圈則是敵對者擔任的角色與作用。

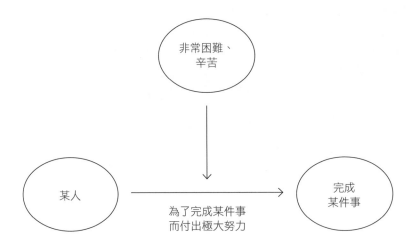

「某個人正在努力完成某件事，敵對者出手阻撓這件事的進行」。這段話點出故事的原型（prototype）。閱讀《劇本指南》與《劇本大師》兩本書讓我得出這段話，經過一番分析後再將它圖表化，得到上面這張圖解。本書後面出現的「吳基桓公式」的基礎圖形，就是從這兩本書收獲的概念。我對創作的態度也是如此。《劇本大師》的前言，出現下面這段文字：

「『劇本創作，說到底可以概括為編織一個故事』，它很類似我們說『建築就是組裝鋼筋骨架並焊接結合』。當中，金屬骨架是非常重要的部分；如果這裡出現問題，巨大的建築就會倒塌。但真正在使用這棟建築的人，不會看到這些結構。現代建築的設計中，有些會刻意露出建築的結構，但那不是建築本身的骨架，而是設計的元素而已。而且最重要的是，觀眾不太把它放在心上。但如果它完全沒有結構，觀眾也不可能無動於衷。」

故事創作的根本，是由創作基礎堆砌而成的骨架結構，這是所有人會認

同的事。不過，讓我產生更大共鳴的是以下這句話：「但真正在使用這棟建築的人，不會看到這些結構。」

創作過程中經常讓我們倍感挫折的理由，就是寫作時沒有一個可以遵守的準則。當你在創作與學習過程中不斷經歷失敗與困難，會讓人不禁開始懷疑：這世上是否真的不存在關於寫作的提示、知識或祕訣？世界上大部分的事情都有執行的設計圖可以參考，同樣是藝術領域的音樂創作，也有像是五線譜之類的圖像或和聲學理論可以參照，那為什麼創作這件事，沒有任何能夠幫助創作者的基準或規律呢？大哉問。

另一方面，我也開始感到好奇：這世上明明沒有關於創作的標準知識或資訊，為什麼就是有人可以輕鬆寫出劇本的草稿？也許有人會主張創作既是一種藝術，也是一種個人天賦，但我不認為這是單純個人天賦的問題。先不論藝術上的完成度如何，寫作不存在一個完成它的固定形式或程序，這才是我想討論的問題核心。因此我在想，也許故事當中存在著某種知識、資訊或是某種公式是我不知道的，下定決心一定要把它找出來，不斷進行關於故事的研究。當時，支持我上述想法的就是這段話：「真正在使用這棟建築的人，不會看到這些結構。」

各位讀者都清楚知道自己所在之處的建築構造嗎？各位大概無從得知，也不想知道，對吧？雖然只要看到設計圖，就能夠快速得知建築的結構，但大部分的人都不會特別去看。因為即使不知道建築的結構，對生活也不會產生障礙。故事也一樣。觀眾完全不知道故事的結構，也沒有必要知道。不過，建造建築物的建築師與創作故事的編劇，必須對自己打造的建築與故事結構一清二楚，如此一來，建築工程才能有完工的一天，故事也將迎來它的完結。

這個答案，我會在第四章〈公式的概念〉裡更加詳細說明。

03

《實用電影編劇技巧》與 《電影編劇創作指南》

　　希德‧菲爾德的著作《實用電影編劇技巧》（*Screenplay: The Foundations of Screen-writing, 1979*）與《電影編劇創作指南》（*The Screenwriter's Workbook, 1984*），讓我掌握到自己這本書的理論基本架構，因此我有很多東西想跟大家分享。雖然它們讓我收穫良多，但現在我已經打開新的世界，想法上有許多改變，因此跟希德‧菲爾德的理論出現了分歧。研究這兩本書的內容與我的想法之間的差異，我相信可以成為很棒的催化劑，提供各位讀者全新的思考方向，並擴張思考的維度。

　　希德‧菲爾德告訴我的理論如下：

學習過劇本基礎的人，應該都很清楚「三幕劇結構」與「中間點」的理論。希德‧菲爾德主張，在第一幕與第二幕結束之前，存在著引導劇情得以進行到下一幕的情節點。雖然我同意這個整體概念，卻不能認同當中的細節。

首先是「中間點」。希德‧菲爾德在後來的《電影編劇創作指南》中，新增了第一本書《實用電影編劇技巧》中沒有的「中間點」概念。這個概念主張「『中間點』是戲劇行動的連結點，連結第二幕的前半段與第二幕的後半段」，但這與我所認為的「中間點」稍有不同。所有故事都是以一種有機的形態連結起來的，所以我不認為中間點的功能只是單純連接第二幕的前、後而已。我認為的中間點，是在本質上妨礙整個故事進行的時機點，也就是安排主要敵對者、讓它可以折磨主角的地方。

其次是「情節點」的位置與機能。希德‧菲爾德在書中分析已上映的電影，並仔細說明了「情節點」。乍看之下，他的理論十分適切且合理。我在閱讀這兩本書時，也毫無抗拒地接受了這個理論。問題出在創作的時候。已經完成的作品，只要打開電子檔案或是紙本劇本，我們就可以看到全部的文本，並輕易對其進行分析。但是創作時不一樣，編劇必須從「什麼都沒有」開始創作出「某些東西」。這意味著，我們需要的不是分析的理論，而是創作的理論。

如果你有一定程度的創作經驗，我相信你對於在凌晨兩點鐘經歷的創作瓶頸，肯定可以產生 1000% 的共鳴。請各位試著回想自己停滯不前的凌晨兩點鐘，那個宛如地獄的地方。即便如此，希德‧菲爾德也沒有在他的書中提供這些陷入地獄、無法自拔的創作者如何逃脫這艱困時刻的方法。該怎麼安排情節點？連接情節點的公式是什麼？要怎麼知道那裡是情節點？——等等，這些資訊都沒有。因此我得出一個結論：分析現有作品的理論，以及創造新作品時需要的理論，是完全不同的。

我前面提到，故事是一個生命體。所謂的「情節點」，不是在特定的點上為了發生而發生，而是故事開始後，透過內部的動力自然而然產生的。因此我無法同意情節點只是基於「那個地方應該是情節點」而存在那裡。但我

同意它應該是在第一幕結束時，由於某個事件而發生。它不該是人為創造出來的，而是在你開始闡述整個故事的那個瞬間自然生成。我不認為骨架會在創作故事的時候突然自體進化，長出本來沒有的骨頭。

我與希德・菲爾德在思想上最根本的差異是在情節方面，這是故事的最基本要素。至於主角方面，我的看法和他完全一致。以下從他的書中擷取的句子。

「行動就是主角。」

希德・菲爾德在《實用電影編劇技巧》中說明登場人物，並提出了「行動就是主角」這個重點。我對這個說法產生極大共鳴。各位現在正在閱讀的《【圖解】韓國影劇故事結構聖經》一書中，最重要的兩個關鍵字就是「行動」與「計畫」。前者指的是主角，後者則意味故事的情節。故事裡登場的人物（主角）以自身的行動來展現他的身份。如果主角沉默無語、靜靜地待在原地不動，我們就完全無法進一步了解他。

想像一下：一間病房裡有六個人穿著病人服，其中一人開始講起自己在住院之前從事什麼工作。此時，我們能夠透過他的話確實了解他是做怎樣工作的人嗎？我們無從得知。可以讓我們進一步了解他的工作的並不是話語，而是他日常工作的實際畫面，只有看到這些畫面才能讓我們相信。舉例來說，假設他穿著病人服，說自己本來在證券公司上班，每天處理二〇〇億的交易，也許我們可以想像出大概的樣子，但也可能會產生「他會不會在說謊？」的疑惑。這時，如果讓我們看見他穿著西裝到證券公司上班、盯著螢幕進行證券交易的畫面，那又會如何呢？像這樣，比起話語，行動更適合用來呈現一個人。動作（Action）是故事基本原理中最重要的部分。

讓我們再次回到六人的病房中。現在開始，各位將暫時擔任導演的角色，並想像自己在拍攝下面這個場景，也就是該人講述自己工作狀態的場景。

一 病房中，六個人聚在一起。

— 他們看起來都了無生趣。

— 其中一人徐徐開口說：「這病房間裡的氣氛實在太冷清了，所以我先來一段自我介紹吧。我在某某證券裡上班，每天要經手二〇〇億的交易量⋯⋯（省略）」

— 其他人聽著這個人說話。

還有其他可以拍攝的畫面嗎？除了說話的人與傾聽的人之外，我們想不到其他可以拍攝的畫面。接下來，我要在當中加一些動作。

— 病房中，六個人聚在一起。

— 他們看起來都了無生趣。

— 其中一人徐徐開口說：「這病房間裡的氣氛實在太冷清了，所以我先來一段自我介紹吧。我在某某證券裡上班，每天要經手二〇〇億的交易量⋯⋯（省略）」

— 其他人聽著這個人說話。

— 他說話的同時，insert 證券公司的工作場景：忙碌的日常生活、專注地盯著螢幕、買賣證券的緊張感、成功與失敗時的樣子等。

— 從回憶的畫面切回現實，他向身邊的人展示手機裡面儲存的照片，接著說：「這些是當時拍的照片，工作真的非常辛苦。」

— 其他人點頭表示理解。

加入「動作」後，我們對他的工作、職業的理解度都有所提升，可以拍攝的內容也增加了。比起登場人物只用言語來表述自己，利用展示照片的行動可以讓人更了解這個角色，所以我們說「行動就是人物／角色」。另外還有一個出自希德・菲爾德的句子，帶給我很大的影響。

「你只能選擇一個人作為主角。」

一個故事裡會有許多角色登場，比如《瞞天過海》（*Ocean's Eleven*, 2001）或《神偷大劫案》（2012）這類的電影。這種電影會讓觀眾感到混亂，不曉得誰是真正的主角。這時，要判斷誰才是主角，希德·菲爾德是這麼說的：

> 「《虎豹小霸王》的主角是誰？是布屈[8]（保羅·紐曼〔Paul Newman〕飾），因為這個角色是做決定的人物，在劇中負責制定計畫。布屈走在前頭，日舞小子[9]（勞勃·瑞福〔Robert Redford〕飾）跟隨在後。一旦確定誰是主角，你就能多方探索、找出一套方法來描繪立體且完整的人物了。」

　　對此，我百分之百同意。最常出現在畫面中的人物，不見得就是主角。同樣地，即使出場份量只有一點點，也不一定就是配角。展開故事、推動劇情，具備成就最終結局的意志的人，他才是主角。

　　關於主角的詳細內容，我會在第三章加以說明。

8　布屈·卡西迪（Butch cassidy,1866－1908），美國舊西部時代著名的火車與銀行搶匪，其故事後被改編為電影《虎豹小霸王》。
9　日舞小子（Sundance Kid, 1867－1908），美國舊西部時代著名的罪犯，跟隨布屈·卡西迪一同犯下許多劫案，後來亦在電影《虎豹小霸王》成為登場人物之一。

04

《先讓英雄救貓咪》：
讓故事賣座的八大法則

不知道是因為不滿意現有的劇本寫作書，還是因為近年來沒什麼有意義的相關新作問世，讓越來越多讀者選擇回頭讀布萊克・史奈德（Blake Snyder）的《先讓英雄救貓咪：你這輩子唯一需要的電影編劇指南》（*Save the Cat! The Last Book on Screenwriting That You'll Ever Need*, 2005）。我也很喜歡這本書的輕鬆隨興，當中讓我覺得非常有意義的是劇本敘事流程，可以說是場景的順序或系統。

※ 括號中為該段落在劇本中的頁碼。

　　我相信故事創作流程是有固定公式可依循的，我也十分同意，可以用自己的故事創作流程來分析電影文本，但公式跟詮釋電影的方法還是有所不同。有許多故事創作相關學習經驗的人，往往都有自己的一套流程。拿自己的流程與《先讓英雄救貓咪》的流程比對一番，對於確保自己故事的客觀性會有很大幫助。

　　如果想去羅馬，最好先聽聽看去過羅馬的人怎麼說，因為可以藉由對方的旅程檢視我自己的行程與路徑。故事創作也是同樣的道理。先了解那些曾經完成故事的人的旅程，讓我們得以回頭調整我們的計畫。《先讓英雄救貓咪》便是在告訴各位讀者那些知名編劇走過的路。

《詩學》與
《說故事的祕密》

　　亞里斯多德的《詩學》[10] 對於身為編劇的我來說，是一本相當於《聖經》的書。我當然無法直接向他本人學習，但我有自信可以大膽自稱他的直屬弟子，因為我曾經一一查閱並研究《詩學》各種版本的譯本，並且反覆複習無數次，甚至還有我以個人方式解讀的自譯本。當初帶領我走向《詩學》的書，是麥可・帝爾諾（Michael Tierno）的《說故事的祕密》（*Aristotle's Poetics for Screenwriters: Storytelling Secrets from the Greatest Mind in Western Civilization, 2002*）。我偶然閱讀到他這本書，從中領悟到許多關於故事的心得。得益於此，我才能夠朝著《詩學》狂奔而去，也在最後得到救贖。雖然這話說得像一段愛的告白（？），但我的感觸之深就如同字面上那般深遠。

　　以下是我分別從《說故事的祕密》與《詩學》擷取的兩段話：

---

10 亞里斯多德（Aristotle, 西元前 384 － 322），古希臘哲學家，涉獵許多知識領域，包括形上學、物理學、詩學、音樂、生物學、經濟學等。《詩學》（Poetics）是亞里斯多德談希臘文字藝術的著作，論及悲劇、喜劇等。

「故事的素材不是人，而是行動。」

《說故事的祕密》以亞里斯多德的《詩學》為基礎，對好萊塢電影加以分析解讀，因此書中隨處可見引用自《詩學》的句子。麥可‧帝爾諾這句話對應到《詩學》的原句如下：

「故事就是行動的模仿，因此必須模仿一個完整的行動。」（《詩學》第八章）

我對這段文字的解析如下：

故事是行動的表現，因此必須表達一個完整的行動。

說明主角的概念與構成主角動線的方法時，這是我最強烈的表達了。它也是跟（前面討論希德‧菲爾德時曾經提到的）「行動就是人物／角色」類似的一種表達。亞里斯多德生於西元前的年代，我們當然會認為他是這個說法的先驅。想必希德‧菲爾德也是受到亞里斯多德的影響吧？

總之，關於故事創作的理論，我們可以斷言，人類在西元前就已經認知到「行動」的重要性。關於人物／角色（在故事裡）會做出什麼樣的行動，以及做出什麼行動的人物才是主角，我會在後面進行解說。

「『情節』就是生命。」

我在「做出行動的主角」概念、「情節的重要性」這兩件事上得到啟發。上面這句話也是出自《說故事的祕密》，對應到《詩學》的段落如下：

「悲劇的第一個要素，也就是悲劇的生命與靈魂，正是故事情節，人物性格次之。這類例子在繪畫中也可以看到：毫無秩序、隨意塗

鴉的彩畫，相較於簡潔單純的黑白人像畫，無法予人更多欣賞的樂趣。」（《詩學》第六章）

我對這段文字的解析如下：

故事的第一個要素，也就是故事的生命與靈魂，正是故事情節，角色次之。這類例子在繪畫中也可以看到：毫無秩序、隨意塗鴉的彩畫，相較於簡潔單純的黑白人像畫，無法予人更多欣賞的樂趣。

「『情節』就是生命」這句話，為我獨創的故事創作公式奠定了基礎。亞里斯多德認為，比起角色更應該優先考慮情節，而情節應該經過有條不紊的梳理。我認為這個概念是《詩學》中最重要的內涵。

英國哲學家阿爾弗雷德·懷德海（Alfred Whitehead, 1861 − 1947）說過「所有近代西方哲學都可以視為柏拉圖哲學的註腳」，以此來讚揚柏拉圖。就如同懷德海在哲學領域大力稱頌柏拉圖，我也想在故事創作的領域向亞里斯多德致敬。我可以大膽地說，這世上所有關於故事創作理論的論述，都是對亞里斯多德《詩學》的註解。

06

關鍵三要素

　　除了前述章節的內容，我還讀了許多關於小說、劇場、劇集與故事創作的寫作工具書。最後，我打算介紹俄國結構主義者弗拉基米爾‧普羅普（Vladimir Propp, 1895 － 1970）的《民間故事形態學》（*Morphology of the Folktale*）[11]，以及符號學「巴黎學派」創始人阿爾吉爾達斯‧葛瑞瑪斯（Algirdas Greimas, 1917 － 1992）。

　　如果亞里斯多德對我而言是「知識之父」，這兩位大概可以稱為大哥吧？我透過亞里斯多德獲得知識的原型，又透過上述兩位領悟到方法。更進一步來說，我從《民間故事形態學》得到關於故事分析最小單位的知識，從葛瑞瑪斯的「符號矩陣」[12]與「行動素模式」[13]獲得故事創作公式的靈感。

　　經過這段漫長的學習歷程，我的最終領悟是：相同的內容，有人可能說得一派輕鬆、輕描淡寫，有人則說得深奧難解，而我覺得這些訊息必須經過系統性整理。在這個過程中，我找到這些研究故事創作理論的先驅者送給我們的三個共通關鍵字，那就是「情節」、「角色」與「主題」，而我將它們轉換為「情節」、「主角」與「價值」。

---

11 考察民間故事結構與規律的專書。
12 Semiotic Square，一種結構分析工具。
13 Actantial Model，一種故事中發生的行動分析工具。

為什麼我要把「主題」換成「價值」？

大部分討論故事創作的書籍，都會將故事的重點放在「主題」上。在我教學生涯中，也有很長一段時間採用這種方法。但是隨著影視產業的急劇變化，光是用「主題」這個字眼已無法在各種方面闡述觀眾的需求。

「我喜歡這部電影的主題，所以決定來看這部電影。」
「我一邊吃起司爆米花、一邊看完這部電影。它的主題太讓人感動了！」

你曾經在電影院中對親朋好友這麼說嗎？有多少人會用這種方式來表達他們的感覺？因此，比起用「主題」來表達，以「價值」來理解故事會不會更合適？

「我覺得這部電影值得我花一萬韓元，所以決定看這部電影。」
「我一邊吃起司爆米花、一邊看完這部電影。它真的值回票價，實在太讓人感動了！」

這不代表上述的表達方式完全精準、絕對恰當，但確實沒那麼彆扭了。我不是要大家完全拋棄「主題」這個用字，而是比相較於「主題」，「價值」一詞更貼近現在的世界，因此我才想改用這個詞彙。

第 2 章
情節

情節是創造故事的設計圖，結構是裝載故事的巨大碗缽。不論情節還是結構，只要將它們理解為裝載故事的「大體系」就好。不管是用鐵鍋、餐盤或陶瓷碗來盛裝泡麵，泡麵的味道都不會有太大的差別，但若是法國料理的話就不同了。法國料理的每道菜都有其上菜順序，盛裝料理的盤子也各有不同，根據餐具的不同，料理的味道也會有微妙的差別。

　　故事也是如此，隨著盛裝故事的容器型態不同，個中的滋味也會不一樣。盛裝素材的容器可以在一定程度上決定故事的形式與內容。

　　拿本書為例，我用有機的方式組合本書的內容，培養它長成一個美麗的生命。在動筆寫書之前，我苦惱著要加入哪些優美的「情節」，成果就是你眼前的這本書。該用什麼樣的容器來裝載我的想法和理論，讓它們井然有序、條理分明？這本書裡真的有我心裡想的一套「情節」嗎？如果有的話，在哪裡可以找到？各位是否找到了？

　　本書的「情節」就是目次。將書翻到最前面，再一次仔細瞧瞧目次吧。裝載我的思想的容器就是目次，依照這個目次的順序開展我的思考。

　　各位有過以下的經歷嗎？

　　「我已經寫了好幾次，但是每次都在第一幕就停下來。」
　　「我老是寫到第二十個場景左右就停下來。我一直在孤軍奮戰，這次也一樣。」
　　「真的很氣人，但我到現在還是不知道我寫不下去的原因。」

　　上面這些問題的答案，就是「情節」。各位只要用這本書來學習如何寫出「情節」，不久之後，你們就會點頭同意我這麼說。

　　我建議各位按照本書目次的順序來閱讀。

為故事安排適當的情節，本來就是一件困難的事，若是編劇創作經驗不足，就更不用說了。但你只要找到與故事大小相符的容器，故事就會神奇地找到自己發展與成長的路。找到適合自己的容器並向下扎根的瞬間，就是寫作的開始。

01

三幕劇

關於故事的所有討論，最終都會遇到「三幕劇結構」。影視從業人員在進行故事創作的相關會議時，或是為了討論如何修本而亂成一團時，總是會出現這樣的話：「從三幕劇結構的角度來看，主角應該要在第一幕中做出跟第一幕相符的行動，結果主角卻在這裡做出第三幕才要出現的行動，這就是我們遇到的問題」，或者是「主角在第一幕應該開始做出貫穿整部電影的行動，但是因為在第一幕沒有做好準備，結果第三幕的爆發力變得比較弱」等等。「三幕劇結構」究竟是什麼，讓人們每每談論到故事相關的話題時，總是會從嘴巴裡冒出這個名詞？

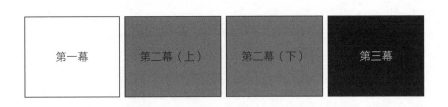

| 第一幕 | 第二幕（上） | 第二幕（下） | 第三幕 |

「三幕劇結構」是由第一幕、第二幕與第三幕以 1:2:1 比例組成的故事架構。亞里斯多德在《詩學》第七章中，雖然沒有直接提及「三幕劇結構」的

概念，但是留下了可以說明當代「三幕劇結構」概念的內容：

「所謂的『整體』，包含開始、中間與結束。開始，並非在某個事物之後，而是其後有其他某個事物。結束，是不可避免或接續發生之事，出現在某個事物之後，而且在它之後不存在任何事物。至於中間，它不但是在某個東西之後，其後也同時存在某個其他事物。因此，倘若要追求一個好的情節，就不能隨便開始或結束。故事情節的開始與結束，一定要按照前面所說的展開。」

我的解析如下：

故事會以開始、中間、結束的順序進行。開始是從什麼都沒有的狀態下，去創造全新的事物；結束是後面不會留下任何東西的一種狀態；中間則是自然地連結開始與結束的東西。

亞里斯多德生活在西元前的時代。他所在的那個時空下，人類也明白故事的結構是由開始、中間、結束的三個單位構成。我們將它理解為和「三幕劇結構」幾近相同就可以了。為了讓這一切更容易理解，我會將三幕劇結構代入我們小學時學過的故事五段結構，也就是：開端、展開、危機、高潮、結局。

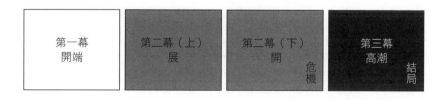

上面這張圖表，會讓我心想：「咦？『展開』的部分這麼長嗎？」、「『危機』、『高潮』、『結局』都集中在第三幕耶？」第一幕是開端，第二幕是

展開，第三幕發揮推進高潮的功能，而第三幕的高潮前、後會與危機與結局連接。第一幕中發生的故事，透過名為第二幕的道路往下走，而在第三幕中，所有傳遞到此的故事在高潮中爆發。用《詩學》的方式來表達的話，就是第一幕會在什麼都沒有的地方開始，第三幕則是故事的結束，後面將不會留下任何事物，而第二幕的展開就是與第一幕、第三幕彼此銜接。

其中最重要的部分是亞里斯多德所說的「開始」，也就是「第一幕」。各位讀者是不是覺得，作為故事終結點的第三幕應該更重要才對？我不是不清楚第三幕的重要性，只是我認為第一幕更為重要的理由是，如果故事沒有在第一幕中發生（開端），第二幕與第三幕就不會存在。

第一幕、第二幕、第三幕，分別是以什麼原理相互銜接的？

在支撐「三幕劇結構」的故事結構深淵中——換句話說，在幕與幕之間，存在著我們為了表現「阻礙」、「反派」（或者說「敵對者」）的「對立力量」（Antagonist）。我們只需將「對立力量」想成一種黏稠的膠水，將這三幕連接起來就可以了。

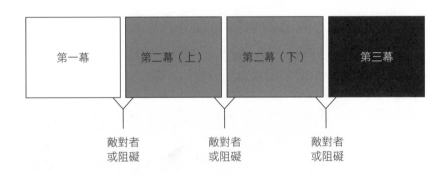

各位應該會出現以下的疑問：「我也明白幕與幕之間會存在敵對者，但是敵對者要怎麼連接幕與幕？」、「連接的方法是什麼？」。我接下來會用人生的進程代入三幕劇結構，來說明連接的方法。讓我們先來看朝鮮時代的

人一生是如何度過的吧！

（1）將朝鮮時代的人生代入三幕劇

朝鮮時代的人平均壽命大約是 45 歲左右。那個時期，有人能夠活到 60 歲，幾乎可以說是一種奇蹟。但為了方便計算，我們姑且以壽命 60 歲的人的一生來看吧！此外，為了確保一般性與普遍性，下面這個例子的階級將設定為平民。現在，我們要將這個人的一生代入三幕劇結構。根據這個理論的公式，這個人會分別在 15 歲、30 歲以及 45 歲時，發生人生的重大事件。

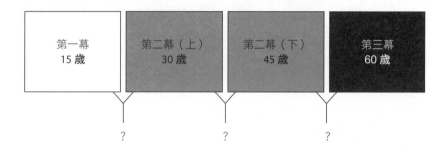

人生第一幕的結尾是 15 歲，這個人在那年必須解決的困境會是什麼？什麼人或什麼事物，會成為他 15 歲那年最大的阻礙？

在思考答案的過程中，我們可以藉此擴展對於敵對者——也就是緊密連接劇情結構的黏著劑——的理解。各位想到答案了嗎？正確答案就是「結婚」。雖然 15 歲這年紀尚輕，但是對於朝鮮時代的 15 歲孩子而言，結婚是成為大人的第一個關卡，也是一件困難的事。

在不知不覺中，進入 30 歲的他經歷的困境又是什麼？

各位腦海中浮現的那個單字——「難道又是那個答案？！」——就是正

解。這次的答案依然是「結婚」，只不過這次是子女的婚姻。

那麼，年屆 45 歲的他，面對的困難又是什麼？

現在，我們可以輕鬆想到答案了，那就是孫子或是孫女結婚。讓我們來整理一下這個人的一生。

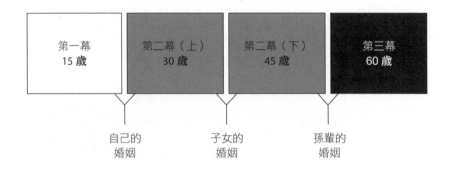

— 這個人出生於朝鮮時代，享壽 60 歲。他是個 15 歲時為了自己的婚姻、30 歲時為了子女的婚姻、45 歲時為了孫輩的婚姻而辛苦一生的平凡朝鮮人。

這就是那個人的人生故事。如果去掉他所面臨的困境，這段敘述將會變成下面這樣：

— 這個人出生於朝鮮時代，享壽 60 歲。

各位覺得如何？是不是十分枯燥無趣？現在我們可以了解，為什麼故事一定要有敵對者才有趣味了。此外，對觀眾來說，故事中的困境越難克服，這個故事就看得越津津有味。

容我再次整理一下。朝鮮時代平民的普通一生，是一段關於婚姻的故事，

但也可以想成是一段生存的故事。出生之後，最重要的事就是自己的婚姻；生完小孩後，就等著讓自己的小孩結婚；自己的孩子生下小孩後，便等著讓那個孩子結婚。因此，這個人的故事可以用「生存」或「結婚」來概括說明。

（2）將二十世紀的人生代入三幕劇

活在現今時代的我們，人生又能怎麼敘述呢？雖然現在是二十一世紀，但我相信閱讀這本書的各位，應該大多出生於二十世紀。所以，現在讓我們來看看二十世紀出生的韓國普通人會度過怎樣的人生吧。

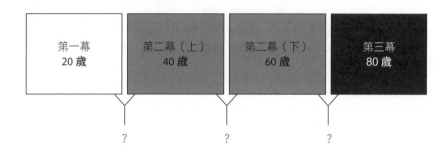

我們估計生於一九六○到一九七○年代韓國的普通人民，平均壽命約為80歲左右，這些人的普遍人生是怎麼構成的？三次危機發生的時間點，隨著壽命的增加也會稍微往後延遲了一些。

人生第一幕的結尾是 20 歲，這個人面臨的最大的困境會是什麼？

這次的答案就不是「婚姻」了，而是「升學」。

人生第二幕的結尾是 40 歲左右，這個人又會經歷什麼困難？

在朝鮮時代，人的一生是反覆經歷婚姻的關卡，但各位會覺得這次的答

案又是「升學」嗎？不是的。仔細想想現今韓國的 40 歲到 50 歲的人，答案就會立刻出現。那就是：應該繼續留在現在的職場上，還是自己出來創業？

人生第三幕的開始是 60 歲，各位覺得此時他會經歷到什麼困難？

這次，答案很容易就出來了，那就是退休。讓我們一起來看看圖表吧！

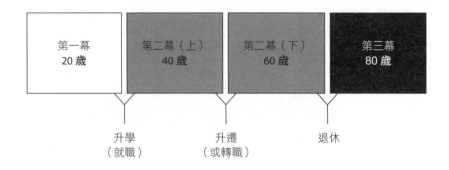

這個時期的人不像朝鮮時代的人，要反覆經歷三次婚姻的困境。升遷與退休似乎具有關聯性，但是跟升學沒什麼關係。這裡我要告訴大家一個祕密：韓國一九六〇到一九七〇年代的學生只要能升上大學，就幾乎都能找到工作——這一點現在看來就如同奇幻小說一樣。

出生於二十世紀的韓國人，其一生可以像下面這樣來表述：

——一九六〇年代出生於韓國的人，平均年齡大約 80 歲。他是一個在 20 歲時擔心學業、40 歲時煩惱工作、60 歲時苦惱退休的人。

如果把困境刪除，就會變成下面這樣：

——一九六〇年代出生於韓國的人，平均年齡大約 80 歲。

上面兩段文字的差異就十分明顯了，對吧？容我再強調一遍，故事中必須有阻撓與困境，才會讓人覺得有趣。這就是劇情結構的核心。

（3）將二十一世紀的人生代入三幕劇

讓我們來看看誕生於二十一世紀的人會經歷怎樣的一生。這個年齡層的人，也可以說是前面生於一九六〇到一九七〇年代那些人的子女世代。這時代的人類平均壽命為 100 歲。讓我們以 25 歲為一個單位，看看他們會遇到什麼樣的困境。

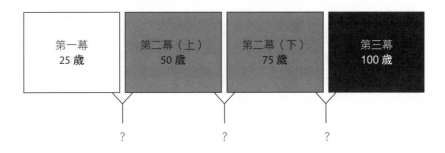

他們的人生第一幕結束時，會出現什麼困難？

不管怎麼想，都會覺得是「就業」，對吧？那麼 50 歲與 75 歲時，他們又會有怎樣的困境呢？雖然我們不可能預測未來的事，但我的答案如下：

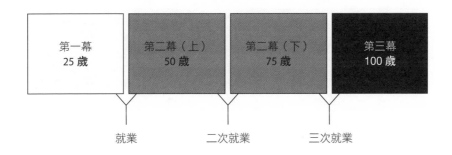

二十一世紀出生的人，其一生的情節是要經歷三次就業。加以整理後，會變成下面這樣：

— 二十一世紀出生在韓國的人，平均年齡大約 100 歲。他會在 25 歲時經歷第一次就業，50 歲時經歷第二次就業，75 歲時經歷第三次就業。

當我們把困境拿掉，文章就會變成這樣：

— 二十一世紀出生在韓國的人，平均年齡大約 100 歲。

我們現在正在學習故事的基本要素——情節。此外，為了了解維持幕與幕之間的張力有多困難，我們也分析了分別誕生於朝鮮時代、二十世紀與二十一世紀的韓國人的人生故事，藉此讓我們對於連接幕與幕的困境稍微有點概念。

（4）將二十二世紀的人生代入三幕劇

在此，我要向各位提出一個問題：

當人類的平均壽命延長到 120 歲，人們會擁有怎麼樣的人生？

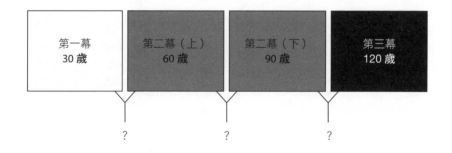

| 第一幕
30 歲 | 第二幕（上）
60 歲 | 第二幕（下）
90 歲 | 第三幕
120 歲 |

? ? ?

目前沒有人知道這個答案，但是請各位發揮想像力，仔細想想看。畢竟我們是編劇，不是嗎？

情節是一種計畫

在故事創作中，「情節」占據非常大的比重。我是個結構主義者，為了砌出名為「故事」的高塔，我十分專注於研究故事需要的某種工程設計。目前為止說明的「情節」概念，在實際創作故事的過程中，將發揮著「計畫」（Plan）的功能。

情節是一種計畫——這在我的故事創作方法中是最基礎的概念。「計畫」，意思是經過設計的規畫。如果故事沒有完整的情節，這個故事就無法完成。相反地，故事如果擁有明確的情節，就理所當然可以完成它了。既然我們殷切盼望能夠完成心裡的故事，當然必須在情節上傾注我們的心血。

情節是一種計畫。

請將這句話背下來。明白了這一點，我們就可以繼續前進。

第 3 章
主角（角色）

亞里斯多德在《詩學》第六章中表示，（對於故事來說）情節是第一重要原則，甚至可以說是悲劇（故事）的靈魂。相對地，性格（角色）則是第二個重要的元素。

　　基本上，我同意這段話，但它也不是絕對的。在電影劇本中，情節是絕對性元素，但若是在電視劇裡，就很難斷言亞里斯多德這個理論百分之百適用。例如《經常請吃飯的漂亮姐姐》（2018）的孫藝真（飾尹珍雅），以及《男朋友》（2018）的宋慧喬（飾車秀賢），她們飾演的角色本身就是電視劇的情節，而台詞本身說是電視劇的敘事也不為過。

　　總結來說，電影中的情節是位於絕對地位的強烈要素，但是在電視劇中，角色的價值有時也跟情節一樣重要。

尋找主角

我有個提案。請各位想一下自己現在正進行中的戀愛，或是已經結束的戀情。突然講起戀愛的話題，是不是覺得十分突兀？不過，請各位不要只想那些美好的戀愛經驗，要將不好的回憶也一併考慮進來。

我為什麼要跟這個人交往？

後來，我們又為什麼想把這個男人或女人從我們腦海中抹去？這段感情的別離與結束是兩人當中誰的錯嗎？最初是誰先告白，最後又是誰提出分手的？即使不是已經逝去的戀情，你也可以將這些問題改為正面的提問，代入你現在正在交往的對象來思考。請仔細想想。過去或現在進行式的戀情中，主角是你自己，還是對方？透過這個問題的答案，我們可以明確梳理出主角的概念。

各位一定會產生「戀愛關係裡哪有什麼主角啊？兩個人都是主角吧！」這種想法？你們說得沒錯，不過，如果硬得選出一個主角呢？

我認為，不管戀愛或是故事，都必須從選出一個人作為主角來開始。此外我也相信，在創作故事的過程中，主角如果超過一個人，這個故事的前途堪慮。希德・菲爾德也說過：故事中的主角只有一個人——大家還記得嗎？在正式開始創作故事時，如果不能把主角整合為一個人，整個故事就會被撼動。

　　從現在開始，我想向各位讀者拋出一個問題：在各位的心目中，主角是做出什麼行動的人？在愛情電影中，男、女主角之間誰才是真正的主角？主角是思考的人，還是行動的人？等大家得出你們各自的答案後，我會針對上面的問題一一解答。

　　我必須先告訴各位，我的意見可能會與你們有所不同，但這不表示我想將我個人的想法強加在你們身上，成為各位與我之間這段關係中的主角。

　　為什麼我會突然這麼說？現在開始，我會告訴各位我的理由。

主角的行動

　　讓我們回到戀愛的話題。請各位試著回想一段不好的戀愛回憶，以及一段美好的戀愛回憶。讓我們先從不好的回憶開始召喚起吧！

　　我嘗試站在女性的立場，創作了一段差勁的戀愛回憶。

　　我已經在咖啡廳等了 18 分鐘！到現在都還沒見到那傢伙的影子。我們交往到現在已經第 188 天，那傢伙像這樣遲到已經是第 88 次！放我鴿子的次數甚至高達 18 次！

　　一今天我一定要抓著那傢伙的領口，把他的後腦勺釘到牆上！

　　過了約定時間 28 分鐘之後，那個人終於出現在我面前，穿著他一貫的運動服，腳上踩著三條線裝飾的拖鞋，還有一頭因為出油而結成一條條的亂髮！看到他這個樣子，我的血液逆向直衝到前額葉，也不禁握緊了拳頭。那小子在我面前逕自坐下，竟然連一句道歉都沒有，只是直愣愣看著我，打了一個呵欠。我最後忍不住幹譙出口。

「哈哈哈！我們今天要幹嘛？」

「我要殺了你！」

她從位置上一躍而起，一把抓住那傢伙的衣領。

這兩人以後會變成怎樣？如果是一段美麗的戀愛，應該是完全不同的面貌吧？

—本來以為只會遲到 3 分鐘，沒想到已經過了 8 分鐘。昨天喝了不少酒，到現在都還有點宿醉，不過千萬不可以露餡啊！

調整好呼吸後，我走進咖啡廳，找到位置後便趕緊坐下。那個人臉上帶著愉悅的笑容迎接我。

「等很久了吧？對不起！」

「不會啦，沒關係。妳先喘口氣，喝點東西吧！」

「要喝什麼好呢？」

「我常來這家店，他們的柚子汽水真的很好喝。」

「那我也喝喝看！」

我正在品嘗著柚子汽水酸甜清爽的味道時，對方開口了。

「我準備了約會的計畫，妳要聽聽看嗎？」

「是喔？好啊！」（哇噢！）

「計畫 A，參觀美術館之後，去吃義大利麵。計畫 B，在河邊騎腳踏車兜風，接著去吃披薩。計畫 C，去壁畫村 14 散步，然後再去吃烤肉。」

這三個我都滿喜歡，該選哪個才好？

就在我思考的途中，他又這麼說：

「妳今天穿洋裝，好像不太方便騎腳踏車或長時間走路。不然我們就去美術館，然後在不錯的餐廳吃義大利麵，妳覺得怎樣？」

「好啊！」

我們倆四目相接，開心地笑出來。

---

14 位於首爾梨花洞的觀光景點，由七十位藝術家共同完成其中的壁畫與裝置藝術，深受觀光客喜愛。

這只是另一個例子。現在開始才是重點：請各位比較一下這兩種戀愛方式，也比較一下這兩位男性。哪一個人才是主角？所謂的主角，從小處來看是帥氣又不彆扭的那位男性。從大處來看，則是那個有自己的計畫、有不會出錯的自信，並付諸行動的人。

　　記得我前面說過，我不想在各位與我之間，成為那個主角對吧？

　　各位是否理解了這句話的涵義？如果我強迫各位照我規則玩，我就成為那個將計畫付諸行動的主體，變成那個主角。但我希望各位都能在自己的思考中，建立你自己的計畫，並踏上屬於自己的旅程。我說不想要成為主角，正是出於這個原因。

　　比起附和其他人的言行而作出行動的人，出於自我意志而行動的人才是真正的主角。也就是說，主角是制定自己的計畫，並根據計畫去行動的人。

　　從現在開始，請各位變成主角吧！

過去、現在、未來

這次我想用其他的方式來看探討「誰是主角」的問題。下面的對話中，誰才是主角呢？

— A：我家以前有一座金牛犢[15]。
— B：我現在正在學習做麵包的技術。
— C：我明年要去環遊世界。

我在公開場合中，曾經多次向聽眾提出這個問題，結果幾乎沒什麼人選擇 A，其次有一些人會選擇 B，選擇 C 為主角的人為大多數。

他們考量的第一個理由是金牛犢、做麵包的技術與環遊世界這三個名詞代表的價值差異。

第二個理由是，過去、現在、未來三者之中，許多人會認為「未來」才是屬於主角的時態。

---

15 最早出現在《舊約聖經‧出埃及記》。摩西上山領受十誡，久久不見人影，以色列人以金耳環鑄造一座牛神像（偶像），為其築壇祭拜。

我認為主角是 B。

換個說法來想，也許會比較容易理解。某部電影中的主角必須拯救地球，他這麼說：

—D：我以前拯救過地球。
—E：我正在拯救地球。
—F：我未來要拯救地球。

如果鋼鐵人一邊玩著撲克牌、一邊說著「我未來要拯救地球」，他還會是主角嗎？各位聰明的讀者也許已經理解了。我們所看、所讀、所感的所有故事之中，主角都是在「現在」這個時間點上做出行動。可能會有人出來反駁，那麼在電影出現的過往畫面，或是關於未來的想像又算什麼呢？那些場景都是為了說明現在主角的狀況和未來計畫才加上的東西，並非主要的故事內容。一般而言，我們會稱這種場景為「次要情節」（subplot）。

有許多科幻電影以「現在是二二〇〇年！」這種未來的時間開場。對這些電影來說，二二〇〇年就是「現在」。以二二〇〇年為起點，主角正在進行某些行動，而不是回到二一九五年去解決某些任務，或是前往二二〇五年去拯救地球。以二二〇〇年為基準、前往過去或未來的橋段，可以作為次要情節呈現，但主線劇情仍然是在二二〇〇年的現在時間點中推進。歷史劇也是相同的原理，比如在《鳴梁：怒海交鋒》（2014）裡，李舜臣（崔岷植飾）將軍擊退日軍的事件，發生在朝鮮時宣祖三十年，也就是西元一五九七年，那時就是這個事件的「現在」。

可能有人又會問：「那穿越時空的電影或是電視劇又怎麼說呢？」讓我們以電視劇《Signal 信號》（2016）為例。這部電視劇中出現兩位主要人物，分別為現在時間點的犯罪心理分析師朴海英（李帝勳飾），以及過去時間點的警察李材韓（趙震雄飾）。這兩人打算解決某個案件，但發生在他們身上的事件是現在正在發生的事情，還是過去發生的事情呢？

答案是，從過去開始一直延續到現在的事件。那麼，這個事件是要在過去的時間點中解決，還是在現在的時間點中解決？難道不是應該在現在的時間點中解決嗎？沒錯。通常，過去的事件與人物，都是為了幫助現在的人解決事件而存在。絕大多數的故事，都是為了解決現在的某個事件，因此以附加過去或未來的方式構成故事內容。

現在我們來思考一下這兩位主角所處空間的時間點，看看這兩人「現在」人在哪裡。身處「現在」時間點的朴海英與身處「過去」時間點的李材韓利用無線電聯繫，他們當下的時間點是什麼呢？朴海英的時間點是「現在」的現在，李材韓的時間點則是「過去」的現在。兩個人各自身處不同的「現在」，並利用無線電聯繫到彼此。他們不是穿梭在現在與過去的時間點，而是以各自的「現在」彼此連接。

電視劇《W－兩個世界》（2016）也是如此。這部電視劇的內容是往返於現在的空間與漫畫中的空間，並推進劇情。但聚集所有的資訊並且解決事件的地方是在哪裡？這個故事裡，所有事件結束於現在的當下。總之，我們可以理解為「主角就是在現在的時間點進行某個行動的人」。將前面提到的主角概念與這個定義結合，就會得出下面這段話：

主角就是在現在的時間點，建立屬於自己的計畫並按照它行動的人。

04

思考者 vs. 行動者

我們必須更仔細解析關於主角的概念，因為只有選定正確的主角，才能創造出精細的故事情節。哲學家康德（Kant, 1724 – 1804）說過：想／思考不代表知道。這個概念很難立刻理解，在此我稍作解釋。

— 雖然我腦袋裡想著「我想吃炸醬麵」，但這不表示我知道炸醬麵的製作方法。
— 雖然我腦袋裡想著「我想賺到一億元」，但這不表示我知道怎麼賺到一億元的方法。
— 雖然我腦袋裡想著「我想成為電視編劇」，但這不表示我知道成為電視編劇的方法。
— 雖然我腦袋裡想著「我想成為全校第一名」，但這不表示我知道成為全校第一名的方法。

許多以編劇為志願的人，為了實現自己的夢想，正在閱讀本書。各位正懷抱著想成為編劇的「想法」，於是為了尋找實現的方法，開始做出「行動」，但肯定也有一群人是抱持想要成為編劇的「想法」，卻什麼也不做，只是繼

續「想著」而已。

現在正在閱讀本書的各位讀者，跟那些只是「想著」的人之間，
有什麼樣的差異？

為什麼我一直在問那些只會「思考」的人在「想」什麼？這是為了梳理
主角的概念。各位覺得下面的句子是不是一則「故事」？

—我正在想著她。

這個句子不是一則故事的機率很大。在小說或詩作裡，可以用文字呈現
人的意識與無意識層面，例如愛爾蘭大作家詹姆斯‧喬伊斯（James Joyce, 1882 –
1941）的小說《尤利西斯》（*Ulysses*），便是隨著三名主角的心理活動與無意識
的流動而展開。不過，如果你是要將內容影像化的電影或電視劇編劇，比起
人的意識，更多時候是需要去表現主角的「行動」。下面的兩段句子當中，
哪一個更適合拿來「說故事」？

—A：我正在想著她。
—B：我喜歡她，所以我要去向她告白。

各位讀者，讓我們看看該如何將第一個句子影像化。大家的腦海中，根
據第一個句子浮現的畫面是什麼呢？我的腦袋裡浮現一個男人正坐在椅子上
想著一個女人的樣子，似乎可以拍攝一個沉浸在思考中的男人的場景。然後
呢？除了一個陷入沉思的男人，我的腦中沒有出現任何其他畫面。讓我們一
邊思考個中緣由，一邊看看它下面的另一個句子。它可以讓我們想到什麼樣
的畫面和意象？

—正在想著她的男人。

— 在學校或公司中，偷偷注視她的男人。

— 苦惱著要不要去告白的男人。

— 跟對方約好見面後，前往約定地點的男人。

— 向她告白的男人。

— 女人的反應。

這兩個句子只有七個字的字數差異，但我們在想像這兩段文字的時候，腦中浮現的畫面、這段話涵蓋的時間、場所與行動，卻可以感受到巨大的落差。用影像來說故事時，我們需要的文字必須跟 B 一樣，必須利用名為想像的攝影機將那些場景捕捉下來。

究竟這兩段文字有什麼不同，才會導致這樣的差異？為了了解這個問題的答案，我們先來拆解這兩個句子的詞性。

— 我／正在想著／她。

（名詞）／（動詞）／（名詞）

— 我／喜歡／她，所以我／要去／向她／告白。

（名詞）／（動詞）／（名詞），（名詞）／（動詞）／（名詞）／（動詞）

這麼一看，就會很明顯發現其中的差異了，對吧？字數雖然只有七字之差，動詞卻多了兩個。多了兩個動詞之後，從文字中衍伸出來的畫面竟然多達五個以上。因此我們可以假設，文字表現的動詞越多，能夠被影像化的場景就越多。

— C：我喜歡「看」足球賽。

— D：我喜歡「踢」足球賽。

這一次，兩段文字的字數完全一樣。請各位閱讀上面兩句後，思考一下腦中浮現的畫面。足球比賽的時長為九十分鐘，場地就決定在足球場。

C的句子讓我們想到的場景如下：

──足球場上正在舉行足球賽。
──我坐在觀眾席中看足球賽。
──足球選手們在移動。
──我看著足球選手的動作。
──有一名足球選手踢進球了。
──我看著進球的場面，出聲歡呼。

直到比賽結束為止，這個順序的畫面會一直不斷重複。
那麼，D的情況又會是怎樣呢？它們的開始是一樣的。

──足球場上正在舉行足球賽。
──我（足球選手）一邊運球，一邊奔馳在球場上。
──我看見阻擋我的守門員。
──我越過守門員，出腳射門。
──守門員擋下我的球。
──我將反彈回來的球再踢出去。
──足球擦過守門員的手，飛進球門內。
──我發出勝利的吶喊。
──新一輪攻擊從中線再次展開。
──我一邊在場上奔跑，一邊踢球。

這種畫面會持續九十分鐘。那麼，這兩段文字的差異在哪裡？它們的字數相同，不同之處是「看」和「踢」這兩個字而已，九十分鐘的足球賽中能夠拍攝並呈現的畫面卻截然不同。僅僅一字之差，在兩段文字之間產生什麼區別，以至於呈現出來的場景如此不同？「看」與「踢」的差別是什麼？

答案就是，該人的行動是主動還是被動。如果成為動作的主體，行動就

會變多，能夠拍攝的畫面就會隨之增加。反之，如果變成客體，就會被制約，能夠拍攝的畫面也會減少。因此，我們可以將上面的論述總結如下：

主角是執行「行動」的人，而不是「思考」的人。
主角是做出「主動性行為」的人，而不是「被動性行為」的人。

主角是行動者

下列的電視綜藝節目，猜猜看哪位藝人都有參與其中。

—《來玩吧》、《我是男人》、《無限挑戰》、《Running Man》

沒錯，這些節目都是知名人氣諧星藝人「劉在錫」出演過的電視節目。為什麼我要列出這些節目？雖然它們都是劉在錫演出演過的節目，但是當中有些節目的收視率很高，而且持續製播很長一段時間，有些卻收視率很低，節目壽命十分短暫。它們之間的差異是什麼？

為了找出原因，我們必須先知道以下這個重點。

主角就是動作。

分析上面這些節目，可以發現：在《來玩吧》、《我是男人》中，劉在錫都是坐著在進行節目。相反地，《無限挑戰》與《Running Man》需要激烈的身體活動來進行節目錄製。前面的章節裡，在說明情節的作用與重要性時曾經提到，緊密連接情節的是「困境」或「敵對者」，而在說明主角的章節中，

最重要的概念是——主角必須有所行動。

　　人類出於本能地喜歡律動。當我們走在路上時，如果突然有人開始跑步，我們會有什麼反應？我會不自覺地盯著那個人看。讓我們回想一下自己的學生時代，班級中最後歡迎的同學是誰？是在休息時間裡努力寫數學作業的人嗎？還是為了讓朋友開心、用盡全力舞動身體的人？

　　— 《兩天一夜》vs.《家族的誕生》

　　這兩個節目都是讓參加節目的藝人走踏全韓國，並且在途中進行一些遊戲或任務的形式。

　　乍看之下，兩個節目的形式沒有太大差異。《兩天一夜》從二〇〇七年八月開始播送，二〇一九年十二月開始第四季播出，一直持續至今。二〇〇八年六月開始播送的《家族的誕生》則是在二〇一〇年七月時播出第二季，然後就收播落幕。

　　既然是形式類似的電視節目，為什麼有的節目可以持續很久，有的節目卻停播了？當中大概有我們外部人士無法知曉、各式各樣製作上的理由，不過在這裡，我們的目的只是單純以所知的故事理論來比較這兩個電視節目，因此只就這個前提來進行分析。

　　這兩個節目的區別，正是「動作」。《兩天一夜》的節目說明是「在旅行全國時，發生各種趣事的節目」。《家族的誕生》則是「在鄉下度過兩天一夜中發生什麼趣事的節目」。這兩個電視節目的內部時間總長都是兩天一夜，完全相同。此外，節目說明的敘述中，也出現了相同的「趣事」一詞。不同之處只有一個，那就是「旅行全國」和「在鄉下」。這兩種形式，哪一個比較有活動感？

　　我想說明的是，「旅行的節目」與「生活的節目」是兩種完全不同的東西。活動感較強的「旅行」綜藝節目一直在播送，而活動感較弱的「生活」綜藝節目已經停止了，對吧？

　　儘管我一直在強調這件事，但這裡我還是要再說一次：在故事創作的過

程中，最重要的兩個詞彙是「動作／行動」與「情節」。到目前為止，我不斷在針對這兩點做說明。接下來，讓我們繼續進行更多關於「動作／行動」的解說。

06

動作就是主角

亞里斯多德的《詩學》第八章中，可以看到下面這段話：

「情節（故事）就是對行動的一種模仿（表現），因此必須去模仿（表現）一個完整的單一行動。」

這段文字很不好理解。如果讓我來解釋，我的解析是：故事並非對於「狀態」或「情況」的「描寫」，而是表現某個人「行動」的「敘事」。也就是說，故事不是在描寫 B 愛著 A 的狀態，而是去描寫 B 愛上 A 以後跑去告白的「行動」。讓我們仔細思考一下，狀態的「描寫」與奔跑動作的「敘事」之間有何不同吧！

字典上的定義如下：

— 描寫：描繪事物存在的那個狀態。
— 敘事：如實寫下事實。

「描寫」是描繪事物的模樣，「敘事」則是如實撰寫下事實。故事是關

於事物的東西嗎？還是關於事實的東西？比起靜止不動的事物，故事更像是在表現進行中的事實。

那麼，描寫事物與闡述事實之間，有什麼不同呢？讓我來說明沒有動作的問題出在哪裡。

人物如果沒有任何動作，故事就沒辦法動起來（不會發生）。人物開始行動的瞬間，故事也開始前進。前面解釋過，如果只是心中產生愛著某人的感情，那只是一種狀態或情況。換句話說，這個情況下，沒有任何可以推進、發展故事的動力。但如果讓大家看到表達愛意的行動，故事就可以繼續走下去。從現在起，各位在創作故事時，必須檢查、確認你寫的內容是事物的狀態、情況，還是行動、動作。也就是說，從今以後不要再「描寫」事物，而是去寫下「敘事」。

假如支撐故事基礎的人物（以下簡稱 A）是主角，那麼他的行為應該要始終如一，不能夠有任何動搖。舉例來說，A 理應只愛著一個人（以下簡稱B），並且要為了告白而行動。如果 A 同時愛著三個不同的異性，而且同時向這三個人告白，這樣的故事無法被一般大眾接受，因為這不是單一的行動。此外，A 如果在告白愛人的途中突然跑去遊樂場玩遊戲，這類的劇情發展也不可行，因為這也不是單一的動線。混亂的動線會讓故事的主軸跟著混亂。

一般來說，人們想聽的故事是這樣的：主角有一個目標，為了實現這個目標，主角竭盡全力地行動。接著，主角在實現目標的過程中，將遇到各式各樣的困難，但即使在困境的考驗下，主角依舊克服了眼前的困難，最終實現了自己想要的結果。觀眾喜歡的是主角單一的行為，而且會對動線混亂、目標不斷更換的（不單一的）主角行為感到不適。

最後，我想替換一下《詩學》段落的用字。

「故事是對於主角單一行動的一種表現。作者必須在故事中寫出主宰整個故事的單一行動。這個單一行動也必須擁有絕對的連貫性。」

所謂故事的完成，我認為，是將安定穩健的情節與展開行動的主角做完

美的結合。情節就是計畫，負責鞏固故事的整體框架，主角必須在這個計畫中執行強而有力的行動，並且毫不動搖地向目標前進。這就是我想像中的優秀故事。沒有任何行動的人物（在故事中）不能被當成主角。

　　因此，各位必須讓自己故事裡的主角動起來。只有讓主角開始有所行動，故事才會生動地展開。從現在起，讓我們開始努力地動起來吧？準備，開始！

第 4 章
公式的概念

現在開始，我會提供一個故事的公式。這個公式中包含所有的故事理論，可以說是故事的萬能載體。此外，這個公式也是未來各位真正開始創作故事的時候，可以隨時回頭確認的指南。

　　從這一章起，我會解釋如何使用我設計的圖解。我的終極目標是盡可能廣泛地分享這個圖解的效用，因此我也會積極說明這個公式的活用方法，以及擴張的可能性。

　　為此，我將開始分析這個敘事公式的系統與概念。它既可以是故事理論的載體，同時也是故事創作的指導方針。

01

吳基桓公式

　　這是一個賭上我名字的故事公式。好讓人難為情啊！我很清楚大家也許會覺得我這樣做很奇怪。不過，各位只要聽我接下來的說明， 我相信你們就能理解了。

　　二〇〇七年，邁入不惑之年的我開始攻讀劇本創作的博士課程，重啟學習劇本創作的旅程。二〇〇七年以前，我創作並執導了三部電影，其中有兩部成績比較出色（分別是《禮物》〔2001〕與《工作的定式》〔2005〕），另外一部則反應不如預期（《兩人》〔2007〕）。

　　比起兩次的安打，那一次的失敗給人的感受更強烈。每次寫劇本時心裡總覺得惶惶不安，是我下定決心重新好好學習故事創作的理由，因為那種心情非常折磨人。過去曾經創作過的人、現在正在創作的人，以及未來想要創作的人，讓大家覺得難熬不就是「這個」嗎？我們總是在寫些什麼，每天都在想著要寫些什麼，一直寫到結束為止——就算結束不會到來，也會一直繼續寫下去。也許這是因為業界裡普遍默認：平常沒在寫些什麼的人，不算是創作者。

　　總之，我為了擺脫創作時的焦慮不安，開始研究故事創作。我在過程中閱讀了大量書籍，並進行許多研究，最終得到屬於我自己的結論，那就是我

的博士論文。不過，那篇論文十分粗糙，一開始設定的概念是「主題決定論」，意思是只要先決定好主題，故事就可以順利寫完。然而，再繼續深入研究後，我的想法出現重大轉變。這本書裡沒有用到「主題」這個詞彙，就是最大的證明。當然，大家現在心中可能仍有一些疑問，因此尚且無法與我產生共鳴。

我並未妄想可以解決所有創作上的難題。我知道我在這段時間的經歷，以及我所有跟故事有關的想法，不可能得到全部讀者的共鳴。但是，我敢這樣大膽公開說明我的公式概念是有原因的：就像我在學習、吸收既有理論的過程中成功將自己的理論系統化一樣，我相信各位也會在學習「吳基桓公式」概念與活用方法的過程中，創造出屬於自己的系統。因此，請各位務必跟我一起走到最後。

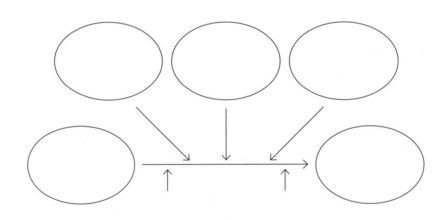

上面是我的故事公式的原型。從現在開始，我會說明這個公式的基礎。為了能夠提供清晰明瞭的解釋、客觀的解析與開放的討論空間，我會將所有概念都以圖解來具體呈現。

首先是「情節三角」，這是在設定主角功能與類型上非常重要的一個概念，也是故事內部結構中最重要的原型。

情節三角

「情節三角」是故事的地基，也可以稱為「主角的三角形」。因為主角開始有所行動，經歷重重困難，最終取得成果，這個過程就是所謂的情節。也就是說，「情節三角」是讓主角直接面對情節的故事根基。

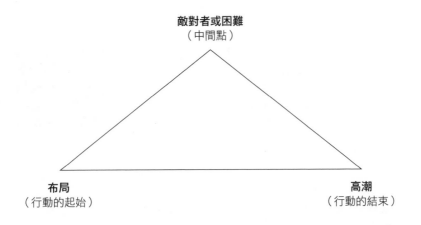

很簡單吧？這個簡單的圖就是故事公式的基本主軸。前面已經多次說明過，本書的目標就是提供主角（行動）與情節（計畫）的最佳化組合。

首先我會要說明主角，再將其與情節的概念結合。為了進一步說明這些內容，讓我們重新看看前面提到的三幕劇結構。

我們之所以必須再叫出這張圖，是因為它包含了情節三角在裡面。

覺得我這話很莫名其妙嗎？

我是結構主義者。故事的三個要素（情節、主角、價值）中，我認為情節是最重要的一環。在名為情節的大圖裡，可以找到主角的小圖。在三幕劇結構的情節裡活躍的主角，會像下面這樣：

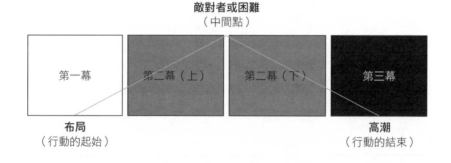

像這樣把兩張圖結合起來後，各位可以理解了嗎？還是覺得更加混亂了？

主角的三個主軸「布局」、「敵對者」、「高潮」，跟情節的三個基本

主軸「契機性事件」、「中間點」、「事件的高潮」互相連動，也是決定你正在創作何種類型故事的重點。至於類型的要素、形態的細節等，將在第八章〈類型的規律〉中詳細說明。

首先，我們先來了解一下布局。這裡是發生「契機性事件」的地方。

（1）布局

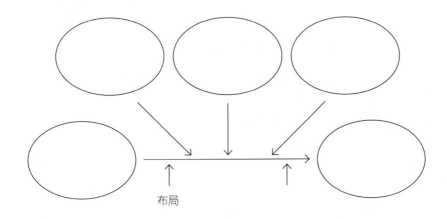

布局

以電影長度為基準，開始七至十五分鐘左右之後，會發生「契機性事件」，也就是主角正式開始做出行動的時間點。換句話說，是擁有平凡生活的主角被捲入災難的時候，也可以是一個男人（女人）看見一個女人（男人）、一見鍾情的瞬間。電影《戀夏 500 日》（*(500) Days of Summer*, 2009）中，男主角湯姆第一次見到女主角夏天的時候，就是「契機性事件」發生之處。我將發生契機性事件的點稱為「布局」，各位可以理解為「情節真正開始的時間點」。此外，「布局」也有跟之後出現在第三幕的「高潮」連動的概念。

契機性事件發生之後，故事情節真正開始的點「布局」將會決定這個故事的類型。《戀夏 500 日》裡，湯姆在「布局」這裡遇到夏天，並且從那時開始感受到愛情，然後便正式開始推進情節。大部分的愛情故事在「布局」上，

都是先讓一個女人（或男人）遇到自己未來會愛上的那個男人（或女人），接著才正式開始發展故事。

如果是動作片，主角在「布局」中會跟敵對者展開激烈對抗。倘若是災難片，會出現今後即將面臨的災難前兆。而如果是人性劇情片，就是一個平凡日常的主角會遇到特別的事件，而他會被捲入其中。正是因為如此，我才會主張「布局」是決定類型的關鍵點。在「布局」中發生的事件輪廓決定了該電影的類型。

創作故事的時候，如果作者能夠在這裡設定好「契機性事件」，等於故事已經寫好了一半。事實上，「有一個設定得恰到好處的契機性事件」正是「故事正式開始運轉」的信號。「好的開始是成功的一半」這個說法並非空穴來風。此外，有「布局」就代表故事中會出現形式相似的「高潮」。如果第一幕中設計了一個適當的「布局」，第三幕就可以再設計出一個「高潮」。對此，我們會在「高潮」的章節再進行說明。

電視劇的「布局」又該怎麼處理呢？

首先，我們需要確認故事的整體布局，同時還要根據整體布局去安排每一集的布局。

舉例來說，如果這是一部十六集的電視劇，就必須確認十六集所展現的整體故事，以及每一集的布局。此外，我們還需要比較與分析每一集的布局是否符合整體故事的基本走向。

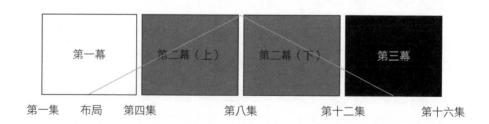

| 第一幕 | 第二幕（上） | 第二幕（下） | 第三幕 |

第一集　　布局　　第四集　　　　　第八集　　　　　第十二集　　　　　第十六集

如果將劇本的三幕劇結構概念套用到十六集的電視劇情節上，就會出現上面的構圖。假如今天不是十六集，而是二十四集的電視劇，就可以分割成第六、十二、十八、二十四集來套用。

接下來，我會以十六集電視劇為基準來加以說明。

十六集的電視劇中，整體故事「契機性事件」的「布局」，極有可能發生在從第二集過渡到第三集的地方。這是因為在一般電視劇裡，第一集通常用來讓觀眾看見貫穿整部電視劇的故事基礎與根本問題，第二集則會針對第一集的內容進行詳細說明，並且讓所有角色登場，接著電視劇的故事才會正式展開。

讓我們來看看電視劇《經常請吃飯的漂亮姐姐》。第一集裡，是尹珍雅與徐俊熙（丁海寅飾）兩位主角的初次見面。第二集中，兩人在同一棟大樓裡工作，並認知到彼此的存在，後來因為尹珍雅前男友的問題，讓兩個角色的人生糾纏在一起，也讓故事正式開始推進。一般愛情劇的結構會是如此：第一集讓人物相遇，到了第二集他們會因為某個事件的契機使得兩人的關係交織在一起，故事便正式開始了。因此，第二集的結尾就是一般電視劇中的「布局」，換句話說，是契機性事件發生的點。

我們也來看看《愛的迫降》（2019）吧？在第一集中，尹世理（孫藝真飾）被捲入疾風而迫降在北韓，與北韓軍人李正赫（玄彬飾）相遇。在第二集裡，尹世理不相信李正赫指的右方路徑，選擇了左邊的路，結果讓抵達北韓村莊的尹世理和李正赫再次相遇。在第二集結尾的地方，李正赫的敵對者趙哲強（吳萬石飾）突然闖入李正赫的家中，發現了尹世理，李正赫宣稱尹世理為自己的未婚妻，讓故事情節正式展開。

第二集的最後出現的契機性事件，是撐起整個劇情的支架，也是往後可以展開整個劇情的轉折點（Turning point）。

《經常請吃飯的漂亮姐姐》和《愛的迫降》在第二集結尾的共通點，就是男、女主角與他們的敵對者被放在同一個點上。各位請記住，電視劇會在第一集向觀眾提示劇情的情境與基礎，在第二集的結尾則必須同時安排男女主角與敵對者的出現。

正如我們到目前為止看到的，「布局」是劇情／情節的正式起點，也是決定類型的形態之處，在電影中是支撐整個第一幕之處，在電視劇中則是支撐第四集之處。

（2）中間點

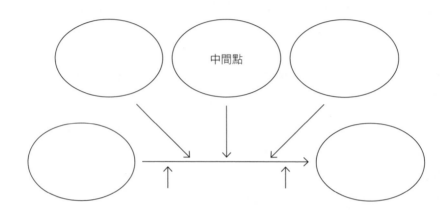

中間點是我們的主角開始受苦受難的地方。在這裡，敵對者會開始阻止主角貫穿整個故事的計畫與行動。強大敵對者的形態可能是人類，也有可能是國家（或是機關）系統，或自然災害，或宗教信仰。不管怎樣，敵對者會折磨我們的主角，讓主角痛苦不已。敵對者的樣貌與困難的形態，會隨著故事類型而不同。但敵對者在整個故事進展到中間點時是最強大的，不論故事題材為何。因此，作者在中間點應該做的，就是安排一個能夠維持故事一貫性的強大敵對者。

這裡你必須安排一個能夠從根本上精準阻礙主角達成目標的敵對者或困境。在愛情電影的中間點，敵對者必須去妨礙主角兩人的愛情，例如男主角的前任戀人或父母登場，阻止主角的愛情。電影《新娘百分百》（*Notting Hill*, 1999）的中間點就有一段劇情是安娜（茱莉亞・羅勃茲〔Julia Roberts〕飾）的舊情人傑夫（亞歷・鮑德溫〔Alec Baldwin〕飾）突然出現，妨礙了威廉（休・葛蘭〔Hugh

Grant〕飾）與安娜的愛情。傑夫故意在威廉面前親吻安娜，又刻意怠慢威廉。我們可以透過這個場景學到愛情電影的中間點功能，以及讓主角覺得痛苦的最佳方法。

另一方面，在劫盜電影《神偷大劫案》裡，它的中間點是讓這票要偷鑽石的盜賊沒找到鑽石，被迫四散奔逃，而且隨著他們的計畫落空，劇情迎來戲劇性的轉折。在劫盜電影中，主角順著計畫、直奔向目標的途中，出現讓主角計畫產生偏差的情節，是劫盜電影裡經常看到的中間點形態。

像這樣，隨著類型的不同，中間點的類型也會有所差異。愛情電影中妨礙主角愛情的某人，會在中間點擔任敵對者的角色。劫盜電影裡，隨著罪犯的計畫在中間點出現變故，故事會面臨轉折，走向新的局面。不管是什麼類型，中間點都是電影中主角迎接最大難關的地方，也是劇情陷入死局的時候。

電視劇的中間點又是什麼呢？

以十六集的電視劇為基準來看，中間點會落在第九集接續第八集之處。我們來看看《經常請吃飯的漂亮姐姐》。從劇名就可以知道這部劇的類型是愛情劇，因此敵對者是某個人的可能性很高。第八集裡，出現了女主角尹珍雅的前男友登場綁架尹珍雅的事件。接著在第九集中，家人知道尹珍雅和男主角徐俊熙的關係，因此讓兩人痛苦萬分。徐俊熙的親姊姊徐景善與尹珍雅是彼此獨一無二的好閨蜜，徐俊熙的存在就像尹珍雅的親弟弟一樣。這樣的兩人展開了戀愛關係，所以身邊的人開始阻撓兩人的愛情。總之，第八集是尹珍雅的前男友綁架事件，第九集的開頭則是尹珍雅在父親面前失聲痛哭的場景。

那麼，《經常請吃飯的漂亮姐姐》裡最主要的敵對者是誰？

我認為是女主角尹珍雅的母親。劇情進行到後半段時，尹珍雅的母親極力反對尹珍雅和徐俊熙的關係，這對戀人甚至還跪在尹珍雅媽媽的面前，這

正是故事的中間點第九集的劇情。像這樣在中間點出現整部電視劇裡最強大的敵對者，主宰了整個劇情。

我們不妨反過來想想：如果你在創作劇本之前，就在第八集與第九集之間先想好最強大的敵對者，結果會如何？答案是，你的創作會變得容易許多。「安排好敵對者」是貫穿整齣電視劇的情節線已經成形的證據。主角與敵對者的衝突越是激烈，劇情就會越有趣。

接下來，我們來看看電視劇《SKY Castle 天空之城》（2018）。這部作品講述的是韓國升學考試的現況。這雖然不是電視劇中常被使用的素材，播出後卻人氣很高。《SKY Castle 天空之城》一共有二十集，中間點落在第十集與第十一集之間。

在第十集中，將「天空城堡」住戶與發生的事件作為素材寫成小說的李秀林（李泰蘭飾）被眾人拉到居民委員會，面對大家的強烈指責與抗議。此外，逼迫李秀林的韓瑞珍（廉晶雅飾）也因為過去的祕密被揭露而陷入困境。另一方面，因母親去世而知曉身世祕密的金慧娜（金寶羅飾）無處可去，努力想要融入親生父親姜俊尚（鄭俊鎬飾）與其妻子韓瑞珍的家，但事實證明並不容易。

在中間點的地方，支撐整個敘事的主要角色都面臨著困境，但這些困境同時也為後續劇情的開展提供根基。能夠發揮這種功能的地方，就是中間點。過了中間點之後，李秀林再次提筆寫小說，韓瑞珍因為金慧娜進到自己家中開始苦惱不已，金慧娜則為了達成自己的目標繼續行動。總結來說，中間點是主要登場人物面臨嚴峻挑戰之處，也是為後半段劇情提供材料的地方。

編劇應該在中間點讓主角陷入全劇最大的挑戰中，同時還要能夠為後面的劇情奠定根基。

「中間點是你在拓展故事的過程中，引導並指引你方向的車站、目的地與燈塔。」

希德‧菲爾德在《電影編劇創作指南》裡如此描述中間點的概念。我想把這句話改成「中間點是故事的脊椎」。表面上來看，從第一幕就開始累積

的所有資訊，在來到中間點時會發生劇烈衝突、重組，劇情資訊會被重新安排，從而催生推向第三幕的餘力。更深一層來看，透過主角與敵對者的根本性衝突，中間點讓我們得以審視這是一個什麼樣的故事，以及它在該類型中是採取哪種形式。

人類如果沒有脊椎，就無法正常站立；故事裡如果沒有適當的中間點，就無法好好地展開故事。

作為故事的脊椎，中間點根據故事類型的不同，其形態與困難度也會有差異。創作者對此必須經過充分學習，才能在實際創作故事的時候從容地發展你的故事。

（3）高潮

高潮，就是我們通常所說的 Climax。它一般會被放在第三幕的中間，隨著故事類型的不同，其形態也會有所不同。我們也可以將第一幕的布局點與第三幕的高潮點視為同一性質。除了混合類型的故事以外，「布局」與「高潮」的形式大多都是相似的。因此我們也可以說，「布局」和「高潮」的形式決定了故事的類型。

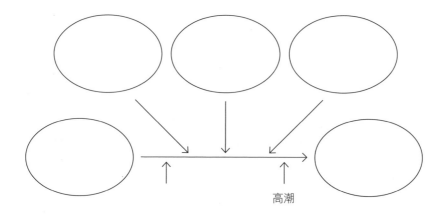

高潮

藝術電影《生命之詩》（2010）的布局點是主角楊美子（尹靜姬飾）決心要寫詩的地方，高潮則是以一個少女的聲音完成詩的地方。愛情電影《新娘百分百》的布局點是安娜與威廉在街角相撞，高潮點則是威廉闖入安娜的記者會公開告白。動作電影《機密同盟》（2016）的布局點是在北韓假鈔工廠裡發生的槍戰，高潮點則是北韓警察任鐵零（玄彬飾）與（隱身在南韓的）北韓犯罪頭子車奇成（金柱赫飾）之間的激烈槍戰。

各位覺得怎麼樣？能感覺到上面這些「布局」與「高潮」在形式上的相似性嗎？一般來說，從「布局」開始的故事會在進入「高潮」的時候，以跟「布局」相似的形式結束。觀察不同故事類型之「布局」與「高潮」間的關聯、類型（type），也是研究如何創作故事的好方法。

在電視劇中，「高潮」的位置與電影會有些不同。以十六集的電視劇為例，如果直接從集數來看，應該在第十四集與第十五集之間達到高潮，也就是電影第三幕中間，大多數故事會在這裡迎來故事的轉折。但如果在第十四集的結尾就出現劇情高潮，距離第十六集結尾還有很長的時間（100－120分鐘），而要是主宰第十五與第十六集的困境在第十四集的結尾就收掉，維持故事後續緊張感的系統就會崩塌。

因此，假如外部結構的高潮在第十四集、十五集之間就出現，則內部結構的最終高潮會在第十六集最終話裡的高潮點來臨。

全劇共十六集的《經常請吃飯的漂亮姐姐》，在第十六集的高潮中徐俊熙跑向尹珍雅並迎向結局。同樣是十六集結構的《愛的迫降》，也是在第十六集的高潮點上，尹世理與李正赫在瑞士再次相遇，終於成就兩人的愛情。二十集的《SKY Castle 天空之城》，也在第二十集整理了所有登場角色的關係。

以十六集為基準的話，電視劇外部結構上的高潮會設定在第十四集與第十五集之間，故事內部結構的最終高潮則會設定在最後一集的高潮點。

你現在抓到「高潮」是什麼了嗎？

到目前為止，我們學習了情節三角，也縱覽了整個故事的基本要素，過

程中也有一定程度地展現了主角與情節之間如何連結的線索。接下來，我們要開始正式了解公式的內部構造：「吳基桓公式」是「主角的公式」與「敵對者的公式」兩種公式的結合。

　　簡單來說，故事的核心就是主角與敵對者之間的衝突，而劇情就是由敵對者在「敵對者的公式」中極力阻撓主角在「主角的公式」中展開的行動所構成的。

03

主角的公式

　　引導主角的行動直至故事結尾，這就是「主角的公式」。從現在開始，我想要聊聊以事件起頭的故事該如何結束。在開始與結束的單純連結之間，蘊含著我們可以展開故事的無限可能性。也就是說，主角的公式負責故事的開始與結束。

　　上圖就是我心目中的「主角的公式」。沒錯，這個重要的公式中就只有兩個圓圈而已。你說我在騙人？不是的。各位！世界的真理只有知悉世界原理的人才能看見。它雖然現在看起來不過是兩個圓圈，但只要看完我下面的說明，各位就會脫口而出「啊哈！」，並且覺得醍醐灌頂。

　　前面提過，主角就是行動。請各位注意上圖中間的箭頭符號。箭頭的方向是由左往右，因此「主角的公式」基本原理就是從左邊的某個樣子開始，

變成右邊的某個樣子結束。故事以什麼樣的面貌完成，是重要關鍵。

（1）《初戀築夢101》

愛情電影《初戀築夢101》（2012）的男主角勝民（嚴泰雄／李帝勳飾）在大學新生時期遇見了瑞英（韓佳人／裴秀智飾），感覺到戀愛的悸動，因此左邊的圓圈可以填上「勝民遇見瑞英，心生愛慕之情」，對吧？

那麼，右邊該填入什麼呢？

如果照愛情電影的公式來看，兩情相悅應該是最後的結果，但是這兩人的愛情並未修成正果。儘管如此，《初戀築夢101》仍成為一部觀影人次超過四百萬人的熱門電影。這又是什麼原因？

在情節、主角、價值裡，我們都能找到答案。但是，我現在只打算講關於主角的部分。

> 《初戀築夢101》的主角是現在的勝民（嚴泰雄飾），還是現在的瑞英（韓佳人飾）？

從愛情電影的特性來看，我無法認同男、女主角都是主角的說法。請各位牢牢記住這一點：故事的主角只能是一個人。為了尋找答案，讓我們來比較一下勝民和瑞英的行動。

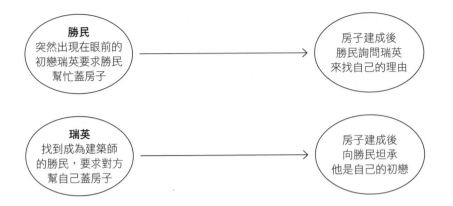

勝民
突然出現在眼前的
初戀瑞英要求勝民
幫忙蓋房子

房子建成後
勝民詢問瑞英
來找自己的理由

瑞英
找到成為建築師
的勝民，要求對方
幫自己蓋房子

房子建成後
向勝民坦承
他是自己的初戀

勝民和瑞英兩人之間，是誰做出推動劇情的行動？劇情是因為誰而開始前進？

各位只需要考慮故事的開始即可。是誰先開始採取行動？是男主角勝民，還是女主角瑞英？

因為是瑞英來找勝民，讓故事得以開展，因此主角是瑞英。

讓故事「開始」的人就是主角。根據主角的公式，故事的開始與推動故事開始的主角應該位於左邊，故事的結束與讓故事收尾的主角應該位於右邊。主角的公式乍看之下是兩個單純的圓圈，但當中蘊含了巨大的重量和深邃的世界。

亞里斯多德在《詩學》第八章中這麼說：

「情節（故事）就是對行動的一種模仿（表現），因此必須去模仿（表現）一個完整的單一行動。」

這句話中，我們要注意的是「表現單一行動」。根據亞里斯多德所言，故事是在表現做出行動的人。

在《初戀築夢101》中，故事之初的行動者是瑞英。

貫穿整個《初戀築夢101》、做出「單一行動」的人物是誰？是去找自己的初戀，並要求對方幫自己蓋房子的瑞英？還是迫不得已答應瑞英的請求，並按照她要求的標準來蓋房子的勝民？哪個人的行動比較「單一」？

讓我們用稍微不同的視角來看看行動的尺度。

在《初戀築夢101》整個故事中，做出最大行動的人是誰？勝民在濟州島建造一座美輪美奐的房子，所以我們也可以回答是勝民。然而，在劇情的「現在」這個時間點上，最大的行動者是瑞英；電影的中間點，她在海邊的露天攤車喝酒喝到茫，為了阻止勝民的行為而不斷發酒瘋（不同於她大學時期的冰冷模樣）。此外，整部片中幾乎沒有勝民建造房屋的畫面，大多數場景是兩人為了建造房屋而四處奔波，瑞英發酒瘋的畫面也是出現於這個過程中。

在「過去」的時間點裡，哪個登場人物的行動是最大的？最大行動者難道不是抓著計程車門不放、大喊著要「去貞陵[16]！」的大學生勝民嗎？

沒錯。勝民在過去時間的故事裡（大學時期）是最大的行動者。但是，各位再思考一下：這場戲裡，真的是勝民的行動比較大嗎？還是拚命打勝民的頭、努力想甩開勝民的計程車司機的行動更大呢？

以現在與過去交叉呈現的《初戀築夢101》敘事特性中，故事的本質與一貫性明顯存在著讓人混淆的地方。如果要單純以行動的大小來找出誰是主角，那麼，在「現在」的時間點上，我們可以說是瑞英，在「過去」的時間點上，我們卻可以將勝民視為主角。但是，我們決定主角的標準並非其行動的大小。這就是為什麼，即使計程車司機已經做出很大的行動，他也不是主角的原因。

主角的關鍵字是「行動的一貫性」。我們必須明確區辨出「這個角色的

16 勝民自己家的所在。

行動是不是單一且前後一致？」、「他不是突然變了個人，而是因為突發事件才大吼大叫？」

　　請記住：我們在「主角的公式」中需要確認的是行動的起點、單一行動是否持續進行，以及行動的大小。

（2）《火線追緝令》

現在我們來看看驚悚電影、由導演大衛・芬奇（David Fincher, 1962 −）執導的《火線追緝令》（*Seven*, 1995）。這部電影的內容是一名菜鳥警探大衛・米爾斯（布萊德・彼特〔Bradley Pitt〕飾）偵辦一連串根據《聖經》七宗罪[17]的內容所犯下的案件。現在，我要開門見山直接問各位：

　　《火線追緝令》的主角是誰？是身為菜鳥警探的大衛・米爾斯？
　　還是連續殺人魔約翰・杜（凱文・史貝西〔Kevin Spacey〕飾）？

　　警探大衛・米爾斯與連續殺人魔約翰・杜，是誰正式開始推進《火線追緝令》的劇情？讓我們將這兩人的行動放進主角的公式中進行比較。

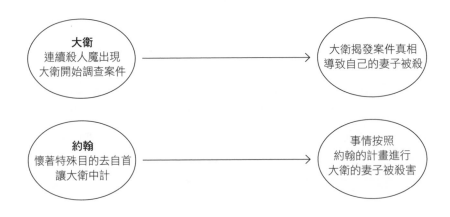

大衛
連續殺人魔出現
大衛開始調查案件

大衛揭發案件真相
導致自己的妻子被殺

約翰
懷著特殊目的去自首
讓大衛中計

事情按照
約翰的計畫進行
大衛的妻子被殺害

---

17 又稱七原罪，人類道德上的重大罪惡，包括傲慢、貪婪、色慾、嫉妒、暴食、憤怒與怠惰。

是誰在主導整個劇情？沒錯，是約翰‧杜在主導故事。所以，究竟誰才是主角呢？當然是約翰‧杜。

大家又是怎麼想的？

我為什麼堅持要確認主角是誰？當觀眾在看電影，或志願成為編劇的人在分析電影文本時，誰是主角並非那麼重要，例如在看《初戀築夢101》時，不管是從勝民的角度去看，還是從瑞英的角度去看，其實沒有太大差異。《火線追緝令》也是如此。

但創作的時候不一樣。在創作情節時，決定主角是最重要的問題。因為唯有找出主角是誰，並設計主角展開具有一貫性的行動，整個故事才會誕生。我想各位都知道本書的目標不是解析與詮釋故事吧？我們以創作為目的，就要明確理解主導劇情的「主角」概念。主角無關人物的出場份量，而是要觀察「誰」在主導故事發展。換句話說，你要決定由誰來做出行動的起始。

04

敵對者的公式

「敵對者」這個定位，位於「情節三角」圖解中的最高點，針對主角拋出難題。不過，它也有可能脫離人類的面貌，以災難或社會現象等方式出現。所以我們應該觀察的，不是敵對者的表面形態或困境的樣貌，而是讓主角陷入有效困境的敵對者其深層的形式、系統與功能。所有的創作者都對主角傾注巨大的感情，投入許多心血，但若要讓自己創作的故事得到客觀且廣泛的評價，作品中敵對者的位置與強度是最重要的問題。此外，這一點在提高劇本被電影化或電視劇化的可能性層面上也是如此。

為什麼？

各位還記得「困難越多，劇情就會越有趣」句話嗎？強大的敵對者會使劇情變強勁。不論主角再怎麼優秀，如果沒有實力相當的敵對者，故事的價值也不會獲得認可。

這又是為什麼？

沒有敵對者的劇情非常平和，但也相當無趣。當強大的敵對者推翻世界、讓黑暗支配天下時，正是英雄粉墨登場、撥亂反正的最佳時機。沒有敵對者的世界，就像沒有顧客的商店一樣沉悶無聊。因為沒有客人，所以主角也會打起哈欠、睡起午覺。在這個和平的世界裡，必須出現投擲炸彈的敵對者，主角才會打起精神去拯救世界（這是他的職責）。

各位千萬要記得，故事需要敵對者才能完成。你必須創造與主角旗鼓相當的敵對者。唯有創造出惡魔般的敵對者，才能進一步創作主角與敵對者激烈戰鬥的宏偉故事。

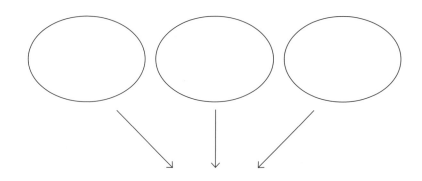

這是屬於敵對者的公式。三個圓圈加上三支箭頭，每一個圓圈都處於三幕劇結構裡幕與幕之間、應該讓困境出現的地方。因此，三個圓圈依序為攻擊點 1、攻擊點 2、攻擊點 3。

各位可能會想問：為什麼是「攻擊點」？正如其名所示，這幾個點是主角被大肆折磨的地方，也就是攻擊主角內在或外在弱點之處。

這三個圓圈裡，中間的「攻擊點 2」就是情節三角當中的頂點（稱為中間點或中點），也就是故事裡對主角的行動做出決定性阻絕的關鍵之處，可以說是故事的脊柱。

現在，讓我們試著來將主角的公式與敵對者的公式組合起來！

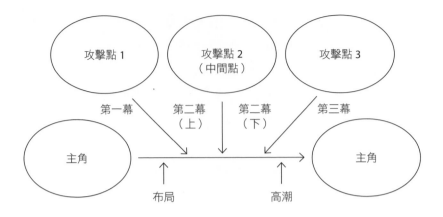

以上就是「吳基桓公式」的基本型態。下面的兩個圓圈代表主角的目標與動線，上面的三個圓圈則是敵對者的功能與系統。接下來將透過分析作品，繼續詳細說明敵對者的位置和功能。

(1)《生命之詩》

首先，我們要來分析李滄東導演的《生命之詩》。這部電影在二○一○年的第六十三屆坎城影展上贏得最佳劇本獎。也就是說，這部電影劇本有多麼優秀已經過世界的檢證。這是一部我個人非常喜歡的作品，想著如果有一天能出書，一定要將這部電影作為素材寫進去。我希望每一位正在寫劇本或創作故事的人，都能認識這部傑作。

各位知道這部名作中的敵對者是誰嗎？只有正確建立主角想達成的目標與計畫，接下來才能創造出妨礙主角的敵對者公式。現在，我們先來看看《生命之詩》的主角，以及主角的計畫。

主角楊美子的計畫十分簡單，那就是：寫詩。主角從一開始就會為了寫詩而採取一貫的行動。我們明白主角的目標後，接下來必須創造一個妨礙楊美子計畫的敵對者。

怎麼做才能讓楊美子寫不出詩來？

這個問題相當困難。各位不妨也想想看。看過這部電影的人都知道，《生命之詩》從第一個場景開始就沒有遵循商業電影的規則。《生命之詩》是一部藝術電影。這裡我就直說了，讓楊美子寫不出詩的方法，不該是表面、直接的方式。也就是說，敵對者可能不是以人的模樣出現。藝術電影不會採取讓一個反派角色出場、由那個角色從表面上折磨主角的單純敘事，不會有一個人做出搶走鉛筆或撕碎紙張這類直接的行動來阻撓楊美子寫詩。

藝術電影比較常使用雙重（表層加上深層）困境的手法。在這部電影中，導演安排的敵對者如下圖：

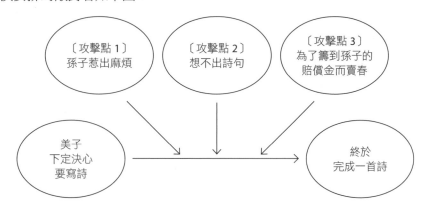

電影開始時，主角楊美子就有輕微的失智症狀，因此我們可以看到這邊出現一個「困境」，就是她的記憶會漸漸消失。除此之外，她的人生也非常淒涼。在第一個攻擊點上，對一位少女做出犯罪行為的孫子登場。他是楊美子唯一的家人，年邁的楊美子需要代替人在遠方的女兒來照顧惹事生非的孫子。在第二個攻擊點上，楊美子參加了某個女性詩人的發表會，然後她這麼說：

「您的詩怎麼可以寫得這麼好？我再怎麼努力也寫不出來……」

說明「情節三角」時，我曾經提到作為中間點的第二個攻擊點是故事裡出現核心困境的地方。楊美子最想做的事就是寫詩。因此，沒有可以好好寫出一首詩的天賦，這項缺陷是最根本的問題。也就是說，這部片裡，作者在想寫詩的主角的單一行動上，安排了「再怎麼努力也寫不出來」的敵對者。

在第三個攻擊點上，楊美子為了籌措孫子因犯罪而欠下賠償金，把自己賣給她負責看護的爺爺（她的職業是看護），並向其收取賣春的費用。

為了不讓楊美子順利寫詩，這部片安排了三種完全不同的困難點，也許有些讀者會對此感到迷惑：「這些安排有什麼特別嗎？」導演為什麼在攻擊點上安排這樣的敵對者？答案也許不是一目了然，但是請容我再強調一次：這部片是藝術電影。

本書的中間章節，我會介紹到「表層敘事」與「深層敘事」的概念。表層敘事是表現單面、直觀的敘述方式，深層敘事則是指存在敘事內部的深層部分。

就像《生命之詩》一樣，藝術電影範疇的電影大多具有深層的結構。為了展現解析故事的各種層次，我們可以藉這個機會來看看深層敘事的例子。

讓我們以更深入的角度再一次檢視《生命之詩》。

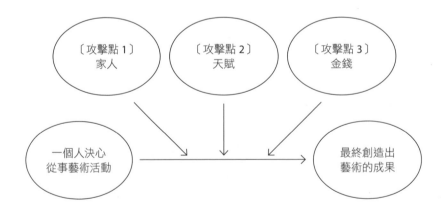

解析表層敘事，就像小學生做算術題一樣簡單。相對地，解析深層敘事就像高中生在解大學指考的數學考題一樣複雜困難。初學者若要分析故事的深層敘事，會像小學生去寫大學指考考題。這是因為若想要解算術題，我們只需要理解數字的大小或排列就可以了，數學則是需要全面了解數字之間的排列、規則與公式等，才能夠解答。

為了正確理解表層和深層敘事之間的差異，除了基本公式之外，還要理解故事內部的原理，以及基本要素之間的連結方式。唯有如此，我們才能正確分析作品、創造出一部傑作。

很困難吧？我來舉另一個例子。A決心此生一定要從事藝術工作，但他在二十五歲的時候，家人這麼對他說：「我們家裡又沒有人是藝術家，你到底是像到誰才會吵著要搞藝術？」全家人都用怪異的眼光看著夢想成為藝術家的A。隨著時間的流逝，A的年紀也在不知不覺間來到三十五歲。這次，他自己就會這麼想：「哎呀？難道我真的這麼平凡嗎？為什麼搞藝術這麼難，而我到現在仍一事無成？難道我十年前就該聽媽媽的話嗎……到我死之前，可以作為一個編劇出道嗎？」

接著，時光飛逝，歲月如梭，A的年紀來到四十五歲，連維持基本生活開銷都很困難，於是開始陷入前所未有的苦惱之中：我真的要繼續走這條路嗎？

這就是《生命之詩》的深層敘事。當一個人決定從事藝術工作的時候，周圍的人都會先勸阻。第一個敵對者，就是對自己有沒有藝術才能存疑的家人。第二個敵對者，是思考自己是否具備藝術方面的天賦、不相信自己的自身。第三個敵對者，是環繞在藝術家周遭、連基本生活開銷都難以維持的物質環境。

李滄東導演會不會是想藉由這部電影來闡述藝術家的人生？將這種具有深層內涵的故事，以「想要寫詩的老太太楊美子」的表層敘事來掩蓋，然後再將這些深層的內涵傳達給我們？你會怎麼詮釋這部片？《生命之詩》這個作品還有一個層次，我會在後面的章節揭曉答案。

這個章節是在討論敵對者的功能。為了更進一步學習敵對者的配置與設

定，接下來我們要來分析商業電影的劇本文本。無論如何，藝術電影分析的界限十分模糊，很難達成共識。反之，商業電影的故事會比藝術電影簡單，故事脈落也更加清晰明確，我們之間能取得的共鳴也會更多。

(2)《菜鳥警校生》

我們要以金周煥導演在《菜鳥警校生》（2017）中的敵對者安排為例，進一步了解敵對者的配置方法。警察大學在校生朴基俊（朴敘俊 飾）與姜熙烈（姜河那 飾）在整部電影中一直懷抱著目標，為了解決事件而奔波。

正如片名所示，這部片的主角還不是正式警察，劇情是關於未來將成為警察的警校生為了解決事件而奔波。既然已經知道主角的目標，現在讓我們來找出敵對者是誰。

為了阻止這些警察大學的學生破案，該安排怎樣的敵對者呢？

如果大半夜在路上目擊了犯罪行為，作為熱心民眾的我們通常會打電話報警，或是到附近的警察局、派出所報案，盡了這個公民義務後就回家睡自己的覺。但是，如果只有這樣，故事就不會發生了。

故事的創作者將這部電影的主角設定為「菜鳥警察」的理由相當明顯。「一般警察」無法解決的事件，由「菜鳥警察」作為主角來解決是故事的重點。換句話說，一般警察與菜鳥警察的對比，就是故事進行中最重要的看點。現在我們來看一下電影的敵對者結構。

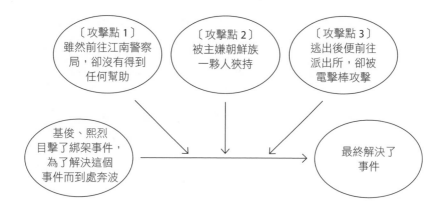

故事的主要架構是兩名菜鳥警察解決了其他警察無法解決的問題。這個表層敘事也可以改用下面的深層敘事來看:

在攻擊點1上,菜鳥警察朴基俊與姜熙烈目睹綁架事件的當下,就為了解決事件而前往江南警察局,但沒有得到任何幫助。在攻擊點2,主角們即便遇到重重困難,依舊為了逮到犯人而前往大林洞,卻反而被嫌犯狹持,遭受一番折磨。在攻擊點3,歷經一番峰迴路轉,他們終於成功逃出嫌犯手中、直奔派出所,沒想到竟然被執著於案件處理程序的一線警察用電擊棒攻擊。當然,我們的主角在歷經各種苦難後,最終還是解決了案件。

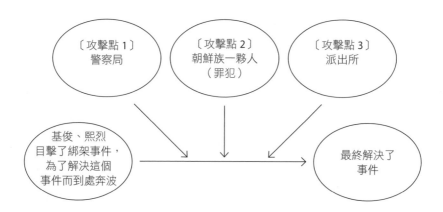

「那些尚未被世界污染的青年，可以解決現代社會的沉痾與幾世代以來沒能解決的各種社會問題」，這不就是編劇想透過這部電影傳達的訊息嗎？編劇埋在深層敘事裡的觀點打動了社會大眾，吸引超過五百萬人次到電影院欣賞這部片。

總而言之，《菜鳥警校生》配置敵對者的核心概念，是讓跟「菜鳥警察」形成對比的「一般警察」擔任敵對者。這告訴我們，你在創作故事時，如果把那些與主角的行動呈一百八十度相反的人物或情況放在敵對者的位置上，就會出現不錯的結果。

主角與敵對者之間的最佳角度是一百八十度。

我們在這一節比較了藝術電影《生命之詩》與大眾電影（商業電影）《菜鳥警校生》各自如何安排敵對者，對於敵對者的位置與功能有了更進一步的了解。關於敵對者的設計與位置，後面的章節會有更深入說明。

第 5 章
公式的原理

接下來，我們要來看「吳基桓公式」——結合「主角的公式」與「敵對者的公式」——當中尚未說明的部分。

　　我會說明「吳基桓公式」內部的規則與流動。這個系統內部有「流動」的意思是指，公式內部的基本元素可以自由移動——意味著公式中的元素可以有機地連結在一起。也就是說，這個公式是系統化的。

　　在本章節中，我會詳細說明此一公式內部的連結方式。

計畫完成

（1）我們需要可以完成的計畫

有個小孩經常這麼說：「我沒有什麼想做的事！」於是小孩周遭的人後來都放棄了他，但孩子的父母是絕對不會放棄的。他的父母開始觀察這孩子。他們發現，一個什麼都不想做的孩子，竟然可以用木頭做出一個玩具，而且做得非常好。於是小孩的父母不再強迫孩子唸書學習，而是默默地買了雕刻刀給他。接著，父母就這樣讓孩子做自己想做的事，孩子也就默默地用木頭來製作玩具，做了一輩子。長大成人的小孩成為木匠。在他身邊，有默默守候孩子的年邁父母。他們欣慰地看著彼此，露出笑容。

在這個故事中，符合「吳基桓公式」裡主角定義的人是誰？

我們沒辦法找到答案。為什麼？我說過「主角就是行動」，請各位思考這個故事中的行動吧。孩子的行動是「以木頭為材料來製作玩具」，那麼父母的行動又是什麼呢？是「默默地買木頭與雕刻刀給小孩」。如果讓我在這兩者之間選擇一個主角，那我當然會選擇孩子作為主角。因為「製作」相較於「給予」的動作更大。

　　然而，這個結論會讓我覺得很空虛。我沒辦法肯定地說主角就是那個孩子，但說主角是父母又會讓人皺眉。故事中的孩子與父母都沒有明確、完全的計畫──但我不是在說他們有什麼不對。如果這件事發生在現實生活中，孩子在正確的道路上長大成人，父母也陪伴孩子獲得成就，明明就是一個溫馨感人的故事。只不過，若要讓這些人物作為電影、電視劇、網路漫畫的主角登場，仍然相當不足。

　　這孩子沒有未來要成為木匠的計畫，父母也沒有要讓孩子成為木匠的計畫。當然，我們一般人也不會一開始就計畫好一切，然後為了完成這個計畫而活，所以，不是每個人的人生都能拍成電影或電視劇。

　　偉人傳記中出現的偉人，都會透過某個契機在某個瞬間確立自己的計畫。接著，為了實現它，他們挺身戰勝各式各樣的逆境，最終達成他的目標。

　　我不是在說不能用上面那個孩子的故事來拍電影或電視劇，只是我們創作故事的時候，在初期設定主角的過程中，應該像偉人傳記中的偉人一樣，將擁有明確計畫的人物設定為主角，再進一步拓展故事。

　　一五九二年，生活在朝鮮的無數人民經歷了萬曆朝鮮之役[18]，但為什麼只有李舜臣將軍的人生能夠被拍成電影？我的答案是，因為李舜臣將軍是有計畫的人物。所有朝鮮人民都有過要打敗日本軍的「想法」，但有多少人真的有能力去訂定打敗敵軍的計畫？

　　總而言之，我們一般是用行動的起始、行動的大小來當作主角的評斷基準。但是在電影與電視劇裡，主角在行動的同時，為了達成某個目標，必須

---

18 中國明朝、朝鮮國與日本之間爆發的戰爭，在中國稱為「抗倭援朝」，在日本稱為「文祿慶長之役」。

擁有屬於主角自己的計畫。接下來，我會以主角的計畫為重心來解析故事。在創作層面，我們也會去檢驗主角是否有什麼計畫，以及它是否具備一貫性。

（2）我們需要可以完成的創作者計畫

現實生活中，擁有完美計畫的人只占極少數。大多數人在既定的環境下，都只是在當下盡自己最大的努力生活。電影也是一樣的。雖然也有具備強烈意志、努力執行計畫的主角，但也有在既定環境下，依照自己當時的處境去盡自己最大努力的主角。所以，這裡我想來討論一下那些主角沒有自己強烈計畫的電影。

我要講的電影是張俊煥導演的《1987：黎明到來的那一天》（2017）。這部片的主要登場人物有朴處長朴處源（金允錫飾）、公安部長崔桓（河正宇飾），以及妍熙（金泰梨飾）、李韓烈（姜棟元飾）。

這些人當中，誰擁有屬於自己的計畫？

你們可能會說，朴處長有計畫啊！但他是「從一開始」就有自己的計畫嗎？非也，他是因為在拷問中發生死亡事故，逼不得已才去制定計畫。那個有名的「水刑事件」是臨機應變下的產物（本片是以一九八七年朴鍾哲烈士遭拷問致死的真實事件為主題）。他嘴上說打從一開始就該這麼說，其實並沒有制定整體計畫。簡單來說，這部電影的主要人物，比起「動作」，更多的是「反應」。

這跟到目前為止的說明完全不同耶？

沒錯，所以我會進行補充說明。《1987：黎明到來的那一天》這樣的電影，似乎看不到登場角色有什麼計畫——事實上是真的沒有。所以，這跟之前說明過的內容不符。但是，這部電影裡有其他不同的計畫——不是「主角的計

畫」，而是「創作者的計畫」。

　　故事的世界比太平洋還要遼闊，寬廣的大海裡有韓國青花魚，也有挪威青花魚。在故事的世界裡，有主角的計畫，以及具有等價效果的創作者計畫。世上所有的法則都會有例外。雖然在支撐劇情的計畫中有主角的計畫，但偶爾也會出現創作者（編劇或導演）的計畫主宰整個故事的情況，只不過，創作者的設計必須夠紮實才行。這麼一來，人物即使做出許多反應，故事線也不會亂掉。

　　讓我們想想災難片。某種災難發生之後，人們克服災難活了下來，是此類型電影的特性，也是敘事的特徵。在祥和的日常生活中，災難只會突然降臨，所以無法制定計畫，即使事前建立了計畫，也會為了應付災難而沒有多餘時間去考慮原來的計畫。即便如此，比起其他電影，觀眾很多時候會更投入災難電影中——雖然主角沒有計畫，故事情節卻很有趣。這是為什麼呢？

　　世界上還有其他像災難電影一樣、主角只能做出反應的故事。這些電影確實存在，也能得到大眾的熱烈迴響，因為創作者想藉由災難此一素材，向觀眾傳達自己故事裡的巨大藍圖。

　　讓我們回到《1987：黎明到來的那一天》吧。身為電影的創作者，編劇金景燦與導演張俊煥想說的是一個鬱悶陰沉的時代。他們八成這麼問過自己：「要怎樣做，才能正確地描述那個時代？」他們找到的答案是，將朴鍾哲事件安排在前半段，然後將李韓烈事件安排在後半段。[19] 編劇照著他的宏大計畫安排登場人物，讓他們在當中做出行動；編劇真正想說的故事，是透過登場人物的人生來展現，也讓我們一窺那個（他們生活的）時代。這部片的主角不是生活在那個時代的「人」，而是他們生活的那個「時代」。正因為編劇有宏大的計畫，才能將歷史事件中的人物納入其中，讓他們深陷在那個時代的漩渦中。

---

19 朴鍾哲（1965－1987），首爾大學學生，在反對全斗煥獨裁政府的抗爭活動中被捕，遭刑求致死，引爆韓國史稱「六月民主運動」的浪潮。李韓烈（1966－1987），延世大學學生，參與朴鍾哲拷問致死事件的抗議行動，後於示威活動中被警方的催淚彈擊中後腦而死，成為激化「六月民主運動」的原因之一。

總而言之，大部分的故事裡，主角都會有計畫，偶爾也會有主角看起來沒有計畫的故事。無論如何，如果這種故事顯得很吸引人，也是因為下述的理由：雖然故事表面上看起來沒有主角的計畫，但故事的背面一定有著驅動主角行動的創作者計畫。此外，這種風格的故事大多是講述歷史事實的時代劇、恐怖或災難的題材。

（3）從一開始就不制定任何計畫，也是一種計畫

目前為止，我都在主張必須要有「主角的計畫」或是「創作者的計畫」，才能創作出流暢的故事。現在要來探討一下，這兩種情況以外的獨特故事。

各位讀者當中，有些人可能會對「主角必須要有計畫才能流暢地創作故事」這個主張心生排斥，或是討厭主角每次都必須做些什麼。你們有些人的計畫可能是創作表現人類內心、跟著無意識走的故事。

有些編劇想展現世界的另一面，以什麼都不做的人為主角，或描繪被毀滅之人的命運。這種情況下，「主角是什麼都不做的人」，這本身就是一個計畫。「什麼都不做」不是計畫，但是，「讓主角什麼都不做」是十分明確的計畫；「被毀滅的人」也許不是計畫，但是「展現人如何毀滅」就是一個計畫。

獨立電影或低成本電影中，偶爾會有這樣的故事。這種電影不捕捉人的行動，只捕捉那人周遭的空氣。此外，也有電影只拍攝他人看待主角的視角。這些也都是故事。在藝術世界裡，沒有「應該怎麼做」的絕對法則。但我們必須知道，這種風格的故事是主觀的，因此很難引起大多數人的共鳴。

一般而言，大家看到的故事大約可分成以下三種：

1、故事主角有明確的計畫

2、故事有明確的創作者計畫

3、計畫什麼都不做的故事

在這當中，選擇什麼樣的故事都是創作者的自由。想展現主角的明確計畫，當然可以。不然的話，也可以在創作者的明確計畫下，安排只對恐怖或災難做出反應的主角，或是透過無所作為的人、落魄墮落的人，展現編劇想說的主題也可以。但是請各位記住，從你選擇了其中任何一種的那個瞬間起，那就成了你的計畫。

今後大家選擇寫下的故事會被許多人看見，或是觀看的人數雖不多，卻掀起他們的狂熱，又或者是極度主觀、私密的作品。無論你想寫怎樣的故事，只要按照自己的喜好來寫就可以。但在你開始書寫之前，一定要知道自己與自己的故事是哪種傾向，再開始進行創作。如果你下功夫完成的作品跟你最初的預想不同，那就會變成一場悲劇。這種情況，可以說是因為一開始就少了創作者的計畫。

當編劇制定了正確的計畫，故事也會寫得很精準。相反地，如果你是沒有計畫、漫無目的地寫，就會是完全不一樣的結果。

現在，各位心裡有任何計畫嗎？

02

向高潮直奔而去

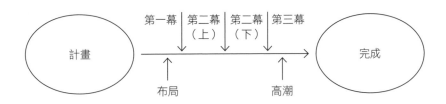

第一幕 ｜ 第二幕（上）｜ 第二幕（下）｜ 第三幕

計畫 → 完成

布局　　　高潮

　　在「吳基桓公式」中，「布局」是某個人的想法或行動發生變化的時間點，或是主角正式啟動自己計畫的地方。也就是說，主角有了某種「契機」，讓他開始制定計畫並加以執行；或者是，發生了將主角捲入某件事的「契機性事件」，於是他必須制定相應的計畫和實行的時刻。至於所謂的「高潮」，則是在「布局」後持續推進的情節不斷匯聚、最終爆發的地方。

　　什麼？你說你已經都懂了？
　　那麼，「布局」和「高潮」之間有什麼關聯呢？還有，這兩個地方是如何連結起來的？

　　如果「主角的計畫」是串連整個故事的大概念，那麼「布局」就是主角

計畫開展的小起點。換句話說，如果第一幕的功能是在說明「主角的計畫」是什麼，那麼「布局」可以說是第一幕中主角計畫啟動的瞬間。

舉例來說，在甲公司上班的職員金某一直過著無聊的日常生活，突然從某人那裡聽說公司正在計畫於五個月之後的八月份進行裁員。金某出於本能地開始思考：「誰能夠生存下來呢？」

經過反覆思量，他沒有信心自己可以在這次裁員中留下來，所以決定跳槽到有合作的乙公司。

金某打聽了乙公司的內部情況，得知乙公司正好計畫於八月份時在金某相同的業務領域上補充人力。在公司同事不知情的情況下，金某下定決心一定要跳槽到乙公司，並且制定了詳細計畫。

從現在的三月起，到甲公司的裁員計畫與乙公司招募計畫啟動的八月為止這五個月左右的時間，金某一面在公司上班（並依照乙公司的徵人條件，下班後去上英語補習班），一邊努力準備跳槽。

金某瞞著同事去補習班上課，有一天在補習班一樓偶然遇到了某位同事。看著跟自己一樣上補習班、好像在準備著什麼的同事，金某心中這樣推測：「他也是想去應徵乙公司吧？」、「我之前是不是聽說過那傢伙八月要被炒魷魚了？」

辛苦準備跳槽的金某在八月終於向乙公司投遞履歷。

上面這個故事的「布局」或「契機性事件」，是發生在哪裡？

大部分人會說是金某聽說裁員計畫的瞬間，然而並不是。事實上，大多數人無法正確區別「契機性事件」和「布局」。金某聽到裁員計畫是「契機性事件」，知道裁員計畫後決定跳槽並付諸行動的地方才是「布局」。

各位能理解這其中的差別嗎？

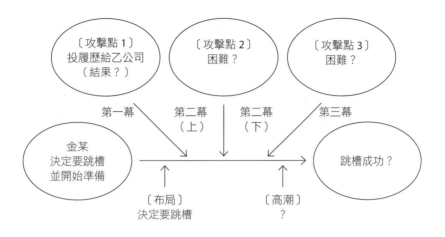

如果你能夠明確感知「布局」在哪裡，那你應該會同時意識到「高潮」的那個問題。各位如果覺得，從現在的「布局」到遠處的「高潮」之間距離太遙遠，因此很難抓到當中的關聯性，不妨參考一下周防正行導演的電影《我們來跳舞》（*Shall we Dance?, 1996*）。主角杉山正平（役所廣司飾）是個過著平凡生活的上班族。有一天，他在地鐵上看見坐在社交舞舞蹈教室窗邊的岸川舞（草刈民代飾），原先平淡無奇的生活中，開始出現意想不到的騷動。杉山正平為了再次見到岸川舞而費盡心思，最後終於鼓起勇氣推開舞蹈教室的大門。

這個故事的「契機性事件」是什麼？「布局」又是在哪裡？

你可能會認為，過著無聊日子的杉山正平，跟平時一樣下班的某日傍晚，在地鐵上看到岸川舞的瞬間是「布局」，因為這裡正是主角展開行動的起始。如果沒有那個瞬間，杉山正平不會想學跳舞，這個故事也不會開始。但正如前面所指出的，這個地方並非「布局」，而應該被視為「契機性事件」。「布局」是他因為岸川舞而進入舞蹈教室的瞬間。

杉山正平決定要「學習舞蹈」並打開門的瞬間，我們應該立刻可以看到「高潮」才對。讓我們來設計一段「高潮」那裡的簡單句子吧。如果設定是「學習舞蹈」，那麼「高潮」就只能是「我要跳舞」，不能是「我要看人家跳舞」

或「我要設計舞蹈時穿的衣服」，因為這兩種都跳脫了主角的一貫行動。在「布局」的地方，主角對舞蹈開始產生興趣，因此主角必須在「高潮」中跳舞。

金某聽到裁員計畫後，在「布局」中決定跳槽，因此我們可以預測在「高潮」裡會有「跳槽」、「回原來的公司」或是「他自己的創業」這三種方法。「布局」和「高潮」之間存在著這種關聯性，所以我想用「所謂布局，就是向高潮直奔而去」來形容。現在，讓我們來分析主角執行自己計畫的時間點「布局」，以及凝聚故事爆點的「高潮」兩者之間的連結關係與連結方法。

（1）「布局」和「高潮」決定故事的類型

布局與高潮是在情節三角中占據左、右兩側的終點。主角會在「布局」中正式開始做出「什麼」行為，最終在「高潮」中結束「什麼」事物。前面說過，主角在故事中進行的「什麼」將決定故事的類型。接下來我想比較下面三種類型的布局與高潮。

① 愛情片

愛情片的核心是什麼？不論男女或同性，不論是東西或外星生命體……不管是什麼，總之就是兩個對象相愛的故事。愛情故事正式起點的「布局」中，兩個對象（主角）該以怎樣的面貌登場？大部分的愛情故事都是以兩位主角的相遇來正式啟動故事。讓我們再來看一下《新娘百分百》。

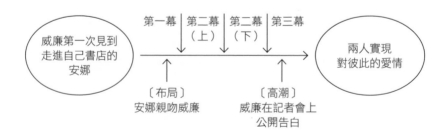

任何男女在路上都能偶然相遇，但因此墜入愛河的情況非常少見。愛情片通常是偶然相遇的兩人，譜寫出命中註定的愛情故事。因此，愛情片的「布局」和「高潮」將成為兩人相遇和締結愛情的時間點：將原本是陌生人的兩人連結起來的地方是「布局」，藉由告白或接吻來表現愛情的地方則是「高潮」。

　　《新娘百分百》講的是頂級巨星安娜與經營小書店的威廉偶然相遇，在克服重重難關（障礙物）後，最終實現這段愛情的故事。這兩人在「布局」中是怎麼相遇的？他們先是在威廉經營的書店初次見面，接著兩人又在街上命運般地重逢。威廉把咖啡灑在安娜的衣服上，於是把她帶到自己家裡換衣服，將兩人差點只停在一面之緣就結束的緣份延續下去。然後，安娜親吻了威廉。

　　威廉將咖啡灑出來、潑到安娜身上的地方是「契機性事件」，安娜親吻威廉的瞬間則是「布局」。如果沒有這個吻，劇情就不可能開展。像這樣，愛情片的布局點，可以說是兩人偶然相遇讓命運扭轉的瞬間。

　　此外，「高潮」的部分（按照愛情故事的公式）是實現兩人愛情的地方。大部分的愛情故事裡，都會在此時出現告白的場景。《新娘百分百》中，威廉在記者會上向安娜表白自己的真心，這裡就是高潮。最後，在眾人的祝福之中，故事到此結束。

　　簡單總結來說，愛情故事的「布局」是兩人初次見面後，燃起愛情之火的地方，「高潮」的部分則是兩人確認真心的瞬間（接吻、告白）。

② 動作片

一般的動作片前半段，都會發生貫穿整個故事的「契機性事件」。它會以什麼樣的形態出現？當然就是「動作」了。金成勳導演的《機密同盟》（2017）前半段，犯罪頭子車奇成為了爭奪偽造硬幣而闖入工廠，北韓警察任鐵零為了阻止他的行動而孤軍奮戰。激烈的槍戰中，任鐵零失去了妻子，為此感到痛苦怨恨。

　　故事重點整理如下：

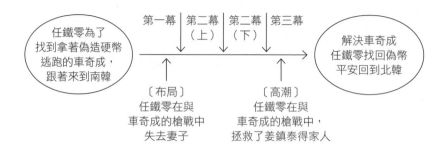

任鐵零為了
找到拿著偽造硬幣
逃跑的車奇成，
跟著來到南韓

第一幕 ｜ 第二幕（上）｜ 第二幕（下）｜ 第三幕

解決車奇成
任鐵零找回偽幣
平安回到北韓

〔布局〕
任鐵零在與
車奇成的槍戰中
失去妻子

〔高潮〕
任鐵零在與
車奇成的槍戰中，
拯救了姜鎮泰得家人

　　任鐵零為了抓車奇成，動身前往南韓，故事至此正式展開。在高潮的地方，任鐵零再一次對決車奇成，並拯救被狹持為人質的南韓警察姜鎮泰（柳海真飾）的家人。

　　每個類型「布局」與「高潮」的形式都不一樣。愛情片《新娘百分百》與動作片《機密同盟》的「布局」與「高潮」的形式不同，也是因為題材的緣故。成就愛情的愛情片是由相遇與告白構成的，動作片則是藉由激烈的動作戲來推進故事，所以「布局」和「高潮」會以主角與敵對者的猛烈動作場面來表現。

　　如果各位現在正在構思動作片的故事，我希望各位先從開頭的激烈動作場面開始下筆。別以為故事只要具有動作片的形式，就可以算是動作片。我們不會因為電影裡有動作戲，就說它是動作片。像《機密同盟》裡那樣發揮「契機性事件」功能的動作場景，也必須是能夠驅動整個故事的動作戲。在「布局」階段的動作場景之內，必須包含能夠主宰整個故事的內容。

　　《機密同盟》在「布局」中展現的契機性動作場景裡，我們可以看到敵對者車奇成的目標，同時，任鐵零因為車奇成而失去妻子，也表現出憤怒。主角的目標與敵對者的目標同時展現出來，引爆了整個局面。接下來，任鐵零跟著車奇成進入南韓，作為主角與敵對者關係的兩人矛盾，也是主宰整部電影的矛盾，因此整個故事都會保持著張力。

　　像這樣，布局點上不是光有動作場景就好，而必須是包含衝突理由的動作戲。光憑單純的爆炸性場景，無法啟動故事情節。這裡需要的是能夠支撐整個故事的槍戰。在槍戰中，必須包含可以讓劇情一直持續到高潮點的故事

種子。如果這場動作戲沒有引爆情節，只有大樓被炸毀的動作場景——這不是正確的「布局」，只是單純的「爆炸事件」而已。所以，請各位務必準備能讓故事跟大樓一起爆發的場景。

③ 驚悚片

不知從何時開始，我們社區開始流傳奇怪的傳聞。

那是關於有人躲在別人家裡生活的故事。

據說那些人偷偷住在陌生人家裡，而且把那個家據為己有。

就像貓頭鷹的幼崽一樣……

這段話是許正導演《捉迷藏》（2013）裡的旁白。電影講述的是住在公寓裡的人，以及覬覦那間房子的外部入侵者。如果我們抓出《捉迷藏》的內容、「布局」與「高潮」，會大致如下：

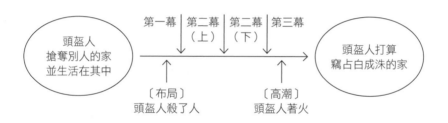

《捉迷藏》作為一部驚悚電影，頭盔人在「布局」中殺害另一名女性的場景，展現了強烈的懸念。高潮的地方，在白成洙（孫賢周飾）公寓裡發生的場景，也很像驚悚片的典型畫面：潛藏、流動的緊張感，然後再次發動攻擊。用一句話來說，就是充滿懸念與張力的動作主宰著畫面。即使沒有子彈滿天飛，但仍高明地表現了想要守護自己家的人心中的迫切感，以及想占有那棟房子的人的瘋狂。

有趣的是，跟傳統動作片相較之下，它的開始與結尾的形式相當不同。驚悚片一般會在「布局」中發生「事件」，在「高潮」的地方看到犯人與追

捕者（例如警察）展開肢體衝突，該事件才得以「解決」。換句話說，驚悚題材的故事是以展開事件的人與追查事件的人之間的矛盾來完成的。但是，《捉迷藏》的「布局」與「高潮」還有一個應該注意的地方，就是在電影前半部的「布局」中流瀉而出的旁白，跟電影後半部「高潮」過後的結尾處再次出現的旁白，一樣都是珠熙（文晶熙飾）女兒的聲音。

假如《捉迷藏》是一部動作片，旁白也會產生效果嗎？

答案是：不會。旁白之所以有效，是因為電影的類型是驚悚片，所以即使出現旁白也很自然。如果你的目標是寫出特定類型的故事，就要充分熟知不同類型的敘事特性。情節的「布局」與「高潮」是依照故事類型的特性分別以獨特的形式出現。往後看電影時，請各位觀察故事以何種形式開始，又是如何結束，這會對該類型的寫作有很大幫助。

（2）「布局」成長後會變成「高潮」

讓我們再次來分析「布局」與「高潮」的關聯性。

「高潮」是「布局」的成長形式，亦即變化完成的樣子。

記得前面那位準備跳槽的金某吧？這個故事的「布局」是「決定要跳槽」。它的「高潮」是「布局」的另一種面貌，所以應該要讓它成長或變化吧？那麼我們該怎麼做呢？你不知道怎麼辦是很自然的事。不用太擔心，主角已經不厭其煩地說了他接下來該做什麼了（行動）。沒錯，做出行動的人就是主角。「聽到裁員計畫」後，為了有所成長，應該去改變什麼呢？當然還是需要「行動」。只要我們讓「布局」的行為有所成長、改變，它就會達到高潮。

〔布局〕偶然　聽見裁員計畫　決定跳槽

〔高潮〕確立計畫　自己主動　跳槽

如果按照「布局」去發展「高潮」，金某就會以「跳槽到其他公司」、「回本來的公司」、「自己創業」等方式達到高潮。在這三個變數中，成長或變化最大的選項是創業。

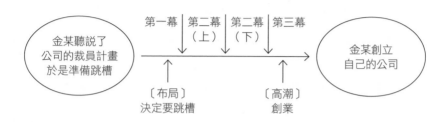

像這樣安排高潮的話，故事可以概括整理如下：「偶然間聽說公司的裁員計畫後準備跳槽的金某，在跳槽過程中歷經許多困難，經過一個階段的成長，最終成功創業了」。

讓我們再看一次《機密同盟》。

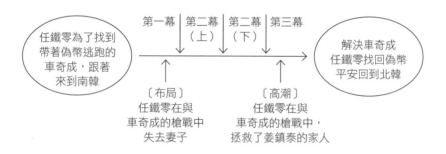

在「布局」中失去家人的任鐵零，不但在「高潮」的地方達成任務，還拯救了姜鎮泰的家人。各位怎麼看呢？是不是感受到主角的成長了？在「布局」中沒保護好自己家人的任鐵零，經歷成長與變化之後，最後在「高潮」中甚至還救出別人的家人。從構思故事的階段開始，就應該根據「布局」與「高

潮」的內在關聯性來設計故事。在故事構思的階段，各位要注意以下兩點：

> 「布局」中仍有所不足的主角，在「高潮」中達成完美的變化。
> 「布局」中仍有所不足的情況，在「高潮」中完美變形後重現。

（3）當「布局」與「高潮」的形式不同

雖然非常少見，但確實可能出現形式不同的「布局」與「高潮」。「布局」與「高潮」是決定類型的關鍵，如果它們展現出不同的面貌，有以下兩種情況：第一，它不是在描繪主角的成長，而是在展現衰落的故事。第二，故事混合了兩種或更多種的類型。

第一種情況下，「高潮」不是「布局」的成長形式，而是以衰落的形式出現。在高潮來臨的時刻，故事不去顯露主角的成長狀態，而是揭露主角的衰落狀態。也就是說，呈現跟「布局」完全不同（相反）的面貌，對於抹煞主角的形象會很有幫助。在獨立電影或藝術電影中，我們偶爾能看到這種手法。不過，以前還能看到這樣的片，但最近已經很少找到這類內容了。

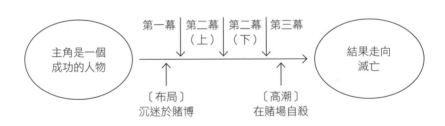

如果是這類的故事，「高潮」不該是「布局」的成長形式，而是衰敗狀態才會合適。如果你是想講述人的毀滅故事，故事在「布局」中開展的同時，你也要將「高潮」裡如何毀滅這個人一併想好。當你要描繪人的毀滅（與一般情況不同），「布局」會是他的最高點，「高潮」則是最低點。只要提前

想好這兩個極端點，故事就會自然而然地往下走。

　　此外，如果故事有兩種或更多種的類型混雜在一起，「布局」與「高潮」的形式通常會是不同的。前面提過的《菜鳥警校生》，各位覺得是哪一種類型片？

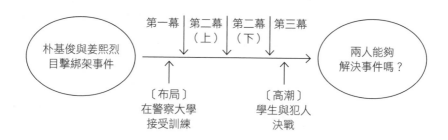

　　多數人的答案是「動作片」。這麼說似乎也沒什麼問題。就讀警察大學的朴基俊與姜熙烈的教育過程是本片的「布局」，「高潮」則是與敵人交手的激烈動作戲。所以，它從「布局」上來看的話是成長類型片，從「高潮」來看就是動作片。但是比起動作片，把這部片當作成長類型會更準確。

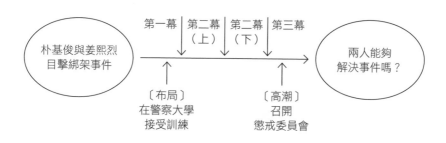

　　在「布局」中，電影詳細地展現出兩個主角作為警察大學新生接受訓練的樣子。在「高潮」中，學校即將召開校內懲戒委員會。在懲戒委員會召開之前，朴基俊與姜熙烈對楊教授（成東鎰飾）表示「我想繼續上學」和「我想

成為警察」，傳達自己的真正想法。如果是一般的動作片，「布局」與「高潮」都會是激烈的動作場景。這部電影不是如此，它的激烈動作場景被放在懲戒委員會召開之前。《菜鳥警校生》本質上是成長題材的電影，以此為基礎加入動作場景，這才是本片正確的解析。它在「布局」中有警察大學的入學，在「高潮」中則有「我還能繼續留在警察大學嗎？」的苦惱。

在這個基礎上，我簡單說明電影如下：「進入警察大學的新生被捲進事件後，一邊解決這些問題，一邊逐漸成為真正的警察。」

人性劇情片通常都是這樣開始的：「過著日常生活的某個人，發生了某件事」。如果要我在劇情片與動作片之間選擇《菜鳥警校生》的類型，我會選擇人性劇情片。為了進一步擴大思考空間，我們來看一下成長類型《舞動人生》（*Billy Elliot*, 2000）的情節。

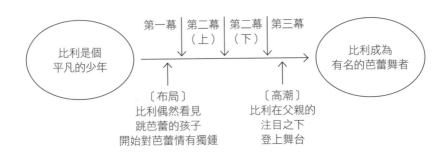

比較《菜鳥警校生》與《舞動人生》的結構，我們可以感受到形式上的相似性。「主角偶然捲入事件，克服各種困難後，最終達到目標」是所有成長故事的基本結構。所以，《菜鳥警校生》是一部成長類型片。

如果各位現在構思或正在創作中的劇本裡，混合了兩種或更多種的類型，請思考當中哪個類型更適合用來講述自己的故事。不同的題材如果一直混為一氣，劇情會變得難以擴張。每個類型都存在固有的規則與形式，如果類型混雜在一起，就無法開展劇情一貫的故事。從現在開始，我希望各位在寫作時，能夠明確決定哪個類型可以最有效率地傳達自己想傳達的訊息。以它為

基礎進行創作，確立故事的結構，然後再加入你想要的場景。

（4）「布局」與「高潮」是故事的入口與出口

「布局」與「高潮」就像高速公路入口與出口的收費站。讓我們想像一下：
住在首爾蘆原區的甲先生要開車前往釜山海雲台區。要從首爾北部蘆原到釜
山，必須先經過九里，通過東首爾收費站。經過收費站後，他最先看到的會
是「釜山〇〇公里」的標誌。看見這個標誌的瞬間，你會感覺自己真的要去
釜山了。接下來，經過四個多小時的車程，當你從釜山收費站出來，會覺得
自己現在真的在釜山了。

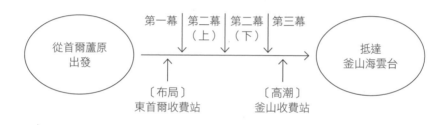

　　旅行正式開始的地方是「布局」，從高速公路出來、進入釜山的瞬間就
是「高潮」。我們在出遊前已經大致安排好行程，決定了出發地與目的地，
也確定好交通工具，並計算好大概需要的費用。在名為故事創作的旅途中，
出發地與目的地之間的距離頗遠，也不像飛機或火車一樣有固定路線，有點
像是根據即時交通狀況而發生各種變數的駕車旅行，可以說是必須先預估一
年左右的交通費後才能出發的長途旅行。因為這趟長期旅行的變數很多，如
果事前沒有萬全準備，很容易在中間迷路。

　　在行前需要確認的事項中，第一順位當然是出發地與目的地，第二項則
是名為「布局」與「高潮」的高速公路入口與出口的路線。我們藉由「布局」
的收費站來確認自己已進入故事裡，即使中途暫時迷路彷徨，也要找到事先
決定好的「高潮」收費站，然後就能從故事的高速公路走出來。

如果不能進入（布局）收費站，或無法離開（高潮）收費站的話呢？

如果是沒能進入「布局」收費站，表示你還沒有確定好類型。如果是不能從「高潮」的收費站出來，表示從一開始這趟旅程就沒有確定好目的地，或是這趟旅途在中途更換了目的地——可能是你在路途中懷疑自己走的路是否正確、放棄了既有道路，轉而去尋找新的路線，或者是你丟失了旅行一開始的目的。遇到這時候多少會有些疲憊，那就請先暫停一下吧，然後確認以下幾件事：

第一，這趟旅行是值得繼續下去的嗎？
第二，一開始的旅行計畫是不是有哪裡出錯了？
第三，我是適合這種長途旅行的人嗎？

如果這三個問題的答案都是肯定的，你就要回到最開始，修改整個旅行計畫，然後再次上路。例外的情況是，即使開始與結束的形式不同，但如果你個人對結果很滿意，或是這個新的旅行方式得到了他人正面回應，你也可以直接結束這趟旅途。

如果這次的旅行目的是為了追求自我滿足，那麼自行決定旅行的結束就可以了。但如果你想讓更多人看到這個故事，就不能任意讓旅行畫下句點。旅行的開始與結束都必須夠合理，達到能讓別人理解的程度。

來一場你的讀者會喜歡的旅行吧！

03

「攻擊點 1」與
「攻擊點 3」是雙胞胎

攻擊點，顧名思義就是敵對者折磨主角、攻擊主角的地方。攻擊點 2 是中間點，也是最重要的敵對者所在之處。這一節裡，我打算來分析負責敵對者兩邊翅膀的攻擊點 1 與攻擊點 3 的功能與形態。我們可以將攻擊點 1 和攻擊點 3 視為雙胞胎。雙胞胎的種類，可分為同卵雙胞胎與異卵雙胞胎，而攻擊點 1 和攻擊點 3 比較接近異卵雙胞胎——不是完全一樣，但以非常相似的樣貌與形態出現，並折磨主角。

（1）《菜鳥警校生》

《菜鳥警校生》的主角們為解決事件而東奔西走，但敵對的江南警察局與派出所不願意協助他們，讓他們在拘捕自己鎖定的犯人上吃盡苦頭。這裡我們可以確認的是，敵對者「江南警察局」與「派出所」的同質性和異質性。大家都知道警察局和派出所這種組織的相似性，所以這裡就不多贅言，但讓我們來看看敵對者與主角們的衝突形式與敘事上的關聯性。

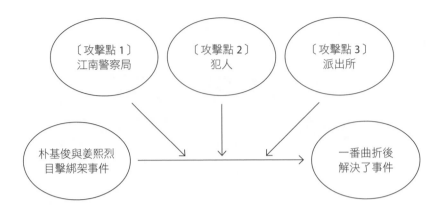

在攻擊點 1 上，不要說犯人了，主角們連犯人的根據地都無法準確掌握。雖然他們跑到警察局，拜託警察盡快出動抓犯人，但身為警察大學學長的警察們卻以大企業老闆孫子的失蹤事件為優先處理案件，完全沒有給予幫助。到了攻擊點 3 時，主角們不但掌握了犯人的行蹤，還確認了他們的大本營，這是由於主角們稍早被犯人狹持，之後好不容易才脫身，前往派出所通報。此時，衝突看起來似乎即將化解，派出所的警察卻阻止了主角們，不但只打算進行報案程序，甚至還攻擊主角。

攻擊點 1 與攻擊點 3 的共同點，是主角們「雖然跑去求援，但完全沒有得到任何幫助」，不同之處則在於，攻擊點 1 是「連警察機關內都無法進入」，而攻擊點 3 是「雖然進入了警察機關內，但反而遭受攻擊」。

所以說攻擊點 1 與攻擊點 3 像異卵雙胞胎，各位能夠理解嗎？

「得不到任何幫助」的共同點，以及警察機關的「外部和內部」、「連報案都沒辦法」與「反而受到攻擊」的差異點——雖然不是百分之百相同，但被設計成像異卵雙胞胎一樣類似的形式，讓主角深陷困境。如果各位在創作過程中，將某種形態的敵對者安排在攻擊點 1 上，那麼請在攻擊點 3 安排一個與攻擊點 1 有如異卵雙胞胎的敵對者。愛情片也適用一樣的手法。

（2）《新娘百分百》

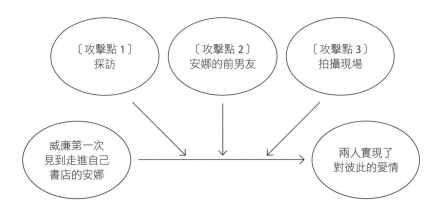

在攻擊點 1，威廉為了見到安娜，來到記者採訪她的地點。威廉稱自己為《Horse & Hound》雜誌的記者，採訪了安娜。在攻擊點 3，威廉去了安娜的電影拍攝現場。由於錄音工程師給了他耳機，於是他也聽到演員們私下閒聊的對話。拍攝開始之前，安娜正在跟其他演員對台詞。當安娜被對方問到威廉這個人時，她立刻說：「只是以前認識的人，沒想到會突然來找我，嚇了我一跳。」聽到這番話，威廉受到很大的打擊，落寞地離開拍攝現場。

攻擊點 1 是普通人為了與明星見面，逼不得已冒充記者身份的地方。攻擊點 3 也是普通人前往一般來說很難進入的電影拍攝現場，然後被明星羞辱的地方。這兩者都是因為普通人與明星之間的身份差異而產生的衝突。《新娘百分百》講述的是普通人與明星的愛情故事，編劇在攻擊點 1 與攻擊點 3 這兩側翅翼上，讓普通人與明星的身份發生衝突。

假設我們正在寫一部明星和普通人的愛情故事，內容主要在描述兩人身份衝突的電視劇劇本。如果是以十六集的集數為基準，可以在第一幕結束的第四集與第三幕結束的第十二集上，製造明星與普通人之間身份衝突。另外，正如《新娘百分百》的中間點讓安娜的前男友登場來折磨威廉，你可以在電視劇中間點的第八集結尾，安排男／女主角喜歡或有關係的另一個明星出現，以身份差異的事由去折磨女／男主角。像這樣參考其他作品內容來建構劇本

並不是抄襲，只是在遵循類型的公式。

（3）《捉迷藏》

這裡重提《捉迷藏》的理由，是由於它的攻擊點 1 與攻擊點 3 的形態相似性非常獨特。它有如印花對稱一樣的配置，是值得各位參考的好例子。

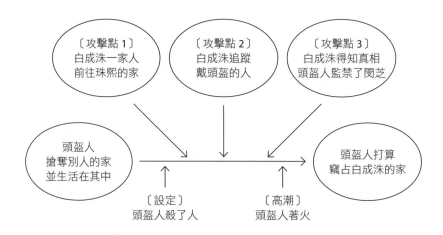

在攻擊點 1，一名可疑男子坐上閔芝（全美善飾）的車後，發生男人不肯下車的騷動。這時珠熙現身，用電擊棒制服了男人。因為這件事，主角與敵對者知道了彼此的存在，然後閔芝一家人前去拜訪珠熙家。從攻擊點 3 來看，（閔芝的丈夫）白成洙發現戴頭盔的人就是珠熙，同時遭受攻擊並被監禁起來。另一方面，珠熙入侵了閔芝的家、壓制了閔芝，然後珠熙來到停車場，跟待在車裡的閔芝的孩子們對峙。在攻擊點 1，是閔芝走向珠熙的家，而攻擊點 3 是珠熙上了閔芝的車。

各位覺得如何？能感覺到它們形態上的相似度嗎？從車上到家裡，接著又從家裡來到車上，它們的路線非常相似。

攻擊點 1 與攻擊點 3 的內在連結，需要觀察的部分不僅是單純的路線順序。攻擊點 1 與攻擊點 3 的連結方式有各式各樣的樣貌，其中之一就是像《捉

迷藏》這樣，攻擊點 3 可以跟攻擊點 1 交換角色的位置。

以有如雙胞胎的形態來表現的攻擊點 1 與攻擊點 3 有許多種樣貌，但大多是源自攻擊點 1。

正如「高潮」是以「布局」為基盤去重新建構，攻擊點 3 也是以攻擊點 1 為基礎重生。也就是說，就像構思「布局」時必須同時考慮它與「高潮」的內在關聯性，你在攻擊點 1 上安排敵對者時，也必須考慮在攻擊點 3 上的敵對者出現方式。

目前為止，我們已經了解「吳基桓公式」的外部規則與內部原理。在這個過程中，我們還累積了一些創作過程的預備知識。現在，是時候進入深化過程了。那裡隱藏著至今一直被我們忽略的另一個關於故事的祕密。

第 6 章
表層敘事與深層敘事

有些電影深受大眾與專業影評人喜愛，有些電影劇本卻不只沒被拍出來，甚至永遠只能擺在編劇的桌上，永不見天日。

坐在經常光顧的咖啡廳二樓，每天最少寫八個小時。每天用好幾杯美式咖啡撐著，盯著小小的筆電畫面。這樣的生活在經過一年之後，好不容易完成了劇本初稿。只休息了一天，立刻將劇本交給一個熟人，焦急等待著對方的回覆，但是過了三天也沒有下文。為了聽取眾人的意見，逐一致電約時間拜訪。他們雖然嘴上說還不錯，卻都不肯看著我好好交流。我本能地意識到過去這一年已徒勞飄散。強顏歡笑地道謝後，我走到外頭。寒風吹拂而過，脖子感受到刺骨的寒氣，我暫時停下腳步，靜靜仰望天空。眼淚不由自主湧上來，但我已經下定決心不哭，就這樣凝視著夜空。

如果你是創作者，就不會覺得這段文字是在講別人的故事。大家都知道自己的作品應該接受他人的評鑑。既然決定以創作者的身份走下去，寫出的作品就注定要離開自己、邁向世界。如果收到不好的評價，雖然讓心情暫時變差，但是用幾天收拾好身心之後，就可以重新開始寫稿，因為編劇的命運，就是孜孜不倦地創作。偶爾，在讓他人評鑑作品的過程中，我們會收到以下這樣的反應。這時，挫折的利刃會刺痛編劇的心。

— 寫得還不錯，但我不知道這個能不能拍成電影耶。
— 你再花一個月左右的時間，應該就可以定稿了，但我不知道會不會被投資。
— 這是電影劇本嗎？還是電視劇的劇本？

知道為什麼會發生這種情況的人，請舉手！

　　朋友們不會告訴我們答案。事實上，朋友們都不知道答案，大家應該也都不太清楚。

　　從現在起，我要告訴各位「故事裡的祕密」，事關人們為什麼會針對你的作品說出這樣的評論。雖然眾多劇編劇在請他人評價的過程中，都經歷過同樣的痛苦，但是在沒有人提及的層面上，在創作的世界裡，我想討論一個大家都經歷過但誰也沒有解釋過的領域。

　　故事裡，有我們可以讀懂的故事，也有我們必須讀懂的故事。

　　人們把自己讀到的故事當成故事的全部，但是在故事的深層還有一個故事領域，一般人不知道它的存在，即使知道也讀不出來。簡單來說，故事裡有第一層的故事，但也有同時具備地下五層深度與地上五層高度的故事。因此，我們在閱讀時，應該意識到自己讀到的故事可能不是全部。我們正在讀的故事可能不是故事的全部樣貌。只有完全讀懂隱藏在其中、必須讀懂的領域時，才算是看見整個故事。

　　文本有兩個層次。任何人都能讀懂的故事是「表層敘事」，不是任何人都能讀懂的故事是「深層敘事」。這也可以稱為「第一敘事」與「第二敘事」，或是區分為「以素材為中心的故事」與「有明確主題的故事」。雖然用文字來表述很簡單，實際上意義非常深遠。

〈波希米亞狂想曲〉

Mama, just killed a man

Put a gun against his head

Pulled my trigger, now he's dead

Mama, life had just begun

But now I've gone and thrown it all away

Mama, ooh

Didn't mean to make you cry

If I'm not back again this time tomorrow

Carry on, carry on, as if nothing really matters

　　這是皇后樂團（Queen）的名曲〈波西米亞狂想曲〉（*Bohemian Rhapsody*）的部分歌詞。我個人非常喜歡這首歌，所以二十幾年來很常聽。坦白說，我之前沒有認真分析過歌詞，只是單純覺得旋律很棒。

　　後來因為電影《波西米亞狂想曲》（*Bohemian Rhapsody*, 2018）上映，我時隔二十年後，再次認真讀了歌詞。

Mama, just killed a man

Put a gun against his head

Pulled my trigger, now he's dead

Mama, life had just begun

結果，到目前為止單純因為旋律而聽的歌曲，它的歌詞以全新面貌出現在我眼前。

歌曲中的主角殺了誰？

「殺了一個男人（just killed a man）」這句表面上看到的歌詞，使得這首發表於一九七五年的歌曲，直到一九九四年為止在韓國都是禁歌。為了分析歌詞的深層意涵，我搜尋了很多文章。創作歌曲的皇后樂團的主唱佛萊迪‧墨裘瑞（Freddie Mercury）生前從未正式對歌詞的意義正式做過說明，但世人有許多種推測，當中最有說服力的邏輯如下。

「Mama, just killed a man」這句歌詞在表面上雖然被解讀為「媽媽，我剛才殺了一個男人」，但是深入分析之後，也可以解釋為「媽媽，我剛剛放棄了我的男性氣質」。佛萊迪‧墨裘瑞是雙性戀者，而不論西方社會有多開放，以性少數族群的身份生活也不輕鬆，於是在精神上遭受痛苦的他，在某個瞬間下定決心，然後用歌曲對世人告白：從現在開始，我要放棄自己的男性氣質，走上不同的道路。〈波西米亞狂想曲〉的這段歌詞，也可以解釋為蘊含著這個深層意義。

「表層敘事」作為第一層敘事，只單純表現敘事的外在意義，「深層敘事」則是第二層敘事，負責深入解釋敘事的內在意義。就如同這首歌的歌詞，電影與電視劇的表層敘事之下，隱藏著具有深遠意義的深層敘事文本。通常這種作品會被稱為「傑作」，或是被評價為具有「藝術性」的作品。

《駭人怪物》

接下來，我們要來看奉俊昊導演第一部千萬票房的電影《駭人怪物》（2006）。我選擇《駭人怪物》作為解析深層敘事的第一部電影，理由是：雖然這部電影的藝術完成度很高，但本質上仍是商業電影。本書中提到的深層敘事概念不侷限於藝術電影，深層敘事分析的概念具備適用於所有電影的普遍性。如果在劇本中認真構建好深層敘事，就可以同時保有作品的商業性和藝術性，這也是所有導演與編劇所期望的。

若要提名在韓國可以同時滿足商業性與藝術性的優秀導演，絕對不能少了奉俊昊，因此我才想來分析這部享有大眾人氣與專家讚譽的《駭人怪物》。讓我們先從表層敘事開始看。

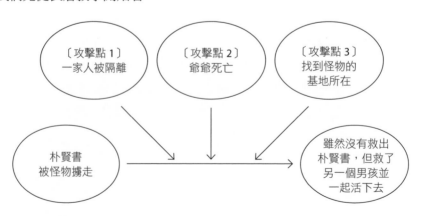

本片主要可以概括為「全家人一起努力拯救被怪物擄走的朴賢書（高我星飾）」的故事。表面敘事大致如下：一個過著平凡生活的家庭面前突然出現了怪物，小孩子（孫女暨姪女）被怪物抓走，全家人開始尋找這個孩子。這是一個典型的怪獸故事，但如果這部作品只是單純的怪獸電影，就不會在西班牙錫切斯影展（Festival de Cine de Sitges）等諸多國內外影展上獲得最佳電影獎了。

《駭人怪物》的表層敘事下，包含著以下的深層敘事：

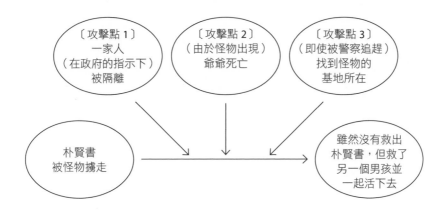

上圖也許會讓各位疑惑：深層敘事是這樣嗎？

因為這是我們第一次進行深層敘事分析，所以讓我們來一點一點地仔細觀察。請注意「政府」、「怪物」、「警察」等詞語。為了可以更深入了解《駭人怪物》，我們必須回答下面的問題。

這部電影裡出現的怪物是「韓國製造」，還是「美國製造」？究竟是誰創造了怪物？下令在漢江傾倒劇毒的人是誰？

答案是，有個美國人讓韓國人在漢江裡傾倒毒性藥品，怪物才因此誕生。然後，那隻怪物綁架了朴賢書。照這個邏輯，我們可以主張這隻怪物沒有韓國血統，是美國人製造出來的東西。所以讓我們把「怪物」一詞替換成「美國」，再來檢視一下。

① 一個韓國家庭過著和平安穩的生活，但美國綁架了這個韓國家庭中的朴賢書。

② 這個韓國家庭想找回孩子，但韓國政府下令隔離這一家人。

③ 這個家庭中的爺爺因為美國而去世。

④ 為了掌握孩子的所在地，主角來到通訊社的辦公大樓，這時韓國警察追了上來，主角逃跑。

⑤ 家人齊心協力殺死了綁架朴賢書的美國，重新過上各自的生活。

各位覺得怎麼樣呢？《駭人怪物》的敘事也可以這樣分析。當然，或許還有其他詮釋方式。我只是想告訴大家，一部優秀電影的表層敘事之下，必然存在著深層敘事。《駭人怪物》的深層結構，不就跟下圖一樣嗎？

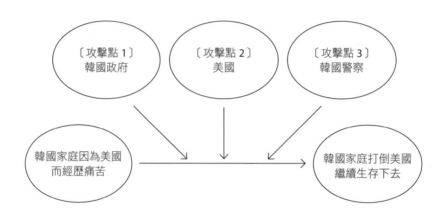

這是一個描寫某個韓國家庭過著和平的生活，韓國政府、美國與韓國警察卻來折磨他們的故事！ 如果有人不同意這樣的分析，我可以接受，因為這是照我的意見做出的詮釋。不過，劉智娜（유지나，音譯）電影評論家也將《駭人怪物》評為：「首部反美的娛樂電影誕生！」

如果各位對某部電影的評價是「雖然說不出明確的理由，但我覺得這部電影太棒了！」、「哇！ 這部電影完全就是我的菜！」或其他相近的感覺，意味著這部片是把深層次敘事設計得非常好的作品。所有讓我們覺得「好」

的事物當中，都存在著我們無法辨識的層次。為了精準掌握這方面，請各位努力練習用自己的方式去詮釋與分析吧。

現在，知道深層敘事的存在後，我們該怎麼做？

圍繞著故事有很多話題可以討論，當中讓我最警惕的是「成果論」。面對優秀的作品，任何人都可以侃侃而談它成功的理由，但我們研究有深度的作品，不是為了了解這些已經問世的作品有什麼成果，而是為了用來預想現在我正在寫的作品在未來可以取得什麼成果。

如果各位已經認可深層敘事的存在和概念，以及它的功能，以後在開始創作之前，請記得檢查幾件事。開始設計故事的表層敘事時，或是在第一次設計表層敘事結束後，各位一定要思考以下的重點：「我現在創作的故事裡有深層敘事嗎？」「如果沒有深層敘事，那有相當於深層敘事的其他價值嗎？」

我們必須向自己提出這些問題，並找出答案，因為我們可以透過這個過程來衡量自己故事的層次。它們就相當於考國文時一開始會遇到的「這篇文章的主題是什麼？」或「這篇文章的意義是什麼？」這類問題。同時，對於你正在創作的故事，它也是一道檢查寫作目標、邏輯驗證的明確程序。

《寄生上流》

現在討論韓國電影，不可能不談《寄生上流》這部片。

《寄生上流》可以說是百年以來，韓國電影史上的最高成就。它贏得了二〇一九年坎城影展的金棕櫚獎，二〇二〇年更在奧斯卡金像獎中獲得了國際影片獎、原創劇本獎、導演獎和最佳影片四項大獎。所以，讓我們用這部偉大的作品來探討故事中深刻而廣闊的世界吧。

我們要思考的只有一件事：「奉俊昊導演想透過《寄生上流》告訴我們什麼？」

在進入詳細解析前，我要再提出一個問題：有人看過這部電影後，覺得神情氣爽的嗎？不覺得心情有點怪怪的嗎？

這部片雖然很棒，但觀眾會覺得心頭悶悶的……理由是什麼？這當中埋藏著深層敘事的線索。

為了分析電影的內在，我先簡單說明一下故事內容。雖然我不是故意為之，但下面可能會包含一些劇透。如果各位當中有人還沒看這部片，最好在繼續閱讀下去之前先看過電影一遍。

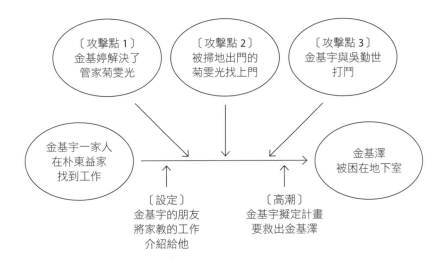

〔攻擊點1〕
金基婷解決了
管家菊雯光

〔攻擊點2〕
被掃地出門的
菊雯光找上門

〔攻擊點3〕
金基宇與吳勤世
打鬥

金基宇一家人
在朴東益家
找到工作

金基澤
被困在地下室

〔設定〕
金基宇的朋友
將家教的工作
介紹給他

〔高潮〕
金基宇擬定計畫
要救出金基澤

　　金基澤（宋康昊飾）一家子，是一個全家都是無業遊民、生活在半地下室的和樂家庭，某天，兒子金基宇（崔宇植飾）在朋友的提議下，到有錢人家裡做起家教老師的工作。其他家人也依次進入這個有錢人的家裡工作。在這個過程中，他們為了穩固自己的工作崗位，設法讓看起來跟他們擁有相似階級與經濟狀況的私家司機、管家菊雯光（李姃垠飾）被解僱。可以說，平民奪走了其他平民的位置，因為工作的需求人數是固定的。

　　不管怎樣，恢復經濟穩定的金基宇一家，趁房東不在家的時候度過了一段愉快的時光。這時，菊雯光突然找來，按下豪宅的門鈴。如果當時沒人去開門，故事不會繼續走下去，就不會成就這部電影了。總之，金基澤一家人打開門，得知了驚人的事實：有錢人家的地下室裡還住著其他人，那個人就是菊雯光的丈夫，因為欠下債務而躲進這裡。從那時起，半地下室家族與地下室家族展開對抗。因為工作的需求人數是固定的，所以想生存就必須排除對手，這是世界不變的道理。這場衝突下，菊雯光在過程中死亡。

　　幾天之後，眾人為了豪宅主人的小兒子生日派對四處奔忙。金基宇抱著大型觀賞石來到地下室，打算殺死菊雯光的丈夫吳勤世，但後者的反擊也不容小覷。在舉辦派對的庭院裡，半地下家族與地下家族展開殺戮之戰，結果金基澤殺死了豪宅的主人朴東益（李善均飾），導致最後換成他自己躲到地下

室，而且就像以前的吳勤世一樣，偷吃有錢人家裡的食物、用摩斯密碼向外界傳達自己的存在。

上述是這部電影的表層敘事。那麼，它的深層敘事是什麼？這部電影的深處究竟隱含著什麼，讓坎城影展、奧斯卡金像獎將最高獎項頒給了它？為了深入理解故事情節，我會從兒子金基宇的視角來看這部片。

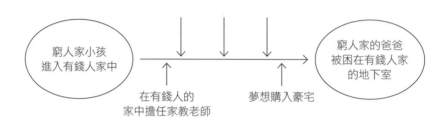

金基宇在「布局」裡進入了朴東益家中擔任家教，最後在「高潮」裡計畫買下朴東益的家。這個計畫以「金基宇的夢」此一形態出現。這裡，我要向各位提出一個問題。金基宇的夢能夠實現嗎？金基澤能從地下室裡出來嗎？每個人的看法都不同，因為導演給觀眾一個開放式結局。看完這部電影後，覺得心情不好的大多數人，都認為金基宇的夢不會實現。下面，我們再來看看敵對者的那條線。

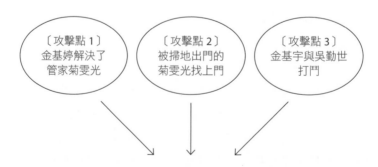

金基婷（朴素淡飾）透過哥哥金基宇的介紹，來應徵朴東益小兒子朴多頌的美術私人家教。接著，她跟（與有錢人家的情份有如一家人的）管家菊雯

光說，她想和朴多頌的母親蓮喬〔曹汝貞飾〕兩人單獨聊聊，並請管家離開。後來，她還讓自己的母親忠淑〔張慧珍飾〕擠掉菊雯光，接手管家的職位。無故被趕出去的菊雯光在這部片的中間點，找到了半地下室一家人，並且在攻擊點3的地方讓兩家人發生衝突。

中間點是讓最強大的敵對者出場的地方。如果按照一般的故事情節公式來走，跟半地下室家族產生衝突的不會是地下室家族，而會是地上家族（朴東益與蓮喬）。但是在《寄生上流》裡，地下室家族在中間點再次登場。這裡，我們必須讀懂導演的視線：「半地下室家族」的主要敵對者是「地下室家族」。電影的敘事主線是半地下室家族和地下室家族的矛盾，地上家族只是支線敘事而已。

這是什麼意思？為了找到答案，必須了解這部電影的深層敘事。

當你看著這個深層敘事，應該可以感覺到什麼，對吧？讓我來補充說明。奉俊昊導演是社會系畢業的。讀社會學的人，不會全都從事跟社會學相關的工作，但他在這方面的傾向、大學時期學到的專業一直都在。他的前作《駭人怪物》肯定在一定程度上也受到這方面影響。

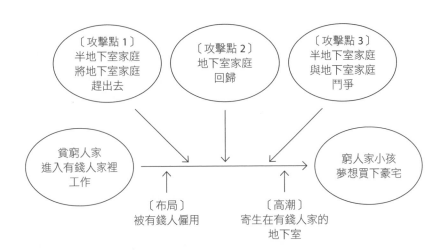

我們生活在什麼樣的社會裡？

韓國是奉行資本主義的社會——或者應該說，《寄生上流》講的是資本主義社會的故事。雖然生活在資本主義社會中，但是人們不會深入思考資本主義是什麼樣的系統。有可能這是因為我們從出生開始，就被資本主義的空氣包圍著，所以雖然每天抱怨活著很辛苦，卻依舊順應著這個系統生活下去。《寄生上流》探討的就是這個我們即使怨天尤人也繼續順應、不敢想擺脫它的資本主義系統。

　　一般描繪資本主義詬病的電影，都是利用富有的人與貧困的人之間的對立來表現不正當與不公正。肯・洛區（Ken Loach, 1936 －）導演的《我是布萊克》（*I, Daniel Blake*, 2016）或《抱歉我們錯過你了》（*Sorry We Missed You*, 2019）等作品，都是這種表現方式。《寄生上流》就有些不同了。

　　「半地下室與地下室彼此鬥爭，最終是半地下室占據了地下室的位置。」今天，生活在資本主義體制國家的平民，生活不都是這樣嗎？所以我們看了這部電影才會覺得心情變差吧？坎城影展之所以把最高榮譽的金棕櫚獎頒給奉俊昊導演，全世界也高度讚揚《寄生上流》這部片，大概是因為現代社會的大多數國家都是與資本主義共存。

　　資本主義的真相，並非富有之人與貧困之人的鬥爭，而是半地下室與地下室的鬥爭——奉俊昊導演這樣的詮釋得到了認可。

　　系統的上層是固定的，有錢人生活在上面。我沒看過他們從上面下來；當他們掌握了財富，從此就能持續享受富有帶來的利益。變化只會出現在下層；為了得到從資本家手中落下的渣滓，為了從他們那裡得到哪怕只有一點點的利益，平民之間鬥爭不休。

　　我們不是不做夢。大家都夢想著可以進入上層，但這並不容易。奉俊昊導演說，關於金基宇要賺多久的錢才能買下朴社長的豪宅，他與助理導演們一起計算了一下。然後，他們得到的答案是五百四十七年。階級變化就是如此困難的事。往上爬的梯子不存在，停留在下層的人要一直辛苦下去。更殘酷的現實是，在這個基礎上，如果我們還想繼續努力下去，就要跟相似階層的人互相競爭，甚至必須將他們從眼前抹除。

　　我們可以在《寄生上流》裡看見自己的生活，這就是我們無法笑著走出

電影院的原因。我們在老舊的屋子裡，拖著疲憊的身軀爬上窄小的床，疲憊地陷入深沉的睡眠，就這樣做著夢，買了自己房子的夢，進入上流的夢⋯⋯

　　《寄生上流》向正在作夢的我們詰問：「做這樣的夢對嗎？」我們該怎麼回答呢？這部電影的深層敘事，就存在大家的答案之中。

《極限逃生》

　　這一節裡，我們要從吸引九百四十萬觀影人次的電影《極限逃生》（2019）來了解商業電影的深層敘事。

　　前兩節分析的奉俊昊導演《駭人怪物》、《寄生上流》，以及下一節要提到的李滄東導演《生命之詩》──創作出這樣的「傑作」，是所有電影人的夢想。要達到這種成就非常困難，但這不表示大眾電影的價值就很低，畢竟能夠娛樂這麼多人也是一件非常厲害的事，不是嗎？

　　大眾休閒取向的電影中，也存在著深層敘事。正在閱讀本書的各位，你們當中一定也有夢想成為商業電影導演或編劇的人。想要出道，你就必須寫出長篇劇本；為了完成劇本，你必須事先構思好精巧的設計圖；為了構思設計圖，參考現有這些商業電影的結構，可以給你帶來很大的幫助。

　　這就是我們為何要分析《極限逃生》深層敘事的原因。對商業電影來說，其內容必須是容易被解讀與分析的。無論如何，它都必須比藝術電影還要更客觀──更大眾取向。

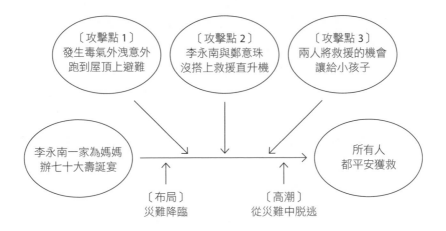

〔攻擊點 1〕
發生毒氣外洩意外
跑到屋頂上避難

〔攻擊點 2〕
李永南與鄭意珠
沒搭上救援直升機

〔攻擊點 3〕
兩人將救援的機會
讓給小孩子

李永南一家為媽媽
辦七十大壽誕宴

所有人
都平安獲救

〔布局〕
災難降臨

〔高潮〕
從災難中脫逃

　　無業的李永南（曹政奭飾）迎來母親的七十大壽，難得跟家人一起度過美好的時光。此時，突然爆發毒氣外洩的事故，整個城市被覆蓋在毒氣下。他光是顧好自己就很忙了，偏偏他大學時代喜歡的學妹剛好就在他們辦壽宴的宴會廳裡工作，所以主角不只要救自己的家人，還多了拯救學妹鄭意珠（林潤娥飾）的任務。

　　李永南要如何克服這場危機？這就是《極限逃生》最主要的故事內容。這裡我要提出一個問題：一部幾句話就可以講完所有劇情的電影，是如何吸引超過九百四十萬名觀眾進到電影院？

　　為了理解個中原因，讓我們來分析一下它的深層敘事。

　　《極限逃生》是一部披著災難片外皮的電影，事件的起點是災難。災難是動作，主角則負責做出反應。這種從外部發生事件的電影，主角在事件的表層上奔馳，藏身在故事深層的編劇才是真正的主角。編劇擁有明確的計畫，就是災難片的特點。簡單來說，災難代表編劇的視線，他的意圖表現在他對災難種類的設定上。

　　《極限逃生》的災難十分特別。它是一場由下而上的災難：低處的人會死，只要能爬到高處就能活下來，跟火山爆發完全相反。為此，角色們不斷地向上攀爬。

　　這種災難的形態，似乎帶著編劇的視線。因為在世上無數的災難中，他

選擇了「只有往上走才能生存」的災難。編劇利用這種形式的災難，想表現的就是高低、階級與身份的差異。如果我這個想法是正確的，那麼《極限逃生》的深層敘事就是災難本身的特性。

這部片的中間點，李永南指著對面的高樓，對鄭意珠大聲喊出：

意珠，如果我從這裡出去的話……可以出去的話，我就去應徵那邊
那種高樓大廈裡的公司。無條件只看樓層數這個條件，因為那種大
樓裡的人一定都已經得救了。

怎麼樣？各位可以看到編劇設定這個災難的功能在哪裡了嗎？他想傳達的是，如果災難發生了，生活在低處的窮人將無可奈何地死去，生活在高處的富人將得到救援。為此，編劇才設定了由下而上的災難。這種在災難片的設定裡反映編劇意圖的敘事，也是最近流行的故事創作方式。

從這樣的視角來分析《極限逃生》，其深層敘事就會像下面這樣：

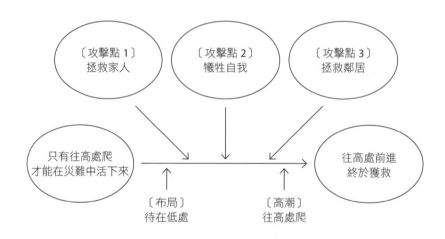

大眾電影裡也會包含一般觀眾就算不進行分析，也能直接理解的深層敘事。當這些深層的事物能夠在觀眾心中自然地被讀到，作品就會得到好的結果。如果各位同意這個觀點，未來在創作劇本的時候，一定要檢查劇本裡是

否隱含著什麼深層敘事。

　　請各位盡可能多累積表層敘事與深層敘事此一雙重設計的相關知識。不論是商業電影、還是藝術電影，如果故事本身具有深遠的意義，一定會得到好的迴響。

05

《生命之詩》

　　我們再來看看李滄東導演的《生命之詩》。這個文本擁有好劇本需要具備的多個要素，是一部非常適合從故事所有領域與觀點來看待並進行分析的電影。雖然前面已經說明過第一層的表層敘事與第二層的深層敘事之間的層次關係，但這裡還是讓我們再深入解析一下。

　　以下分別是將《生命之詩》的表層敘事與深層敘事形象化的兩個圖解。

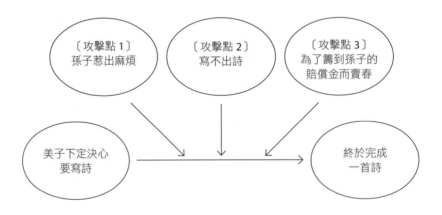

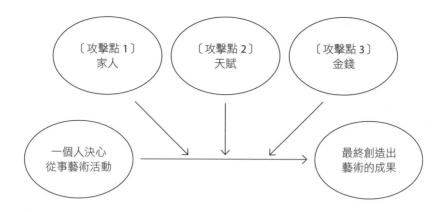

深層敘事之下，假如還有其他深層敘事，會變成怎麼樣？《生命之詩》就是這樣的電影，在深層敘事下面還有一個深層敘事。

在電影後半段，楊美子交出自己創作的詩後，之後便不再出現在畫面上。吟詠楊美子詩作的人並非楊美子本人。我們推測這個聲音是出自電影一開始時，某個死去後被水沖走的少女。這個人會是誰？

吟唱楊美子詩作的少女是小時候的楊美子。

我看過《生命之詩》無數次，在某個瞬間突然有了這個想法，立刻讓我全身起雞皮疙瘩，茫然呆坐了一段時間。從那之後，我打從內心深處尊敬李滄東導演。這個吟詩的少女，表面上看來很像是那位被楊美子的孫子傷害的少女，但更深一層的解釋是（老年的）楊美子的「純真」。電影第一段裡有個少女被水沖走，表面上是被楊美子孫子傷害的少女，深層的解釋則是楊美子很久以前所擁有的純真。

我還找到故事的另外一個層次：一個人之所以想從事如此困難的藝術，是因為我們可以透過藝術創作的過程，找回失去的純真。如果用這些假設來分析文本，可以看到以下三個層次。

一 第一層敘事：講述楊美子奶奶寫詩的故事。

— 第二層敘事：講述一個人從事藝術創作的過程的故事。

— 第三層敘事：講述人如果從事藝術，就能找回失去的純真的故事。

　　只要編劇確實、徹底地設計好劇本，深層敘事就可以無限向下挖掘，或是向上堆積。我們該如何開始這種創作？

好好思考一下你的寫作具有什麼意義。

　　如果你馬上想到明確的答案，請立刻開始設計故事，並以此為基礎創作下去。但如果你沒辦法立刻得出答案，你得先停下，因為現在不想清楚的話，以後你創作的時候，這個問題會不斷來困擾你。理由非常簡單。目標明確的寫作與目標不明的寫作，結果肯定是不同的。沒有任何意義的寫作，能夠達成它的目標嗎？

　　表層敘事與深層敘事的精巧構成，可以讓故事得到大眾的支持與藝術的共鳴。今後在下筆創作之前，希望各位都能夠先問過自己：我的表層敘事和深層敘事是什麼？

第 7 章
公式的應用

現在，關於故事的理論，不論誰提出什麼問題，各位都已經成長到可以從容應對一小時左右的程度了。接下來，我們要開始討論故事公式的概念該如何應用在實際的創作上，以及它與這個世界的哪些部分相通。

　　本章的用意在於「複習」，從各個不同角度來檢視至今所學的理論。同時，它也是一種「預習」，認清那些目前仍未解決的困難的本質，並為進入下一階段作準備。

00

從創作到人生

我們現在來到這本書的哪個階段了？本書如果是一部電影，現在是在第幾幕呢？要回答這個問題並不容易。人生雖然隨時隨地都可能面臨困難，但所謂「故事」就是最後一定會克服這些困難——我的意思是，這些知識不只適用於創作。

從開始學習故事理論起，我就養成了一種習慣，把自己所知的一切都應用到故事理論上。當然，故事的公式並非生存的絕對法則，但因為人生本身就是「故事」，所以我經常覺得故事的公式與生活的種種有許多相通之處。

如果有一個規則可以測量世界與我之間的角度，會怎麼樣呢？

讓我們試著把故事的公式運用到世界吧！它可以幫助我們看到人生的大方向，也可以讓我們知曉自己的人生正走向何處。

在正式進入創作的世界之前，我要將至今為止學習過的故事公式，應用在我們的人生之中。

寫自傳的時候，想想看吧

所有的寫作都是藝術創作。不管寫的是什麼，寫作的人都是編劇，寫作的過程就是創作過程。我們到目前為止討論的所有理論與方法，現實生活中寫自傳的時候也可以用上。不管各位是已經寫過自傳，或是以後需要寫自傳，都來思考一下自傳的基本內容吧！

自傳的目的是什麼？字典裡的解釋是：「將自己的名字、經歷、職業等資訊告訴別人的文章」。因此，自傳的目的是要讓別人了解自己。那麼，想要讓別人了解自己，我們該怎麼做？就用故事的公式來思考吧。

自傳中的主角是誰？就是我自己。身為主角的我，如果想向他人好好表現自己的話，需要寫出我的「想法」嗎？還是寫出我的「狀態」？需要寫出我的「行動」嗎？正確答案是動作，也就是行動。但是，大多數人寫的都是狀態或情況。

> 我出生於○○年的○○市裡，在父母的愛中乖巧平凡地長大，畢業
> 於○○小學、○○國中、○○高中……諸如此類。

表達自己的狀態或情況，不是別人會去強烈關注的故事。因此，我們應該放棄這個方式。自傳中第二個常見的寫法，就是寫自己的「想法」。

> 我是這麼認為的……我非常認同這個部分……

表達自己的想法固然是件好事，只不過，既然要寫，在想法中加入行動如何？把前面的文字修改一下，就會變成這樣。

> 對此，我是這麼認為的，所以我運用這種方式……我非常認同這個
> 部分，所以嘗試代入這種方法。

各位能感覺到「只有思考的人」和「可以根據思考加以行動的人」之間的差異嗎？在故事裡，行動就是故事情節，因此，沒有伴隨行動的想法，對他人來說似乎看不到具體核心。比如上學時，如果你環顧班上的同學，會看到那種每天嘴巴上說要唸書、其實都沒唸的學生。雖然他們每天都在「想」著該唸書了，卻始終沒有「行動」，成績當然就不會提高。類似的例子還有減肥，這個世界上有很多人每天都在「想著」自己該減肥了，卻沒有付諸「行動」，結果自然可想而知。

可惜的是，能把想法和行動連結起來的人非常少。沒有行動的想法，對其他人來說，等於沒有具體核心，所以當我們在建構句子的時候，最好寫出包含具體行動的想法。

寫報告書的時候，想想看吧

各位讀者當中如果有上班族的話，請打開自己最近寫的報告書來看看。裡面包含了什麼內容？各位跟主管報告了什麼？這份報告有得到讚賞嗎？大部分的報告書中，前半段會用很多時間和篇幅來分析目前的市場情況，也就是一些關於公司或產品狀態的內容。

但是對於這些詳細分析情況的報告書，主管露出什麼表情？看過之後，他是不是默默地看著各位？那個眼神代表什麼意思？主管大概是在期望「動作」的出現，所以一般而言他會這麼說吧：

我非常了解市場狀況，所以我們以後到底應該怎麼辦？重點是什麼？

無論哪間公司、哪個部門，都希望能拿到好的業績。然而，取得好業績的方法是分析「情況」嗎？還是分析具體的「行動」呢？答案很明顯。今後各位需要寫報告書的時候，請加上未來我們的組織該如何行動的計畫，也就是「行動計畫」。

辦活動之前，想想看吧

假設我們下週將要在三成洞 COEX 大樓的廣場舉辦活動，目標是招攬群眾，將我們精心準備的活動贈品全部發送出去，該怎麼做才能有效進行這場活動呢？我推薦的方法是……沒錯！這次也需要「行動」。

在活動現場，我們要採取怎樣的行動？至少需要跳舞。舞蹈也是動作。如果自己本身做不到的話，就要將活動現場營造成參加者都能跳舞的環境，將贈品放入活動安排的一環中。但如果做到這個地步，大家還是不跳舞的話，又該怎麼辦？在活動現場的前頭，放一個會跟著風亂舞亂動的充氣玩偶吧。

安排射飛鏢遊戲也可以。只要扔出飛鏢，都可以收到獎品，而不論那東西多麼微不足道，都會吸引很多人聚集。這是為什麼？各位有沒有想過理由？果然，還是因為「動作」，因為人只要動起來就會覺得有趣。做買賣行為的生意時，比起安靜等待客人上門，更應該大聲叫喚、把人聚集起來。至少要在活動現場前跳舞，也要讓人們丟飛鏢，因為人類的本能會將視線放在活動的事物上，並且想一起參與。

那美術展覽怎麼辦？畫廊裡的人只能默默地走動啊。

如果想讓不能有大動作的美術展覽變有趣，我們該怎麼做？這次的正確答案也是「動作」。只不過，美術品不能移動，所以我們要讓訪客動起來。如果在展覽的入口處張貼以下的公告，結果會怎樣？

> 本次展覽有一個小小的隱藏版活動。編號 1、7、12、23、31 的作品
> 上會有提示。收集到五個提示後，請到展覽場的出口服務台，我們
> 將贈送您特定的商品。

看到這樣的公告後，逛展的人會出現什麼反應？大家會不知不覺向著隱藏提示的五個作品靠近，就算對贈品不感興趣，也會忍不住觀察作品上的提示是什麼。這樣的活動，可以讓展覽會場充滿活力。我們只需要設計一個如此簡單的動線規畫，逛展的人就能成為主角，享受逛展覽的樂趣。成為主

角——這不光是在展覽會上，在實際生活中也是非常重要的問題。接下來，讓我們透過故事的理論和公式來觀察我們的生活。

一邊活著，一邊想想看吧

各位讀者的人生現在正往哪裡前進？各位覺得幸福嗎？我要問那些認為生活很艱難的人：你是否覺得自己五年後的未來很黑暗？如果這個問題讓各位不愉快，還請見諒。本書前半部分在說明主角的時候也說過，一般的主角是為了實現「未來的計畫」而在「現在」的當下「做些什麼」的人。

　　如果各位覺得現在的生活很幸福，那麼你已經是主角了：對未來有所計畫，也為了實現這個計畫，每天都在做出行動。而如果你覺得現在的生活有一點辛苦，那麼你現在還不是主角的機率很大。該怎麼做才好呢？首先，我們要盡快成為自己人生的主角。我們不需要他人的標準，而是應該用自己的標準去尋找想做的事、制定達成這件事的詳細計畫，每天一點一點地完成它。如此一來，各位就會在某個瞬間覺得自己的生活很幸福，同時領悟到：「啊，我成為這個世界的主角了！」

　　有趣的故事是克服困難，然後在最終獲得勝利的故事。現在，不要因為暫時的辛苦而一蹶不振，而是趕快著手制定計畫，朝著計畫的終點奔跑，最後取得勝利。開始行動的那一瞬間，故事就開始了！希望各位可以一邊大喊、一邊奔跑。邁出充滿力量的步伐時，你就是這個世界的主角。

一邊養育小孩，一邊想想看吧

所有父母的夢想，都是把自己的孩子培育成世界的主角。貪心的父母會在孩子上小學時，讓他跨級去學高中才需要學習的東西。經濟越是富裕的家庭，發生這種事的機率就越高。跨級學習需要投入很多學費。如果經濟能力不夠，不能讓孩子接受全科目的課外輔導，該怎麼辦？難道要去貸款嗎？應該放棄在韓國的生活，移民到教育環境比較好的地方嗎？有什麼辦法嗎？

讓孩子遵照自己的意志去設定目標，才是最好的方法。從父母的立場來看，這個決定不容易。電影的主角在電影裡只需要做一件事，我們的人生也差不多，一生都在做相同的事。父母必須讓孩子自己決定那件事。如果你打算這麼做，就要讓孩子在成年之前盡可能擁有各種體驗。我認為，在大學畢業之前，找到一件可以做一輩子的事，是讓孩子幸福的最好方法。當然，這件事並不容易。

假設有個基於父母的強烈意志而進入 S 大學就讀的學生。按照父母的計畫、被父母逼著升學之後，這個學生怎麼生活呢？會變成找不到任何自己想做的事，因為他從未自己做出選擇。即使是從很好的大學畢業，成為社會主角的可能性也微乎其微。這個孩子不是自己人生中的主角，他的父母才是主角。現在或未來即將成為父母的人，都應該一起思考這件事。

我現在也正在思考

這裡可以算是本書的第幾幕？

本書雖然不是純粹原創的創作故事，但由於是仔細整理我的知識體系所寫下的，所以會有完整的結構與目次。當我開始寫一本四、五百頁的書時，最先做的事就是整理全書的目次。「全書的目次」就是計畫，也就是劇情。我先構思了整體設計圖，然後才開始撰寫。這個章節也是該設計的一部分。

為什麼我會設計出這樣的結構？

下面來看看我在寫下這本《【圖解】韓國影劇故事結構聖經》之前設計的三幕劇結構。

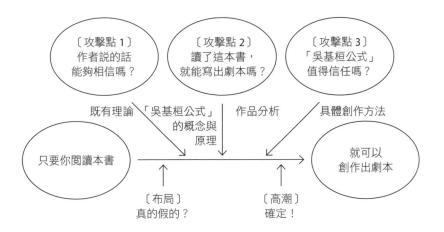

從上面的圖解可以看到，我們現在位於最強大的敵對者登場的中間點，也就是中點。身為本書作者，我要使用至今為止說明的所有訊息，證明從現在起各位可以開始進行真正的劇本創作。正如上圖所示，各位現在應該會有很多疑問，例如：究竟可不可以相信這個人說的話？讀完這本書後，真的可以開始創作嗎？還有，「吳基桓公式」是否真的能派上用場？

現在暫停一下，問問自己：「學會這個理論後，真的可以開始創作劇本嗎？」這裡是懷疑、不信任的十字路口，作者的確信跟讀者的懷疑發生激烈衝突的地方，就是現在，也是這本書的中間點。所以，我事先設計了這個章節。

各位認真學習我的理論的讀者，請相信我：這個理論除了用在創作之外，還可以運用在世間各種道理上。我知道各位心裡此刻正冒出「怎麼可能」、「不會吧」、「我就知道」等各種不信任的「敵對者」。所以我要在這裡消除大家內心強烈的不信任，再進入下一個章節。

各位現在應該明白，為什麼我把這一章安排在這本書的中間點了吧？

人類做出的任何事，都不會是「自然發生的」。世界上除了自然現象以外，所有事物中都有人為的成分。但那些擁有周密計畫的人，可以透過精心重構、

填補細節，給予人不做作的自然感。

　　我也有自己的縝密計畫，用它填滿了這整本書。希望各位能夠自然地感覺到思想的流動，最終也可以像流水一樣寫下自己的故事。現在，我們將經過本書的中間點，向第二幕後半邁進。

第 8 章
類型的規律

本章節中，我會先以目前學到的劇本原則來分析實際的電影文本，藉此證明我們目前為止討論過的理論確實適用於實務。

其次，我們將了解實際的創作過程是如何進行的，然後利用各種方法來解決實際創作過程中可能遇到的各種問題。

這本書的前半部分是由理論體系構成，後半部分會由創作體系構成。創作的體系中，分為類型分析與創作過程。這裡，我們要先從類型分析的過程開始看起。

類型的公式

現在開始，我們要來解析類型的各種形式。我會用鋒利的刀刺入擺在大家面前的故事，直到深及骨頭為止，將肉好好地剔除，以便完整觀察骨架的形態。如果我們去生魚片店，會看到一種叫作魚骨湯的料理。那是用海鮮骨架熬煮的湯品。釣客們一看骨頭就知道前一天比目魚是不是賣得超好、切了多少鯛魚，而透過剔除魚骨與魚肉的技術，可以看出店家的水準高低。從現在起，我會像特級廚師一樣用一把好刀將各個類型的「肉」剔除，然後拆解所有類型的骨架。這個骨架就是我們創作時要走的路，也就是故事情節／劇情。

我之所以在本書的中後段安排類型分析的章節，是為了在目前為止學到的故事理論中加上「情節創作地圖」，也就是「類型的公式」。各位就這麼想吧：類型分析就是一種數學題。我們學習理論之後，只要在考試前多寫練習題，就能取得好成績。你如果運用至今為止學到的故事理論來好好分析現有的電影作品，各位很快就能寫出一部劇本的草稿。

雖然寫過很多短篇，但是害怕創作長篇嗎？你覺得那是因為「自己沒有才能」的關係？

這不是因為你缺乏才能，而是因為你對「類型」這個「共有平台」的理解不夠。所以，你不需要自貶。

目前為止所有教故事寫作法的書籍中，都沒有認真討論過類型分析或類型公式。這次，各位就好好讓自己接受啟發吧。理解之後，你會覺得創作變得容易許多。理解情節之後創作出來的故事，跟對情節毫無理解而創作的故事，結果會完全不同。

只要理解「故事的理論」與「類型的公式」，任何人都可以寫好一部劇本草稿。

現在，我要公開故事創作的線索了。

02

愛情片

愛情片的故事，是描述一個人與另一個人相遇，兩人彼此相愛的過程。它不是動作強烈的「動作敘事」，而是跟隨情感流動的「感情故事」。接下來，我會一一分析愛情敘事的內部體系與構成要素。

（1）愛情故事的公式

基本愛情故事的敘事如下：

— 第一幕：兩人相遇。
— 第二幕（上）：兩人的感情進展到一定程度。
— 中間點：出現妨礙兩人愛情的最強大敵對者。
— 第二幕（下）後半段或第三幕前段：兩人暫時分手。
— 高潮：重逢的兩人接吻或擁抱。

經過整理後，就是下面這張圖解的樣子。

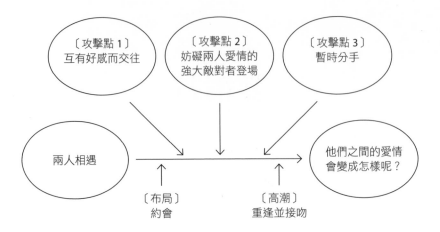

愛情片能讓乾涸的心靈變得柔軟。它可以像數學公式般一一拆解。愛情片的公式可以像下面的圖解一樣更詳細解析。

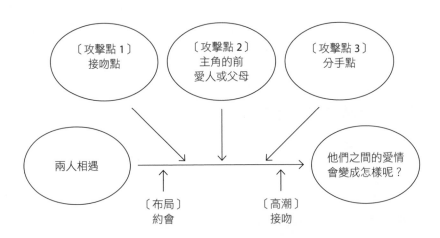

愛情片裡,男女主角一般都是在「布局」中相遇。攻擊點1的「接吻點」,通常會出現親吻場景。在位於攻擊點2的中間點,男主角的前愛人、父母,或是女主角的前愛人、父母登場,妨礙兩位主角的愛情。因此,兩人將經歷一段迂迴曲折的過程,並且在攻擊點3的「分手點」暫時分手,然後在「高潮」重逢,實現兩人的愛情。

我正式開始分析電影敘事是在二〇〇九年，最初的出發點是一個假設：「故事裡好像隱藏著我們不知道的某種結構」，之後我便用自己的方法分析了許多作品。我從「假設」出發，在某個時刻突然變成了「確信」。從那時起，我一直在系統性彙整故事的結構與類型的特性，本書中出現的各個範例就是我的研究結果。從「假設」轉變為「確信」花了我很長時間，也經歷了許多過程。最後，我會跟各位一起檢證它。

（2）愛情作品分析

■《羅馬假期》vs.《新娘百分百》

就像隨著時代變化，公車費用會跟著改變一樣，每個時代的敘事內部體系也會有所改變。雖然我喜歡的咖啡店的咖啡味道可能不會變，但每隔一段時間，店家的裝修就會發生變化。故事也一樣，會根據時間不同，會因為時代轉變，而改變形態。為此，我們要來看一部被視為「經典愛情電影」的作品。等我們看過早期愛情電影是如何呈現之後，再來看看後來發生什麼變化、現在是如何在市場上產生影響。

《羅馬假期》

威廉‧惠勒（William Wyler, 1902 － 1981）導演《羅馬假期》（*Roman Holiday*, 1953）的劇情是這樣的：安妮公主（奧黛麗‧赫本〔Audrey Hepburn〕飾）因為王室裡的高壓氛圍而叛逆出逃。她偷跑到街上後卻睡著了，因此偶遇報社記者喬‧布萊德利（葛雷哥萊‧畢克〔Gregory Peck〕飾）。喬以為隱藏身份的安妮只是個平凡的女性，後來無意間得知公主的真實身份，但仍給予公主極大的善意，因為他認為這是一次抓住獨家新聞的機會，於是欣然扮起導遊，帶領公主遊覽羅馬的知名景點。但是在這個過程中，他陷入了安妮公主的純真魅力之中，安妮公主對他也一樣。

　　《羅馬假期》是依循兩位主角情感變化狀態而進行的電影，整個故事情

節的表層敘事如下：

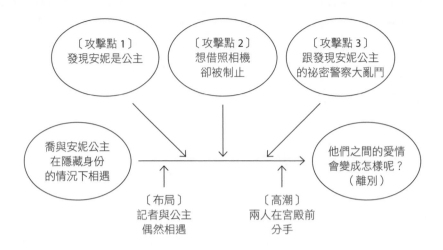

〔攻擊點 1〕
發現安妮是公主

〔攻擊點 2〕
想借照相機
卻被制止

〔攻擊點 3〕
跟發現安妮公主
的祕密警察大亂鬥

喬與安妮公主
在隱藏身份
的情況下相遇

〔布局〕
記者與公主
偶然相遇

〔高潮〕
兩人在宮殿前
分手

他們之間的愛情
會變成怎樣呢？
（離別）

　　一般的愛情故事裡，觀眾會看到男人與女人相遇，了解他們的愛情是如何進行的。《羅馬假期》也遵循了典型的愛情電影公式，除了它的中間點與結局。現在我們要來解析這部電影與現今愛情電影的結構有哪些差異。我選了其中三點來說明，都是可以藉由過去的劇本形式來思考現今劇本原則的地方。

　　首先是主角第一次登場的時間。男主角喬·布萊德利在電影開始十七分鐘後才登場，場景是跟朋友在玩撲克牌。這跟近期的電影有很大不同。如果現在重拍《羅馬假期》，喬會是在電影裡安妮公主穿過街道的第一個場景中，跟他的朋友兼攝影記者同僚歐文一起採訪她。為什麼？如果男主角在電影開始十七分鐘之後才登場，現在的觀眾會喜歡嗎？我不是在說原作的登場時間不對，但一九五〇年代的故事結構跟現在很不一樣。

　　第二點是結局。我們都很清楚，這兩人的愛情最終沒有實現。如果想符合現代愛情故事的公式，就必須有圓滿的結局。但我們分析電影時，應該依據該電影製作時期的價值觀來解析，因為電影不是為了遙遠未來的觀眾而存在，而是為了當下、當代的觀眾。因此，我們有必要從一九五〇年代的視角

去理解這部電影，而從當時的社會氣氛來看，公主與平民談戀愛的結局，分手是更合理的安排。當然，他們也有在高潮處接吻與互表心意，但這是為了後來的分手而設計的鋪陳。

如果今天來重拍《羅馬假期》會怎樣？

極有可能變成大團圓結局。二○○○年代初期，韓國有很多主角罹患不治之症而死亡的催淚電影，代表作有《禮物》（2001）和《菊花的香氣》（2003）。另外還有《春逝》（2001），雖然是悲劇結尾，但光是憑著回顧愛情的回憶，就讓觀眾心滿意足了。在那以後又過了一個世代，人們對自己的感情更加坦誠了，在愛情方面也把自己放在第一位，不會為了分手戀人的幸福而犧牲自己。當然這不代表所有電影都必須是幸福的結局，但可以肯定的是，大部分觀眾都期待幸福的結局。

一般人的生活本來就夠讓人心累了，沒有多少值得開心的事，只希望能有一個可以讓自己躺下的房間、足夠儲蓄的薪水、一星期在不錯的餐廳用餐一次的餘裕。生活中的一切都讓大家覺得焦慮不安。也因為日常生活已經夠辛苦了，所以我們才會熱切希望至少電影與電視劇是幸福的結局。編劇應該要去認真理解這樣的讀者與觀眾的心情。

第三是敵對者的種類。支撐《羅馬假期》中間點的是相機遺失事件。今天，所有人都可以用手中的智慧型手機輕鬆拍攝到公主剪短頭髮的樣子。但是在那個連電影都還是黑白的年代，可以拍到公主形象的膠卷相機不見了，絕對是個大問題──那可是獨家新聞耶，卻沒有相機可以證明這一點！光是想像就令人鬱悶。

現今愛情片的中間點，也能安排這麼單純的敵對者和狀況嗎？

單純的敵對者與情況，很難撐起現在電影的劇情了。各位不妨思考一下，現在阻撓大家愛情的障礙是什麼呢？一九五○年代的男女相愛時經歷的困難，

跟現在各位相愛時經歷的困難，會是一樣的嗎？ 當然不一樣。所以各位創作的愛情故事裡，敵對者的種類與中間點都應該跟過去有所不同。

透過一九五〇年代製作的《羅馬假期》，我們可以了解以前的愛情電影。接下來，跨越五十多年歲月，我們要以《新娘百分百》為例，看看愛情電影的敘事結構發生了怎樣的變化。

《新娘百分百》

羅傑‧米契爾（Roger Michell, 1956 − 2021）導演的《新娘百分百》講述的是知名電影明星安娜‧史考特與平凡的書店老闆威廉‧薩克之間的愛情故事。精明的讀者應該很快就會明白，為什麼我會拿《羅馬假期》與《新娘百分百》來說明。如果有讀者不太明白，我來給各位一個提示，那就是《麻雀變鳳凰》（*Pretty Woman*, 1990）！

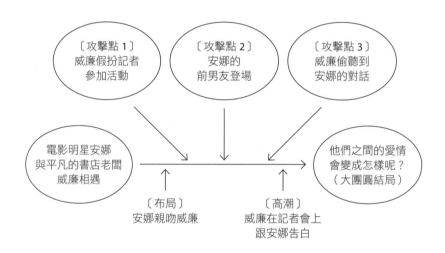

《新娘百分百》的結構與愛情電影的基本公式大致上相同。在第一幕中，男女主角相遇，並在第二幕（上）加深對彼此的愛情，在中間點的時候出現敵對者（安娜的前男友），導致兩人暫時分手，但最後仍然告白成功，大團圓結局！這就是愛情電影。如果有電影脫離這個公式，我們甚至可以說它不是愛情電影。同樣的類型，就會有同樣的結構。

《羅馬假期》與《新娘百分百》結構比較

各位現在看到《羅馬假期》和《新娘百分百》的相似之處了嗎？有很多類似的地方，對吧？一般而言，我們寫的故事是將我們腦海裡冒出來的想法，以文字來表現的原創故事，雖然在某些方面有可能不是完全原創，但這不表示它就是剽竊、抄襲。所有創作者都會受到某些人的影響。編劇喜歡的電視劇、電影、小說等等，當然會影響編劇的創作風格、故事情節與角色的構建。

　　世上是否存在「全新的」故事，所有細節都是嶄新的、原創的？

　　或許我們可以這樣假設？首先，《新娘百分百》的編劇李察‧寇蒂斯（Richard Curtis, 1956－）——也是《妳是我今生的新娘》（*Four Weddings and a Funeral*, 1994）、《BJ單身日記》（*Bridget Jones's Diary*, 2001）、《愛是您，愛是我》（*Love Actually*, 2003）等電影的編劇——是《羅馬假期》的粉絲，心想自己總有一天也要寫出這種劇本。再來是，「一九五〇年代的公主」這樣的存在就有如今天的明星，所以他覺得故事應該改為描寫電影明星與普通人的愛情，以此為基礎去發展他的故事。

　　李察‧寇蒂斯身為愛情片大師，徹底分析了《羅馬假期》的劇情。他很清楚同樣的故事類型會有同樣的骨架，但是當他確認《羅馬假期》的骨架時，發現中間點的敵對者和電影的結局很有問題。《羅馬假期》中間點的「相機遺失事件」，在現代社會中沒辦法發揮任何效果，最後是悲劇收場還會讓製作方苦惱找不到投資者。所以，他修改了這兩個地方：在中間點安排愛情故事中典型的敵對者，也就是女主角的前男友，並且把結局改為大團圓結局。

　　他重新檢視《羅馬假期》，領悟到他不需要修改整個故事，只要修改部分情節就可以了。在《羅馬假期》的第一個場景中，人們對著安妮大喊「安妮公主！」的畫面，在《新娘百分百》裡改為人們對著安娜大喊「安娜！安娜‧史考特！」還有，《羅馬假期》記者會中兩人分手的最終結局，到了《新娘百分百》變成兩人在記者會上實現了愛情。

　　故事的開頭和結局都整理好之後，就可以開始整修其他部分了。《羅馬

假期》男主角是一名記者，去記者見面會現場是很自然的事情。《新娘百分百》男主角在書店工作，如果要在「記者會現場」完成結尾，就需要另外鋪陳，所以編劇把男主角變成假記者，為此在左邊攻擊點 1 上添加相關設計。在攻擊點 1，男主角以假記者的身份進行採訪。在高潮點上，趕去記者會的男主角，也以假記者的身份向安娜提問，迎接大團圓結局。

最後要說的是中間點，愛情電影中的真正敵對者，亦即女主角的前男友，在這裡登場。「情節三角」理論的中間點，會出現最強大的敵對者，而且他的身份也是明星，因為男主角必須再次領悟到他與女主角的身份差異：明星情人與平凡的書店老闆。在中間點上，編劇安排了名為「身份差距」的障礙物。

經過這一番轉換，《羅馬假期》不就搖身一變為《新娘百分百》了嗎？下面讓我們來同時看看《羅馬假期》與《新娘百分百》的結構。

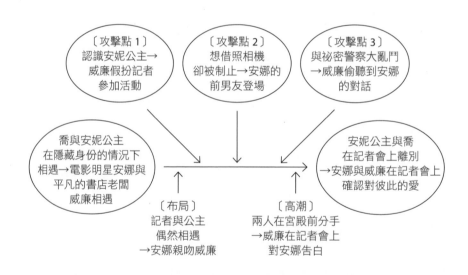

為什麼我要如此詳細比較、分析這兩部電影？大家在看經典電影時，如果發現了自己非常喜歡的作品，身為編劇，就會開始想把它改編成現代版本。如果該作品的故事情節到今天都還可以直接應用，那麼當然必須購買翻拍的版權。但這種情況很少見，因為幾乎所有老電影的情節都是那個時代的產物。

這種時候，請先仔細分析這部電影的故事，再看看能否以現代的各種形式重新建構劇情。經過多方思考後，如果你確定可以轉換成現代的全新故事，請勇敢地改造情節，將它重新建構為全新的故事。當然，如果你無論如何都擺脫不了原著電影的情節，就必須購買版權。

如果能找到像《羅馬假期》與《新娘百分百》這樣可以開創全新觀影經驗的電影，希望各位可以大膽地進行改造！這道理就好比，由同樣十一名球員組成的足球隊，也會因為教練和定位不同而組成完全不一樣的球隊。如果劇本結構能夠重新排列，即使是用同樣的素材，也能呈現完全不同的故事。

你越深入故事情節，找到新題材的可能性就越高。

在說明類型的特性時，我會將相似的兩部電影放在一起進行說明，藉由比較兩部作品，來了解其中的相似處與差異點，並觀察兩部作品共通的類型特性。這絕對不是在說舉例的兩部電影中，當中任何一部抄襲了另一部作品。我只是想藉此說明它們是同一類型。

容我在此重述一次，全世界所有的鯖魚雖然有不同的大小和形狀，卻都具有相同形態的骨架。帶領大家體會、理解類型作品裡的共通結構，是本章節的目標。

創作者必須了解世界上所有故事的形式，這也是為了讓自己免於某天受到「你的作品與別人的作品很像」的冤屈。想堂堂正正面對剽竊、抄襲的嫌疑指控，你必須全面研究情節的相關知識。此外，為了未來創作的新作品，你也應該完整掌握從過去到現在、曾經出現在這世上的所有故事的內部形式與結構。

■《八月照相館》vs《春逝》

我想透過許秦豪導演的電影《八月照相館》（1998）與《春逝》來探討敘事的深度。這兩部電影也以鐵粉眾多而聞名。在教授劇本的課程時，我曾經問過學員們幾次：這兩部電影中更喜歡哪一部？大部分人的回答是《八月照相館》。

為什麼？我想深入討論一下：明明是相同的導演，同樣是愛情題材，為什麼大家更喜歡《八月照相館》？

《八月照相館》

余永元（韓石圭飾）在一個幽靜的鄉下小城裡經營著老舊的「草原照相館」。雖然已經到了適婚年齡，但因為是與單親的父親一起生活，所以一直跟戀愛絕緣。事實上，他也是個再活不了多久的絕症患者。由於已經無法治療，所以他正在安靜地整理自己的人生。某天，交通女警德琳（沈銀河飾）闖入了他的生活。看到德琳開朗的樣子，余永元也覺得自己被吸引了。兩人的心越陷越深，余永元也越接近死亡。

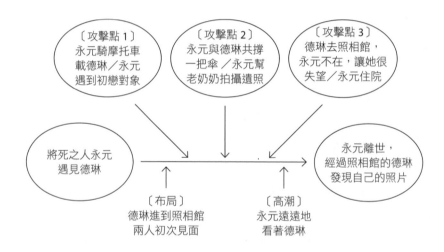

表層敘事是主角余永元與德琳相遇、變親近、經歷困難、分手、再次相遇的愛情類型故事，需要仔細觀察的地方是中間點與高潮。請仔細觀察故事的中間點。一般愛情類型故事的中間點，是男主角（或女主角）的前愛人或父母登場，阻撓兩人發展愛情的地方。《八月照相館》中沒有「德琳的男人」或「余永元的女人」出現。敵對者是余永元所剩無幾的人生。這一點與其他愛情電影不同。

這部片的高潮又是如何表現的？

余永元隔著玻璃窗望向德琳。兩人雖然沒直接見面，但是存在同一個空間裡。導演展現高潮的手法，是讓觀眾用余永元的視線看著德琳。這雖然不同於一般愛情片的高潮，但依舊跟愛情片的形態很相似。

將上述這兩點，拿來跟其他愛情電影比較的話，你會忍不住困惑起來。我之前說明「情節三角」時說過：布局、高潮、中間點這三個地方，相當於故事中最重要的「脊椎」。

布局與高潮都符合愛情片的公式，但中間點可以是死亡嗎？

《八月照相館》不是愛情片。

一 男、女主角相遇，幾經波折後，終於成為戀人。
一 一個過著平凡生活的普通人，遇到了撼動日常生活的事件。

這兩句話的差別是什麼？上面那句是「愛情片」的說明，下面則是「人性劇情片」的說明。

《八月照相館》表面上披著愛情片的外皮，但深入分析之後，會發現它其實是人性劇情片。事實上，導演最初的意圖也不是單純的愛情電影，因為他在採訪中曾經這樣說：

「我本來其實是想講一個關於死亡的故事，但是我覺得拍不出來，
所以在故事的形式上套上了愛情電影的外衣。」

根據導演這段話，以下我刪除了愛情的敘事，只整理了余永元的故事。

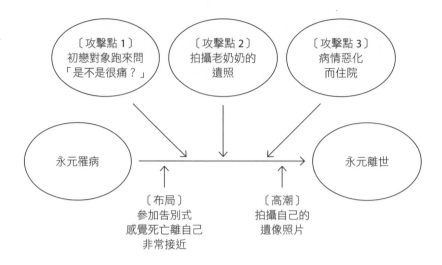

如果將焦點集中在余永元身上，我們會發現這是緊緊跟隨一個將死之人的藝術電影。即將面臨死亡的余永元前去某個熟人的葬禮會場，明白自己的生命也所剩無幾。此外，在拍攝一位老奶奶的遺照時，他也預感到自己的死亡。

隨著時間流逝，他的病情逐漸惡化，甚至必須住院。最後，他替自己拍攝了遺照，從世界上消失。這就是《八月照相館》的主要故事。理由是在第一幕結束，以及結局那裡以旁白呈現。第一幕結束後，余永元從公車上下來時的旁白是這樣的：

「愛情總有一天會成為回憶。」

結尾處的旁白則如下：

「我知道愛情總有一天會成為回憶。但是，唯獨妳沒有變成回憶。謝謝妳讓我懷抱著愛離開。」

我希望各位可以綜合考量電影的內部構成、電影中的旁白，以及導演的訪問。這部電影在表面上細緻描繪了余永元與德琳的「愛情」，但編劇真正想說的深層故事是「死亡」和「消失」，就像余永元的旁白所說的一樣。

《春逝》

《春逝》講述的是某個冬天，錄音師李尚優（劉智泰飾）與地方廣播電台 DJ 韓恩秀（李英愛飾）相遇後的故事。表層敘事遵循了典型的愛情故事，兩人在「布局」中相遇，在第一幕結尾第一次接吻，在中間點面臨危機（發揮敵對者作用的其他男人登場）。兩人在第二幕（下）中分手，在「高潮」中再次相見，但是沒有擁抱或接吻。這部片和《戀夏 500 日》一樣，具備無法實現的愛情故事的典型結構。

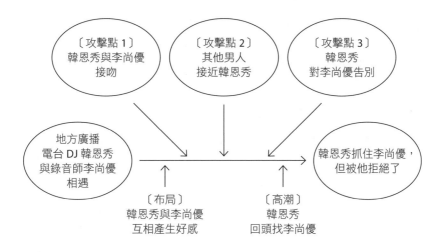

但《春逝》不像《八月照相館》一樣具備其他的敘事層次。李尚優的奶奶罹患失智症，作用跟《八月照相館》的余永元相似。這個角色可以跟電影主題「春天走了」互相呼應，但是從主要敘事來看，力量卻很薄弱。此外，《八月照相館》中男主角余永元最終死去了，但李尚優的奶奶只是配角，即使要面對死亡，空缺也不會很大。

毫無疑問，這兩部都是製作精良的電影，但它們只有表面相似，深層之處卻有不同的結構。《八月照相館》是一部人性劇情片，《春逝》則是一部愛情片。關於愛情類型的基本形式，故事分析到此結束，接下來我們要來看看愛情類型的變形版本。

■《戀夏 500 日》vs《初戀築夢 101》

如果說我在前面整理了愛情類型的基本形式，那麼從現在開始，將要透過跟一般愛情公式不同形態的作品，進入「進階」的階段，範例是《戀夏 500 日》與《初戀築夢 101》。

《戀夏 500 日》

這部電影講述的是，等待「命運般的愛情」的純真青年湯姆·韓森（喬瑟夫·高登－李維〔Joseph Gordon-Levitt〕飾），以及不想被束縛的女子夏天·芬恩（柔伊·黛絲香奈（〔Zooey Deschanel〕飾）相遇的故事。這兩人既不是朋友也不是戀人，維持著曖昧模糊的關係，進而發生各種事件。雖然它是二〇〇九年製作的電影，至今卻依然深受觀眾喜愛。

電影描述的是在「五百天」的期間內，夏天和湯姆這兩位主角相遇、分手的過程，但劇情不是依照時間順序來呈現，而是在時間上來回跳躍，是一部結構非常獨特的電影。

我拿它跟《初戀築夢 101》相提並論也是基於這個理由：《戀夏 500 日》是在時間之間跳躍、展開故事，《初戀築夢 101》則是現在與過去的時間中雙線並行、向前發展。

請各位留意這兩部電影的展開方式。讓我們在故事的開展中觀察時間的轉換與並行。

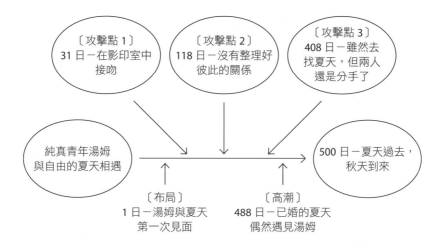

〔攻擊點1〕
31日－在影印室中接吻

〔攻擊點2〕
118日－沒有整理好彼此的關係

〔攻擊點3〕
408日－雖然去找夏天，但兩人還是分手了

純真青年湯姆與自由的夏天相遇

500日－夏天過去，秋天到來

〔布局〕
1日－湯姆與夏天第一次見面

〔高潮〕
488日－已婚的夏天偶然遇見湯姆

從《戀夏500日》的內部結構可以看出，它是循著跟《春逝》一樣的典型悲劇愛情形態（從故事情節的位置和構成要素來看，這兩部片幾乎相同）。雖然它時間跳躍的展開形式很特殊，但剔除故事情節的肉、整理骨架之後，會發現「布局」與「高潮」的愛情類型基本要素都在它該有的位置上。

《戀夏500日》雖然是日期前後交錯的複雜結構，但我們在觀賞時能夠輕鬆地跟上故事情節，就是因為基本構成要素都在自己的位置上。無論故事的表面多麼鬆散，它的基本要素都在故事基底穩穩地支撐著，使其不會動搖。由此可見，基本要素的深入定位非常重要。這就好比露營時，即使風颳得很大，只要把釘樁深深嵌入帳篷底部的基本位置，帳篷就不會晃動一樣——故事的基本要素，就是發揮釘樁的作用。

《初戀築夢101》

大學時代的初戀對象楊瑞英主動找上建築家李勝民。如果說《戀夏500日》是時間前後交錯進行的「前後變形版本」，《初戀築夢101》就是現在敘事與過去敘事同時進行的「交叉並行版本」。但即使時間不斷變動，只要類型的基本公式與要素都在自己該在的位置，故事就可以屹立不搖。從《初戀築夢101》的分析中，我們可以看到雖然現在與過去的時間線同時進行，故事依然

可以穩定走下去的理由與方法。

我們先來看看「現在線」的故事。

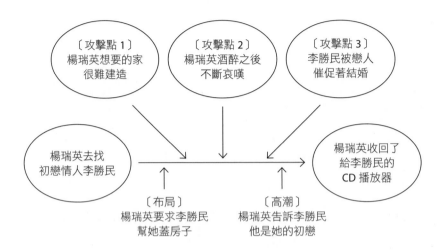

以下是「過去線」的故事分析圖解。

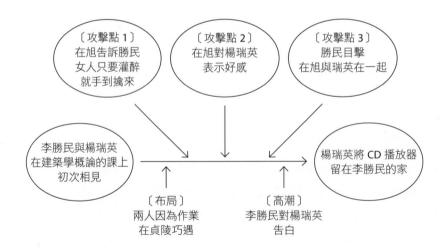

現在就按照現在，過去就按照過去，分別依據類型的規則加以整理。構思來往於現在與過去的故事時，不能將事件沒有邏輯地交織在一起。現在就是現在，過去就是過去，必須事先做好精巧的設計。等完成各自的設計之後，再將兩個時態結合起來。

將《初戀築夢 101》現在與過去的故事分開、仔細觀察各自的細節之後，可以發現過去時態是愛情劇，現在時態是人性劇。在過去的時態裡，大學新生李勝民在建築學概論的課上對楊瑞英一見鍾情，並逐漸接近她。大學生李勝民與楊瑞英的故事，讓我們看到無法實現的愛情敘事的展開。而現在的時態裡，是楊瑞英找到李勝民委託建築案才得以展開。對於過著平凡生活的男主角來說，「突然發生事件」這個設定是遵循人性劇情片的公式。

兩人的過去是愛情劇，由此催生的現在是《初戀築夢 101》故事的精髓。我認為，在過去的愛情劇與現在的人性劇搭配之下，構成了這部電影的成就。

還記得《八月照相館》的外皮是愛情劇、內在是人性劇嗎？而《初戀築夢 101》的過去是愛情劇，現在是人性劇。比較這兩部電影，我們也可以學到很多東西。

《初戀築夢 101》是二〇一二年的電影。從電影中的各種道具來看，主角的學號大概是在九五前後。這部片上映當時，學號落在九〇到九八的眾多男性觀眾表示：「我大學時代也度過那樣的 XX 年。」理由可以在電影的敘事結構中找到答案。這部片的情節是由現在看過去的視角所構成，觀眾們應該也是以現在的視角去回想過去的回憶。所以，這部作品是包含了「我們那個年代的初戀」和「思念初戀的心」這種情懷的佳作。

《雨妳再次相遇》

李張勳導演的《雨妳再次相遇》（2017），是改編自「午餐女王」竹內結子主演的日本電影《現在，很想見你》（2004）。林秀雅（孫藝珍飾）留下「下雨天就會回來」的含糊話語後離開人世。雖然已經過了一年，但是鄭宇振（蘇志燮飾）和兒子仍然因為她的離世而感到悲痛。有一天，林秀雅出現了，但她不只不認得丈夫鄭宇振，連兒子鄭志浩她也不記得了。無論如何，這對父子還是

為她的歸來而欣喜，再次感受到過去這段時間內被遺忘的幸福。

　　大致了解劇情之後，來看一下這部片的整體情節。

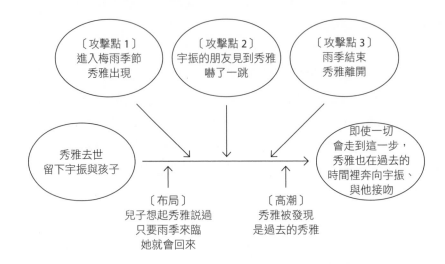

　　這是與愛情類型基本公式完全不同的結構。沒錯，《雨妳再次相遇》在類型上不屬於愛情電影，而是人性劇情片。林秀雅在攻擊點 1 出現，然後在攻擊點 3 消失，就像《回到 20 歲》（2014）裡，吳末順從攻擊點 1 開始變成少女，再從攻擊點 3 變回老奶奶一樣。

　　現在來看看它的內部時態吧。《雨妳再次相遇》夾雜著現在與過去的敘事。它從第二幕（上）開始過去與現在並存，跟《初戀築夢 101》的型態不同。第一幕結束後，再次出現的林秀雅，是在過去時態裡遭遇交通事故而昏迷不醒的林秀雅。也就是說，她是從過去來到現在，所以才會完全不知道自己跟鄭宇振相遇相愛、甚至還生下兒子，因為這些都是還沒發生在她身上的未來。這部片具有類似穿越時空的故事結構。如果你多分析它幾次，會很佩服這部電影故事結構的穩固性，還可以發現編劇將過去與現在複雜交融在一起的理由。

　　如果只能從這部電影選一個優點來說，那絕對是它的深層敘事。下面是我將這部片的表層敘事與深層敘事用韓文片名「現在就去見你」（지금 만나러

감니다）來表現。

—　表層敘事：現在就去見你（那個男人）
—　深層敘事：現在就去見你（我知道如果去見這個人，過不了多久
　　　　　　　就我會死去，丟下丈夫與孩子獨自去另一個世界，但
　　　　　　　我還是要選擇那個生活，所以我要去見這個男人）

　　一開始，我也覺得這是一部愛情片，後來發現敘事的獨特之處後，忍不住讚歎不已。它將過去與現在巧妙地融合在一起，講述「現在一起生活的家人最重要，即使我有重生的機會，也要選擇這個家庭」的故事。這部片的製作如何不重要，因為它的敘事獨特性已經夠特別，值得我們多次分析和討論。

　　《雨妳再次相遇》是一齣有獨特敘事的人性劇情片，不同於《八月照相館》。大家在寫愛情相關的故事時，必須先想清楚，它是要像《春逝》那樣的典型愛情故事，還是像《雨妳再次相遇》或《八月照相館》這樣的人性劇情片。正如我們所看到的，愛情敘事與人性劇情片敘事，其故事構成要素的位置是不同的。

（3）愛情故事總結

這一章裡，我們看了愛情敘事的基本故事公式、早期與現在的愛情劇形式、愛情敘事的多種變形、愛情片與人性劇情片的差異。愛情片應該是將兩人的「相遇」與「再次相遇」安排為「布局」與「高潮」的類型，而且兩位主角從初次見面到最終重逢之間，會經歷複雜的過程，但是請不要忘記，這些都是在愛情類型的公式內變形而來的。同一種類型，意味著共享相同的公式。愛情類型是共享相同形式的愛情故事的集合。

03

人性劇情片

（1）人性故事公式

本來生活就很辛苦或有問題的人，某天突然遭遇重大事件或情況，主角雖然為了解決事件而努力，卻依舊很不容易……事情終究仍會得到解決，而主角在這個過程中，冷靜觀察生活的點點滴滴，領悟到許多事物，從中有所收穫與成長——這就是人性劇情片的公式。就像準確切半的洋蔥一樣，觀眾在觀看人性劇情片之後，也會看到自己人生的碎片，吸取今後如何生活處世的教訓。

　　誰也無法預測未來。人性劇情片的公式比愛情片的公式更難定義。過著平凡日常的主角發生了意想不到的情況，這個情況會越來越嚴重；在解決的過程中，主角會面對生活的根本性問題，處於最終選擇的十字路口，終於跟故事的起點相較之下有所成長。這個類型大多是循這種模式發展故事，但人性這個範疇裡的故事範圍很廣，所以有必要好好整理一下。

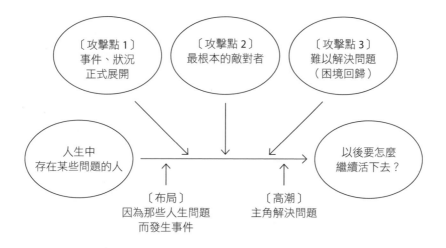

（2）人性作品分析

■《孤兒流浪記》vs《我的意外爸爸》

查理‧卓別林（"Charlie" Chaplin, 1889 － 1977）導演的《孤兒流浪記》（*The Kid*, 1921），以及是枝裕和（1962 －）導演的《我的意外爸爸》（2013）都是在講述父子的故事。這兩部片都是優秀的作品，因此我們要透過它們來看看早期與現代的人性劇情片在基本要素上有什麼不同。

《孤兒流浪記》

年輕女子被有錢畫家拋棄後生下了一個孩子。她身為未婚媽媽，沒有能力撫養小孩，於是把孩子丟在一輛高級轎車裡，希望他能夠在有錢人家裡長大。結果剛好有一名竊賊偷走這輛車。他沒想到車上會有個孩子，便把孩子丟棄在垃圾桶邊。

　　偶然路過這裡的查理（查理‧卓別林飾）發現了這個孩子。雖然他沒有撫養孩子的餘裕，但每當他打算要丟棄孩子時，別人都在看著他，最後只好把孩子帶回自己的老舊公寓。

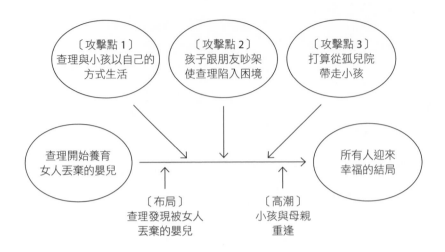

查理幫這個在路上撿到的孩子取名，像親生兒子一樣開始撫養他，也在過程中體悟到父愛。故事的後半部，孩子開始戲劇性地尋找親生母親。這裡包含著從不幸開始、以幸福結尾的大團圓結局典型要素。值得注意的是《孤兒流浪記》前半段冗長的情節與敵對者的功能。當我們從現在的角度去看早年的作品，這是無可避免的問題。

討論前半段的劇情，是為了說明故事的推進與省略方式。《孤兒流浪記》採取傳統敘事方法，依次詳細描述查理撫養這個孩子的過程與緣由，然後告訴觀眾：「五年後，孩子長這麼大了」。

以前的中國武俠電影經常使用這種手法。各種武俠小說與電影都是以下述方法展開故事：中原最厲害的某個門派受到敵人攻擊，主角的父親在突襲中死亡。一片混亂中，父親的忠僕成功躲避敵人的視線，抱著家裡襁褓中的嫡長子逃命。然後，十年歲月過去，嬰兒已不知不覺間長成一個聰明的少年。他以為忠僕是他的父親，兩人一起生活著。平靜生活的某一天，終於發現主角存在的敵人發起襲擊，忠僕代替主角挨了致命的一刀，臨死前這麼對主角說：「少爺，我不是少爺您的父親，其實您是○○家的嫡子……請帶著這個信物，去為您的父親報仇！」就這樣，主角為了替父親報仇而前往中原。

近年的電影不會以這種方式展開故事了！

最近的電影都是很快就讓孩子長大成人，其他人培育主角的故事會在中間點前後以回憶的形式簡單交代。跟以前相比，現在故事展開的速度加快了許多。過去的故事寫作教學，會將過程分為「開端、展開、危機、高潮、結局」等五個階段，近年的電影會刪除「開端」、直接切入劇情發展，因此在劇本前半段，沒必要細述故事的起源，等正式推進故事情節之後，再在有餘裕、可以穩定呼吸、調整緩急的中間點附近，簡單用回憶畫面或是現實、回憶的交叉剪接來處理就足夠了。這就是最近的風格。查理・卓別林的《孤兒流浪記》拍攝於無聲電影時代，遵循了那個時代的作法。在當時，這就是正統。

接下來，要來看看「敵對者」，以及敵對者的「位置」與「功能」。

《孤兒流浪記》的中間點如下：查理的兒子跟另一個孩子打架，這時候那個孩子的哥哥出現，查理陷入麻煩中。以現代的眼光來看，這個敵對者無法發揮有效的作用。孩子的哥哥與查理爭吵時，孩子的生母登場，暫時制止了兩人爭執，但這種連結方式似乎不怎麼有效，也不恰當。

如果是近年的電影，本來出現在攻擊點 3 的孤兒院人士會在中間點就出現，提出「孩子真正的父親是誰」這個核心問題，然後查理會在攻擊點 3 證明自己是孩子真正的父親，以此來推進故事。但這部片的結構是封閉的，因為孩子後來會開始尋找他的親生母親，導致很難採取上述的變奏。雖然《孤兒流浪記》的情節在當時是恰當、適合的，卻不符合現代觀眾的需求。「一切都會改變」這句話，在劇本創作方法上也是適用的。

《我的意外爸爸》

是枝裕和導演的《我的意外爸爸》，是二〇一三年坎城影展評審團大獎的得主。它的故事，是從菁英上班族野野宮良多（福山雅治飾）某天被醫院通知抱錯孩子的事說起。如果說《孤兒流浪記》是主角在路上撿到孩子後發生的故事，《我的意外爸爸》則是得知「自己的孩子在醫院裡跟其他孩子交換了」之後發生的故事。

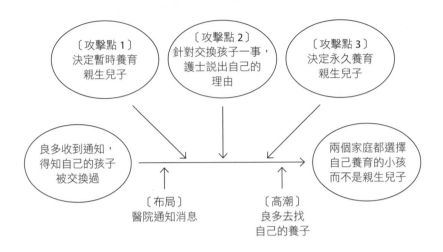

〔攻擊點 1〕
決定暫時養育
親生兒子

〔攻擊點 2〕
針對交換孩子一事，
護士說出自己的
理由

〔攻擊點 3〕
決定永久養育
親生兒子

良多收到通知，
得知自己的孩子
被交換過

兩個家庭都選擇
自己養育的小孩
而不是親生兒子

〔布局〕
醫院通知消息

〔高潮〕
良多去找
自己的養子

　　野野宮良多得知醫院誤將孩子調換的事實後，開始努力想從心裡接受在其他家庭長大的親生兒子。在此同時，電影也描繪了目前為止一直認為是他自己親生而養育的孩子，被送回親生父母所在之處的過程。故事的構成如上所示，展現野野宮良多最後真正成為父親的模樣。

　　但這畢竟是表層敘事。導演想說更深層的故事，所以選擇了「抱錯小孩」這引人注目的題材。看過電影幾次之後，我們就能領悟為什麼導演把片名訂為「就這樣成了父親」（電影的日文原名）。「該如何對待被調換的孩子」是電影表面上提出的問題，但更重要的是從容不迫地描寫「野野宮良多」這個人物如何「從男人成為父親」。讓我們暫且放下抱錯孩子這個表層敘事，來看野野宮良多如何成為父親的過程。

　　光是從野野宮良多的行為來看，可以進行以下分析。我們需要特別注意的是位於攻擊點 1、電影開始三十一分鐘左右出現的場景：小孩假裝向大人開槍，除了野野宮良多以外，在場的其他男人都裝出被擊中而倒地的樣子。這是非常重要的場景。如果你仍未婚或沒有孩子，請務必記住：假如某天你的孩子假裝朝你開槍的話，你一定要發出「呃啊」的聲音、倒地裝死。這是做父親的義務。野野宮良多沒有盡到這項義務。但是電影開始一小時四十六分

左右後，野野宮良多聽到孩子假裝開槍的聲音時，終於會倒地裝死了。這個叫做野野宮良多的男人成為了父親。

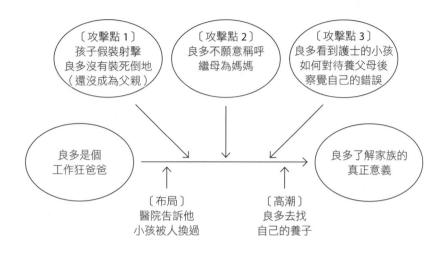

這部電影表面上的敵對者是交換了兩個孩子的護士，但深層意義上的敵對者，是野野宮良多本人。他的繼母野野宮信子一直真心疼愛著他，他卻從不稱呼她母親，因為他不承認信子是家人。對此，信子這麼說：

就算沒有血緣相連，一起生活之後也會產生感情，彼此也會越來越像。夫妻是這樣，母子不也是這樣嗎？我啊，我是懷著這樣的心情撫養你們的……

導演想傳達的就是這個吧？這部電影的深層敘事就是「一起生活的人才是家人，能夠分享情感的人才能成為父親」。表層敘事是為了深層敘事而存在；表層敘事是題材，深層敘事是主題。

我們透過《孤兒流浪記》與《我的意外爸爸》來比較人性劇情片早年與現代敘事的不同。希望藉由這些比較，可以讓各位理解故事展開方式、中間點功能的差異。快速展開故事情節、讓強大敵對者登場，是當今所有故事通

用的原則。

文字反映時代！

　　雖然人性劇情片可以用故事的公式進行初步解析，但它的細節不像愛情片那麼單純、統一，因為愛情片是兩人之間發生的事，人性劇情片卻是可能發生在每個人身上的事，因此，比起努力設計故事構成要素的位置與功能，更應該優先考慮該如何獲得觀眾的共鳴。創作人性劇情片的編劇要對自己提出的最根本問題是：「觀眾能夠產生共鳴嗎？」請各位專注於打造能讓當代人產生共鳴的一句台詞和一行畫面指示。

　　人性劇情片這個類型，具備主角遭遇事件的表層敘事，再透過這個事件來講述人與人之間的道德或原則、人類應該遵守的倫理等，深入探討問題。當代的人都遭遇些什樣的故事才是這個類型的核心，所以編劇應該致力於讓現在的觀眾產生共鳴。

　　比方說，現在的時代已經不太講究慣例和形式，如果你創作一個家庭為了侍奉祖先而每月祭祀的故事，觀眾看了會有同感嗎？坐在桌前寫字、打字是編劇的工作，傾聽世人關心什麼事是編劇的義務。

《七號房的禮物》

李桓景導演的《七號房的禮物》（2013）是一部刺激了一千兩百萬名觀眾淚腺的電影。只有六歲智力的爸爸李永九（柳承龍飾）背負殺害警察局局長女兒的冤罪，不僅被關進監獄，最終還被判處死刑。經過漫長的時間，李永九長大成人的女兒妍思（朴信惠飾）透過司法研修院的國民模擬審判，想為爸爸洗刷冤屈。

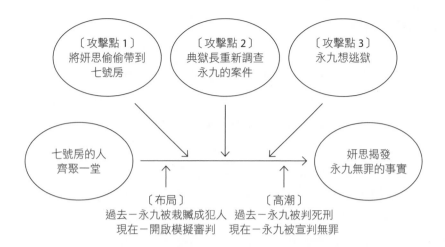

〔攻擊點 1〕
將妍思偷偷帶到
七號房

〔攻擊點 2〕
典獄長重新調查
永九的案件

〔攻擊點 3〕
永九想逃獄

七號房的人
齊聚一堂

妍思揭發
永九無罪的事實

〔布局〕　　　　　〔高潮〕
過去－永九被栽贓成犯人　過去－永九被判死刑
現在－開啟模擬審判　　　現在－永九被宣判無罪

　　這部電影是現在與過去的敘事同時進行，表層敘事是妍思想透過國民模擬審判，為過去被冤枉處死的爸爸李永九爭一口氣。那深層敘事是什麼呢？我們可以說，是被冤枉判刑、無法為自己抗辯的平民爸爸那份恨與遺憾。

　　《七號房的禮物》之所以如此受歡迎，就是這個原因。人性劇情片的成功取決於是否跟同時代觀眾產生共鳴。當老百姓有冤難伸，哪裡有供他們宣洩的管道？我認為，市井小民累積的委屈在二〇一三年透過這部電影爆發了。聽到李永九臨死前吶喊「救救我！」，任何人都會流下眼淚。觀眾可以從李永九只能留下年幼女兒無辜赴死的樣子中，看到自己生活的粗暴現實。

　　雖然題材稍有不同，但柳昇完導演的《辣手警探》（2015）與李炳憲導演的《雞不可失》（2008）也很相似。

　　《辣手警探》裡有在年幼的孩子面前被財閥三世侮辱的平民爸爸，《雞不可失》裡有為了抓到犯人甚至開起炸雞店的警察爸爸，劇情裡都有委屈過日子的平民爸爸，面對著脅迫他們生活的因素。雖然人性劇情片的故事不一定要包含市井小民的委屈，但如果它盛載著時代的悲憤，就會產生極大的爆發力。

《陽光姊妹淘》

姜炯哲導演的《陽光姊妹淘》（2011）是一部輕快的電影。中年婦女任娜美（沈恩敬飾）有個傑出的丈夫和漂亮的女兒，雖然生活很悠閒，卻不知不覺開始對生活感到空虛。有一天，她去探望母親時，跟高中時代姊妹淘小團體「Sunny」的夏春華（姜素拉飾）重逢。當年娜美從鄉下轉學過來時，是充滿義氣的春華幫助她融入新環境。意氣相投的娜美和春華，開始尋找「Sunny」的其他五名成員。在這個過程中，她們與人生中最幸福瞬間下的自己重逢。

我們藉由《我的意外爸爸》遇到了成為真正父親的主角，透過《七號房的禮物》遇到為父親伸冤的女兒。而在《陽光姊妹淘》中，我們遇到因為庸庸碌碌的生活而淡忘的朋友。大家雖然好奇彼此的近況，卻因為忙於生活而無力去關心朋友。看完這部電影，會讓你想打電話給很少見面的朋友。在《陽光姊妹淘》裡，角色們透過當時是我人生全部的朋友情誼，重新遇見小時候單純的自己。

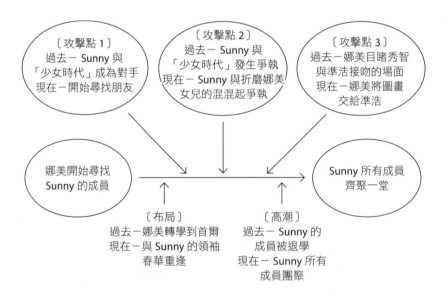

如實反映現實的是紀錄片，《陽光姊妹淘》是一部商業電影，因此多少帶有一些夢幻成份。比方說，春華自己就算快死了，還會細心照顧朋友。儘

管自己生活拮据、照顧不了朋友，但如果能有遺忘許久的有錢朋友幫我度過難關該有多好？這種願望就是幻想。人性劇情片就是在加工那些我們內心有所期待但不容易實現的幻想，向觀眾展現客製化的故事。現代人生活越來越貧脊，諷刺的是，我們卻因此生活在一個能夠看見精采人情故事的世界中。

《回到 20 歲》

《回到 20 歲》（2014）的故事是在講述，以炫耀教授兒子為生活唯一樂趣的七旬暴躁老奶奶吳末順（羅文姬飾），在「青春照相館」拍了一張照片後變成了二十歲的吳杜麗（沈恩敬飾），因此重新享受一次人生的全盛期。這部電影不僅在韓國取得很好的成績，也被日本、中國、泰國、越南、菲律賓、印度、印尼等國家翻拍。讓我們來了解一下這部電影的魅力是什麼，讓全世界如此狂熱？

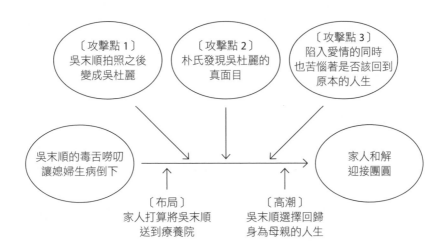

韓國有一個所有母親都通用的故事——為子女奉獻！為家人犧牲！《陽光姊妹淘》故事裡有被遺忘的朋友，《回到 20 歲》裡則有一個為家人犧牲了一切、如今身心俱疲的母親。吳末順女士唱著金正浩的〈白色蝴蝶〉回憶過往人生時，四十歲以上的人全都看著畫面跟著痛哭起來，因為真切感受到母

親在艱難的世界裡為了養育自己而變老的辛苦人生。電影一結束，年屆中年的兒子就拿起電話打給媽媽。

> 兒子：媽媽，過得還好嗎？身體還好吧？
> 媽媽：怎麼突然打來？有什麼事？
> 兒子：就……沒什麼。
> 媽媽：哎呀，不要浪費電話費了。快點掛電話，快！

雖然冷冷掛掉電話，但做媽媽的應該很高興接到兒子的電話。兒子自責這段時間沒能照顧到母親，決定要回家去看看媽媽。這不就是這部片成功的原因嗎？它讓人清楚意識到名為母親的絕對存在。但如果故事只是按照時間序、平淡地記錄關於母親的事，就不會獲得太大的迴響了。這部片利用「青春照相館」的設計、讓老母親變身為年輕女性的內容，贏得了票房和口碑。尤其是飾演吳末順老年與青年的兩位演員，年齡差距將近五十歲，對比更加鮮明。

在這個故事的結構中，我們需要注意的是攻擊點 1 與攻擊點 3 的功能。

還記得《雨妳再次相遇》的結構嗎？

比較《雨妳再次相遇》和《回到 20 歲》的結構會很有幫助。《雨妳再次相遇》裡，秀雅在攻擊點 1 跟雨一起出現，然後在攻擊點 3 的梅雨結束後就必須離開。《回到 20 歲》裡，吳末順在攻擊點 1 變身為年輕小姐，然後在攻擊點 3 考慮是否要回歸老奶奶的人生。

「變身故事」或是往返於時間的「時光倒流故事」，會在攻擊點 1 變身或穿越時間，然後在攻擊點 3 再次變身或嘗試回到現在。在攻擊點 1 產生變化，再從攻擊點 3 返回原來的生活，這個形式可以視為「變身故事的公式」。從《回到未來》（*Back to the Future*, 1985）到《阿凡達》（*Avatar*, 2009），有非常多相關類型的作品可以參考，希望大家可以多多注意，仔細觀察它們的攻擊點 1 與攻擊

點 3，累積關於變身、時間移動故事的心得。

《雨妳再次相遇》與《回到 20 歲》之間還有一個共同點。請各位看看這兩部片的高潮。

秀雅明知道回去會死卻還是選擇回去，只為了遇見現在的家人。吳末順的兒子要她過自己的生活、不要再回來，去尋找幸福，她卻說：「即使重生，我也會選擇現在的生活，因為我是為了成為你的媽媽而活。」雖然兩部電影的形式不同，包含的內容卻相似：主角寧願犧牲自己、選擇家人。

請各位同時打開這兩部電影，研究當中的情節結構，對於你學習內部敘事會有很大幫助。為家人付出、為家人犧牲的故事，在全世界任何角落都能得到共鳴。《回到 20 歲》的故事就是因此才如此受到全世界喜愛吧。

■ 《茲山魚譜》

《茲山魚譜》是關於朝鮮時代真實存在的人物丁若銓（1758 – 1816）的故事。對於近年來充斥著動作片的韓國影壇來說，這是一部乾淨、樸素的罕見作品。

本片平淡地記述了知識份子丁若銓因為接觸天主教教義而被流放到黑山島（茲山）後，與一位名叫昌大的漁夫合作完成《茲山魚譜》一書，最終與這個世界告別的過程。

不管怎麼看，這部片的內容都只是一個朝鮮時代的貴族被流放到黑山島，寫了一本魚類誌之後就去世的故事而已。但我個人非常好奇為什麼這部電影可以在眾多韓國影展中屢獲好評，便決定好好研究它一番。結果，在多次觀賞、分析它的內容後，我發現電影中藏著起初沒發現的深意。

我認為，如果我跟大家分享這種深遠含義，對於今後那些想將歷史真實人物傳記拍成電影的人，可以產生很大助益，因此，讓我們先來看看《茲山魚譜》的故事結構吧。

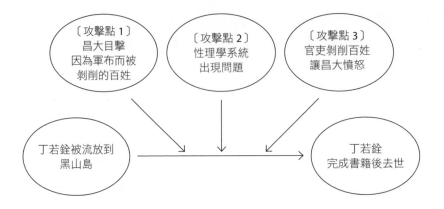

就跟前面的例子一樣，我們一開始觀察它的故事結構時，很難一眼看到完整的形態，但經過仔細檢視與多次分析後，就可以開始看見完整的結構。首先來看看構成《茲山魚譜》骨架的情節三角。

上圖裡可以看到，故事的開始、中間與結尾都是由主角丁若銓的故事所構成。接下來，看看發揮補充說明功能的攻擊點 1 與攻擊點 3：上半部的左側與右側是從漁夫昌大的角度出發，講到百姓因為軍布[20]而受苦的故事。為了更詳細了解電影內容，下面要以主角丁若銓為中心，再看一次故事結構。

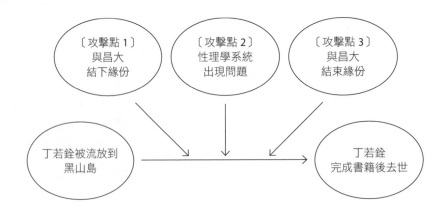

---

20 「軍布」是朝鮮時代的一種稅金，以布匹用來代替兵役。

現在，我們再從跟丁若銓一起寫書的漁夫昌大視角，重新回顧一次故事。

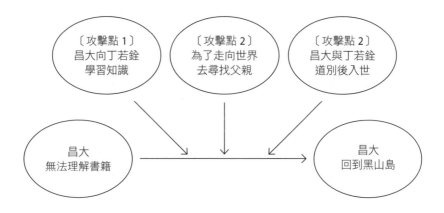

各位，你們現在理解《茲山魚譜》的故事結構了嗎？

還是不了解嗎？我們一起找出答案吧。

導演李濬益想透過《茲山魚譜》說什麼？我認為導演想傳達的，是朝鮮時代的某個年輕人為了掃蕩世間的骯髒混濁而立志求學求知；這個努力學習、積累學問的年輕人想走向世界，用知識來改變世界。然而，這世上的混濁之深，不會輕易被學問改變，對吧？於是飽受挫折的年輕人，最後只能黯然回返家鄉。

你問這到底是什麼故事？我來給大家一個提示。讓我們假設漁夫昌大就是年輕時的丁若銓，一個知識份子，然後再解讀這個故事一次。電影最後的場景中，漁夫昌大在世間跌跌撞撞、受盡挫折後，回到了故鄉，還有電影一開始，知識份子丁若銓被流放到黑山島。讓我們試想，丁若銓的過去與現在同時存在這部電影裡。

我們用這個視角再看一次電影吧？各位發現電影《茲山魚譜》的含義了嗎？為了讓大家能夠理解，我再多說明一些。故事進行到一半，主角丁若銓

這麼說：「性理學 21 與西學絕對不是彼此的敵人，而是應該一起前行的摯友。我如果能深刻了解朋友，就會變得更有深度。」這就是這部片的主題。

換句話說，李濬益導演在《茲山魚譜》中想討論的，是性理學與西學的對立。性理學是既有的體制，西學則是一個全新世界。為了說明這一點，昌大在劇中象徵性理學，而丁若銓代表西學，呈現對比與區別。劇中，丁若銓對昌大說他夢想著一個沒有君主的新世界。不僅如此，他還對弟子昌大說：「我用性理學去接納天主教，這個國家卻容不下一丁點的我。」他坦言，現有的體制讓人鬱悶不已，不願接納像他這樣的知識份子，於是他只能被趕出現在的世界，在這座狹小的島嶼上寫書過活。然而，昌大的想法與老師丁若銓不同。我們來看電影九十分鐘左右出現的一個場景。志在入世的漁夫昌大告訴丁若銓，他要斷絕彼此的關係，並表示自己不會選擇《茲山魚譜》，而會選擇《牧民心書》的道路。他告訴老師，他要放棄在這座島嶼上天天捕魚的生活，走向更廣闊的世界，跟百姓一起做事。也就是說，他想生活在現有體制之中。由於他無法理解老師丁若銓夢想的新世界，因此疾呼著要丁若銓振作起來。漁夫昌大最終真的朝著世界前進了，開始了社會生活。這就是性理學和西學之間的對立、年輕人昌大和老者丁若銓之間的對立。

前面提到可以將昌大的現在視作丁若銓的過去，如此一來再重新觀賞電影的話，故事結構如下：

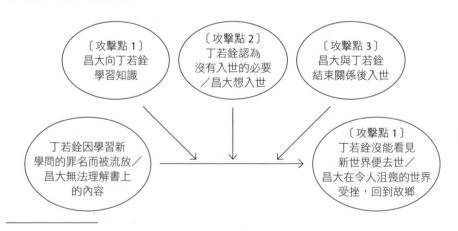

---

21 明朝朱子理學東傳之後，發展為朝鮮的性理學（韓國儒學）。

電影《茲山魚譜》是丁若銓的過去與現在交互對話的電影。昌大象徵年輕時的丁若銓，想透過學習知識、入世改變世界，最終意識到這世界只徒然令人挫折、鬱悶，只能黯然回鄉。老年時期的丁若銓知道這個世界無法接受新的學問，因此比起重新走向世界，他選擇教育年輕人，讓年輕人了解自己的新思想，因為現有的系統無法改變國家，有創新的思想才能創造嶄新的世界。這部電影想表達的就是這件事。因為具備這樣的結構，所以《茲山魚譜》不是講述「過去的知識份子」寫完一本書後就去世的故事，而是在刻畫一直夢想新世界卻被現世折損的「現代知識份子」的故事。這也是在告訴我們，如果你夢想創造新世界，必須要擁有創新的思想。

現在各位應該能明確理解《茲山魚譜》的主題了吧？從這部電影的分析，我們可以得出一個結論：當你要以歷史人物來進行創作，創作者必須經常捫心自問：「為什麼我要把過去的這個人寫進來？」、「我想要透過這位人物的故事，向現代的觀眾傳達什麼東西？」如果作者對這兩個問題有明確的答案，故事就能夠充滿力量地前進。但如果作者沒有確切答案，就很難得到美好的結果了。這時候，你不必急著立刻寫出劇本。我會建議各位先停筆，直到確立寫作的目的為止，都必須繼續向自己提問這兩個問題。

到現在為止，我們透過電影《茲山魚譜》來說明該如何創作以歷史人物為主的故事。現在，我想請問正在以歷史人物為素材進行創作的讀者，希望你們可以回答這個問題：「作家們，過去的人物能為我們帶來什麼價值呢？」

■《逃出摩加迪休》

接下來，讓我們來看柳昇完導演的電影《逃出摩加迪休》，內容是一九九一年索馬利亞內戰時，當地的南、北韓大使館間發生的真實故事。有人可能會認為電影《逃出摩加迪休》的類型是動作片，但我會把它歸類為人性劇情片，因為我認為這部片的角色結構，並非蝙蝠俠與小丑、復仇者聯盟與薩諾斯等典型動作片的主角與敵對者。

《逃出摩加迪休》這部片的結構非常奇特，具備只有大韓民國才能創作出來的故事特性。它的故事結構如下：

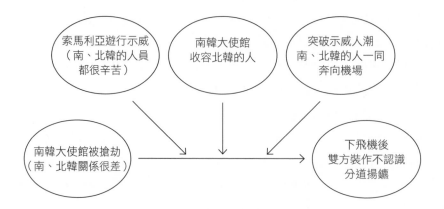

　　各位現在能夠理解我說「只有韓國才能拍出《逃出摩加迪休》的故事特性」了嗎？韓國是世界上唯一的分裂國家。這個世界上，有一個只有在這個分裂國家才能訴說的故事，那就是南北韓出現共同敵人、雙方合作解決困難的故事。所以，這種南、北韓同心協力解決困難的劇情，它的特性究竟是什麼？為了找出這個問題的解答，我們要來看看二〇一二年上映的電影《朝韓夢之隊》。

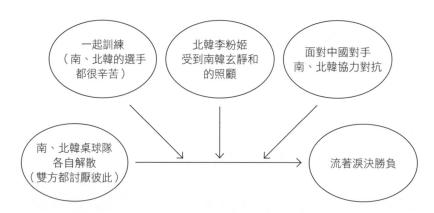

　　各位能看出《逃出摩加迪休》與《朝韓夢之隊》結構上的相似之處嗎？正如前面說的，這兩部電影都包含這些內容：平時關係不好的南、北韓出現了共同敵人，於是南、北韓同心協力戰勝敵對者，但最終也只能在裝作不認識的情況下分別。這就是屬於分裂國家的故事特色。這兩部電影都描繪了

一九九一年發生的真實故事。《逃出摩加迪休》說的是索馬利亞內戰時，南、北韓大使館人員合作逃脫的真實歷史，《朝韓夢之隊》則是講述第四十一屆在日本千葉市舉行的世界桌球錦標賽，南、北韓組成聯隊的真實過往。也就是說，只有在南、北韓面前出現某個共同敵人，這樣的故事才能開始與結束。

大家都已經知道「某個人發生某件事」是人性劇情片的特點了吧？正因為如此，我才會把《逃出摩加迪休》歸在人性劇情片，而不是動作片。觀賞這種風格的電影時，我們要特別留意故事的中間點。《逃出摩加迪休》的中間點上，處於危機中的北韓大使館人員向南韓大使館求助。經過一番波折後，韓國大使館終於接納了他們。在《朝韓夢之隊》裡，南韓選手玄靜和（河智苑飾）照顧身體不舒服的北韓選手李粉姬（裴斗娜飾）。理由很簡單，因為這兩部都是南韓拍攝的電影。今天如果是北韓來製作這些電影，不管真實的歷史脈絡為何，都會變成北韓大使館收容南韓大使館人員、北韓選手去照顧生病的南韓選手。

創作這類的故事時，我們始終難以用公平的視角來看待南、北韓，只會用本國比對方更優秀的眼光去看待另一方，進而忽視其他面向。這一點可說是這種故事的缺陷。南、北韓的分界線不只存在真實的國境之間。正如前面所說的，我希望各位可以明白，故事裡也會不可避免存在認知的界線。在世界上唯一的分裂國家韓國境內，今後也會繼續出現像《逃出摩加迪休》或是《朝韓夢之隊》一樣的故事，讓南、北韓一起面對共同的敵人。正在讀這本書的各位作家當中，如果有人正在撰寫這類的故事，我個人想提出一個請求：請各位盡可能減少偏頗的視線，以公平、公正的目光來看待南、北韓，並寫下你們的劇本。

■ 《魷魚遊戲》

《魷魚遊戲》——在二〇二二年第七十四屆艾美獎上，贏得最佳導演獎與最佳男主角獎——是一部改寫韓國電視劇歷史的偉大作品。二〇二〇年，奉俊昊導演的電影《寄生上流》也在美國奧斯卡金像獎上大獲全勝，被譽為全世界最佳電影。那之後沒多久，韓國電視劇也出現了世界級的作品。

我們要在這裡分析這部世界級電視劇，是因為我相信它最適合用來說明人性劇情片結構中的「情節三角」與「次要情節倒三角」組合。我會先分析《魷魚遊戲》電視劇的故事結構，然後說明支撐故事結構的「情節三角」與「次要情節倒三角」的概念，最後再說明為何全世界都喜愛《魷魚遊戲》這齣電視劇。首先，來看一下《魷魚遊戲》一共九集的故事結構。

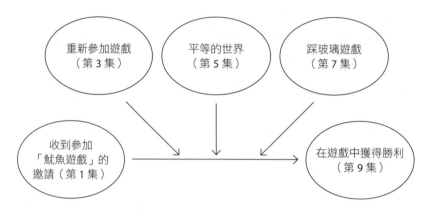

為了深入分析《魷魚遊戲》的故事結構，我要先闡述「情節三角」與「次要情節倒三角」的概念。請各位先記住這個！「情節三角」代表的是作者想講的故事。那麼，黃東赫導演想透過《魷魚遊戲》說什麼故事呢？

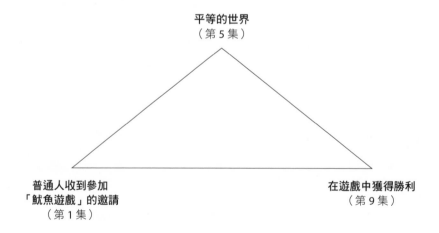

《魷魚遊戲》第五集的標題是「平等的世界」。黃東赫導演究竟想說什麼？難道不是下面這句話嗎？

這個世界是不平等的！

是的，他想說的正是「我們生活的這個世界是不平等的」。因為世界不是平等的，因此一無所有的人活得很辛苦。世界不平等，但《魷魚遊戲》邀請在社會中被忽略的那些平民，進入平等的遊戲世界中。跟這個世界不平等的現實不同，這是一個所有人都能以平等的條件參與的遊戲。這是一種帶著奇幻色彩的設計：不平等的現實社會 vs. 平等的遊戲世界。透過兩者的對比，進一步展開編劇想說的故事。

階級、不平等之類的議題──《魷魚遊戲》想講的故事並不容易。而且，如果用複雜的方式來講述難懂的故事，觀眾們不容易接受，所以需要可以簡單表現的方法。也就是說，它需要某種補充說明的設定。

一般的故事結構中，是由「次要情節倒三角」結構來負責提供針對故事主題的補充說明。各位可能還無法理解，所以，下面讓我們一起來看看《魷魚遊戲》的「次要情節倒三角」結構吧！

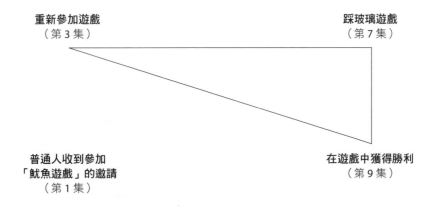

重新參加遊戲
（第 3 集）

踩玻璃遊戲
（第 7 集）

普通人收到參加
「魷魚遊戲」的邀請
（第 1 集）

在遊戲中獲得勝利
（第 9 集）

次要情節的功能是對這個不平等的世界提供補充說明。《魷魚遊戲》的主題是「不平等」，而說明這件事的最簡單方式就是透過遊戲。換句話說，《魷魚遊戲》的第一集、第五集與第九集是在討論主題，第三集到第七集則是簡單說明主題的方法。為了幫助大家理解，這裡我先簡單說明一下故事的理論，再回到《魷魚遊戲》。

一般的故事結構分成以下三個階段：

布局	過程	高潮

讓我們用這個角度思考：「布局」與「高潮」是你想討論的故事的基本框架——可以把它們當成故事的頭部、腳部——而「過程」是連接故事頭、腳的中間階段，也就是腰部。換句話說，作者想說的故事是從頭部的「布局」開始，結束於腳部的「高潮」。但為了能夠簡單向觀眾講述這個故事，我們需要腰部的補充說明「過程」來詳述主題。

下面是以前面討論過的《回到20歲》為例，來看看它的「布局」、「過程」與「高潮」。

布局	過程	高潮
婆媳矛盾	孫子與樂團活動	和解

從上表可知，這部電影想傳達的故事，就是從故事頭部的婆媳矛盾開始，一直走到故事腳部的「高潮」：和解。然而，以婆媳矛盾與家庭和解為主題的傳統故事，很難得到觀眾的好評，於是編劇把老太太吳末順送到「青春照相館」拍照，讓她變身為少女吳杜麗。到這裡為止，是故事的頭部，也就是故事的「布局」。

為了將這個「布局」與故事的結尾連結起來，編劇安排了少女吳杜麗跟她的孫子一起玩樂團的橋段，因為影像敘事就是在講述動作的故事，所以主角必須做出某些行動，故事才會自然而然從「布局」推進到「高潮」。也就

是說，故事腰部的規則是「讓主角持續行動」，這就是編劇對於他想講的故事進行補強的方法。換句話說，正如大家到目前為止所見，大部分的故事都是從故事的「布局」開始，到故事的結論「高潮」為止，主角會一直不斷地活動。《魷魚遊戲》也一樣。

現在讓我們重新回到《魷魚遊戲》。

布局	過程	高潮
邀請參與遊戲	再次參加遊戲	贏得勝利

劇情裡，李政宰在第一集參加遊戲，第二集時離開遊戲、重新回到現實生活。但他回到現實之後，再次深刻感受到現實中的不平等，於是他出於自己的意志在第三集再次進入遊戲中。接著，他歷經千辛萬苦，一直努力生存到遊戲的最後。

已經看過《魷魚遊戲》的人，可能無法理解為什麼我為何一直反覆說明這麼顯而易見的故事內容。不過，現在讓我們回到《魷魚遊戲》這個故事尚未誕生的過去，想像一下《魷魚遊戲》的創作過程——也就是回到創作的一開始。

在我想像中是這樣的：黃東赫導演打從一開始就決定要講一個不平等世界的故事，但他和編劇自問：這個世界很不平等——這個概念會受電視劇觀眾歡迎嗎？畢竟，平等、不平等之類的主題非常沉重，而且讓人心裡不舒服。

於是他們重新思索一番：「怎樣才能讓觀眾順暢地聽我把故事說下去呢？」

換句話說，他需要去思考故事的中間過程。最後，他靈光乍現：「啊！我可以設計一個獎金高達四百五十六億韓元的遊戲，然後讓我的主角去參加那個遊戲！」就這樣，編導們想出了故事的「腰部」，也就是中間過程。

或許有讀者還沒理解，因此，我們最後再來看一次《魷魚遊戲》的「情節三角」。

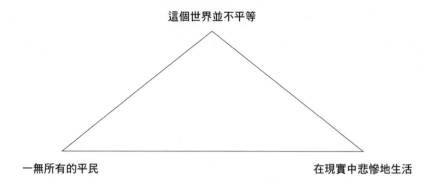

這個世界並不平等

一無所有的平民　　　　　　　　　　　　　在現實中悲慘地生活

　　這就是編劇想要講的故事。「這個世界不平等！還有，讓這個世界變不平等的就是金錢分配！這就是資本主義的屬性！」一無所有的平民在現實生活中，什麼願望都實現不了。因為一無所有，所以無能為力，自然也就沒有未來。

　　但是這種內容太沉重了，因此他們發揮編劇的想像力，想出一套奇幻的設定：假如跟現實生活不一樣，所有人都能在平等的條件下生活，會變成怎樣呢？

　　「『在平等的條件下生活』這個概念不錯，但是很無聊欸……？難道沒有更有趣的方法嗎？」編劇應該有過這種念頭吧，於是編劇想到「讓所有參加者在平等條件下參與遊戲」，來代替「生活在平等社會裡」這個想法。他們想出利用「遊戲」這種直接、有趣的象徵，來取代「社會」這個龐大、嚴肅的概念。在現實生活中，主角由於條件不平等而無法有所成就，但他參與了賦予平等條件的遊戲後獲得成功。這就是編劇所謂「如果給予我們平等的機會，我們就能夠成功」的故事。

　　讓我重新整理如下：《魷魚遊戲》想說的故事是「現在這個世界是不平等的」，因為從人們出生開始，這個世界在結構上就不平等。此外，編劇還提出「只要能提供我們平等的條件，我們也能成功」的假設性想法。

　　下面我們再來看看《魷魚遊戲》的故事結構。

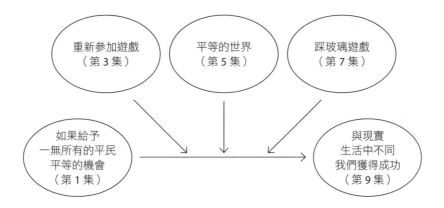

接下來，把上面的表面敘事結構，轉換成下面的深層敘事分析。

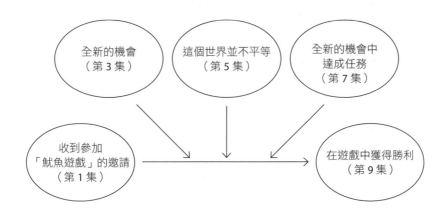

　　各位理解了嗎？這個世界的作品可以分成兩種，包含作者深層意圖的作品，以及單純敘述表面狀況的作品。《魷魚遊戲》裡就包含了作者的深層意圖。看過《魷魚遊戲》的觀眾不得不去思考目前資本主義制度帶來的不平等，以及遊戲中給予的平等機會。也許有人會在睡前的時候心想：「如果明天早上能有人給我平等的條件，我也可以成功！」

　　正如到目前為止所分析的內容，電視劇《魷魚遊戲》這部傑作，是以「平等的條件」來輔助說明「不平等」這個當今時代的重大議題。現實生活中，我們很難去改變世界，對吧？不，這個世界是絕對不會改變的。但我們是編

劇，可以創造出新世界，也可以提出假設性方案。觀眾只是想在看電影或電視劇的時間裡，想像自己成為主角、改變這個世界，如此而已。因此，我希望這世上的所有編劇能夠為了這個平凡的世界，提出眾人期盼的夢幻方案。請你們送給觀眾一個禮物，讓他們在觀看的過程中，可以成為英雄，打破現實生活的種種不合理與不平等。這也許就是觀眾與編劇之間最美好的溝通方式。

到這裡，我們藉由《魷魚遊戲》這部電視劇，說明了作為故事骨架的「情節三角」，以及對故事進行補充說明的「次要情節倒三角」，然後透過這個理論，觀察了包含不平等主題的故事「情節三角」、在平等條件下進行遊戲的這個「次要情節反三角」。如果你能利用這兩個三角去理解創作故事的方式，可以產生很大幫助。以上，就是人性劇情片的作品分析。

（3）人性故事總結

人生在世，肯定會在某個瞬間發生什麼事、攪亂我們的生活，因此我們學習生活、累積經驗，以獲得今後如何生活的智慧。人性劇情片向我們展現了日常生活可能發生的各式各樣事件，讓人認識關於社會的新資訊、學到對待他人的基本態度，或是讓支撐社會的老百姓發洩怨恨。這樣的故事，從巫俗來看就像跳大神，從宗教來看就像是經歷悔改或參禪，心理學上則像經歷宣洩、淨化之類的情感，然後回到現實生活，但你看事情的眼光會跟以往有些不同了，因為在體驗過撼動平靜日常生活的事件後，主角對自己的生活有了新的覺悟。

今後的「世界」還會不斷變化，但「人類」不會有太大改變；雖然圍繞我們的環境會急劇變化，但生活在其中的人類喜怒哀樂不會急劇改變。如果你喜歡人性劇情片，比起人類的周遭環境，更應該留意那些生活在其中、正在努力適應的人。他們為何辛苦、他們期望什麼、他們夢想的一切，都可以成為人性劇情片的素材。無論在哪個時代，都有戰勝這個世界、生活下去的人。他們就是大家可以書寫的故事主角。

運動／體育片

（1）體育故事公式

凌晨時分，你揉著困倦的眼，打開電視機，因為有英格蘭足球超級聯賽的比賽轉播。雖然明天早上還要上班，但你不想管了。

　　或者是，星期五工作一結束，你就跑到漢江邊打籃球，讓全身被汗水浸濕，直到午夜為止。

　　還有一些人，在週末騎自行車到京畿道的八堂，讓自己有能量面對全新的一週。

　　讓這樣的人產生強烈共鳴的，就是體育類故事。

　　在這個類型下，大部分是成長故事：處於低點的某人，像命中注定一樣，遇到某個運動項目後，深陷其中，無法自拔。在這個過程中，主角經歷了自身地位提高、也讓自信心變強的經驗。勝負並不重要，因為在克服的過程中，你就是勝利者。

　　體育類故事具有怎樣的敘事結構？我們可以來看看它們的共通點。

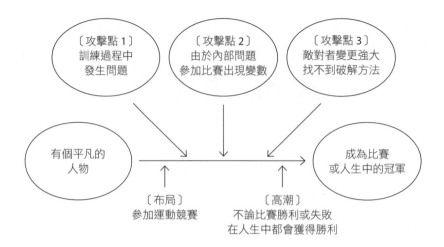

〔攻擊點 1〕
訓練過程中
發生問題

〔攻擊點 2〕
由於內部問題
參加比賽出現變數

〔攻擊點 3〕
敵對者變更強大
找不到破解方法

有個平凡的
人物

成為比賽
或人生中的冠軍

〔布局〕
參加運動競賽

〔高潮〕
不論比賽勝利或失敗
在人生中都會獲得勝利

　　體育故事的結構如上圖。這種類型片裡會有特定的運動項目，還有與該項目相關的比賽。主角透過自己或了解他才能的教練接觸到該運動，不知不覺間也開始參加比賽。雖然沒人期待主角表現，但他身上隱藏著卓爾不群的才能，因此從預賽開始就掀起話題，氣勢上也毫不輸人。但由於內部出現問題，他不多久就遇到瓶頸。最終，因為受挫而痛苦萬分的主角解決了問題，並且參加了最後的大賽。這時，電影會暗示觀眾，不管主角在大賽中獲勝或失敗，今後也會在「人生」這場比賽中取得勝利，以此作結。

　　如果你想寫體育故事，故事的開頭應該讓主角越低下越好，再透過相關運動來訓練主角，在最後盡量讓主角有所成長。這就是體育故事最重要的骨架。如果是改編自真實故事甚至會更好，因為已經有許多觀眾知道主角的故事。

（2）體育作品分析

《洛基》

《洛基》（*Rocky*, 1976）是昔日動作巨星席維斯・史特龍（Sylvester Stallone）主演的

名作，四十年後的今日依然膾炙人口，不斷被仿效、致敬。這部片的情節非常簡單：主角洛基是費城小巷中的無名業餘拳擊手，實際上是以幫高利貸暴力討債為業，過著十分下流的生活。有一天，為了紀念美國獨立兩百年，世界拳擊冠軍舉辦了一個給無名拳擊手跟自己一決高下的挑戰活動，而洛基被指定為對手。

主角洛基能夠贏得勝利嗎？

我之所以拿《洛基》為例，是為了讓大家看到體育類型故事也有「早年版本」。因此，讓我們一起來分析過去的情節與最近的形式有什麼不同。

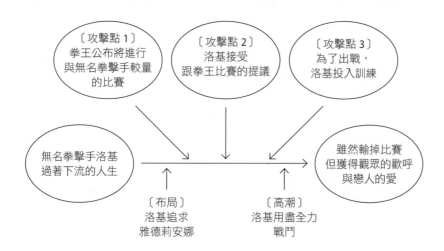

在《洛基》的敘事中，需要確認的重點有二。第一點是洛基為了跟拳王決鬥而接受密集訓練與比賽的時間。重新檢視體育電影的基本公式，再回頭確認這部片的情節，你會發現有下面的差異。

首先，按照現在的公式，洛基應該在攻擊點 1 就開始訓練，但《洛基》是直到故事進行四分之三時的攻擊點 3 才開始正式訓練。其次，按照現今的公式，最晚至少應該在中間點就參加比賽，但《洛基》是在高潮的時間點才

開賽。

第二點是必須確認類型。《洛基》是一部體育電影嗎？它與典型的體育電影有所差異。主角在平凡的日常生活中，突然發生改變人生的事件，這種故事在定義上是人性劇情片。也許這部電影不是體育片，而是人性劇情片。

《洛基》是人性劇情片嗎？

請各位重新檢視《洛基》的「布局」與「高潮」，以及電影結尾的場景。「布局」與「高潮」是決定故事類型的關鍵。在「布局」中，洛基對女主角雅德莉安娜展開追求，而在「高潮」中，雅德莉安娜用惋惜的眼神看著正在比賽的洛基。比賽結束後，兩人互相擁抱，對彼此高喊「我愛你」——如果只看「布局」、「高潮」與「結局」，《洛基》其實是一部愛情電影。

所以《洛基》到底算什麼類型？

講述運動的電影，不一定就是體育片，而《洛基》應該被視為人性劇情片，但是前面也提到《洛基》是典型的體育故事。其實，大部分的體育故事都是人性劇情片。人性劇情片的特點是什麼？是「主角身上發生了劇烈改變日常生活的事件」。體育片裡造成「變化」的事件，就是那個運動。所以應該說，人性劇情片的範疇裡，有個牽涉到運動項目的領域，那就是體育故事。

我之所以一直重複強調，是想提醒你不能因為決定了運動項目，就以為自己已經搞定體育故事了。運動只是表層敘事的題材。在創作劇本之前，必須設計出超越運動項目這個表面題材的深層敘事。各位一定要思考：「我到底想說什麼樣的故事，需要透過○○運動、用○○○選手當主角來寫這個劇本？」

你應該先仔細考慮，你想寫的故事是否有值得寫出來的主題或價值，冷靜客觀地斟酌自己決定的運動是否適合用來講述這個故事。反覆思考後，你的計畫依然沒有改變的話，到時候再開始下筆也不遲。

只是因為你個人很喜歡這項運動，所以一星期玩個一、兩次當作興趣，然後某天你聽說了該運動某位選手的事，經過一番打聽後跟那位選手見到面、取得選手的許可，然後你立刻開始著手創作他的故事——如果是這樣，不用多久你就會陷入以下的僵局：首先你發現自己寫不出好東西，然後是連你自己都不知問題出在哪裡，為此鬱悶到不行。

為什麼會失敗？有內在、外在兩方面的原因。內在的原因是：編劇應該寫的是從事特定運動的「選手的故事」，不是那個特定的運動。事實上，我們可以說，所有運動類的電影或電視劇，都是在說該運動某一位／一群選手的故事。這些關於特定運動與選手故事的影劇，就是體育類型片。但是，觀眾在電影院觀看的是體育轉播，還是選手的人生旅程？我們創作的目標不是某項運動，而是一個人的人生，只是主角正在從事這項運動而已。也就是說，我們要寫的不是該運動的細節，而是主角細微的人生故事。

至於外在的原因，那就是：編劇喜歡的運動，觀眾不見得也會喜歡；編劇覺得有魅力的選手，無法肯定觀眾也會有同感。甚至，編劇完成的體育故事劇本，也無法確定投資方會否認為有市場性。當故事無法走出編劇的世界，原因只有一個。編劇應該寫出外面世界的人（觀眾）會喜歡的故事，而不是埋頭寫自己喜歡的故事。你的作品是不是值得觀眾喜歡——編劇應該驗證過這一點，再開始創作；如果只是自己喜歡，就斷定別人也都會喜歡，這是毫無根據的自信。我們應該是要創作出一個叫做「洛基」、活生生的人，而不是去寫「拳擊」這個運動。

《洛基》這樣的體育故事，同樣是混合了運動、人性、愛情的類型作品。請各位務必明確梳理出可以透過運動項目來說的故事，以及編劇自己想說的故事。同時，為了避免它最後變成選手的訪談紀錄，也不能忽略從客觀的角度來講故事。

《發球線上》

林順禮導演的《發球線上》（2007）是關於韓國女子手球選手的故事。這裡我們要透過這部電影，看看編劇想透過手球與手球選手們傳達什麼故事。

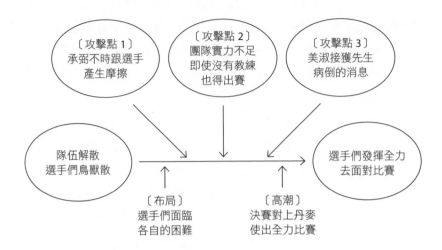

〔攻擊點 1〕
承弼不時跟選手
產生摩擦

〔攻擊點 2〕
團隊實力不足
即使沒有教練
也得出賽

〔攻擊點 3〕
美淑接獲先生
病倒的消息

隊伍解散
選手們鳥獸散

〔布局〕
選手們面臨
各自的困難

〔高潮〕
決賽對上丹麥
使出全力比賽

選手們發揮全力
去面對比賽

　　劇情的基礎是實際發生過的事件，然而，以真實故事為基礎，不一定非得按照真實故事來構成。我的意思是，雖然要以事實為基礎來寫，但也需要編劇的詮釋角度，因為觀眾不想看到運動紀錄片。這部片的情節構成中，需要注意的地方是敵對者的故事線。「丈夫」、「男教練」、「男子高中手球隊」等，這些男性敵對者提高了故事的張力。

編劇為什麼要這樣設計故事情節？

　　「運動」只是素材而已，透過它想講什麼故事是編劇必須解決的課題。你該深入的不是那項運動，而是投入當中的人，也就是選手的內心世界。從《發球線上》的內部敘事來看，編劇用「大嬸」這個詞彙作為關鍵字，並且細緻地展開、探討它。大嬸的敵對者可以是年輕小姐或老奶奶，但這樣一來，就會變成女性對抗女性的故事，「女子手球隊」這個素材的價值可能會被顛覆。考慮到同性別但不同年齡層的敵對者無法深刻撼動這個故事，編劇因此選擇跟主角性別相反的男人來當敵對者。

　　金慧京（金廷恩飾）身為代理教練無法得到選手和球隊的認可，於是由她

的前男友安承弼（嚴泰雄飾）來頂替她的位置——而且不是代理教練，而是作為正式教練上場。手球隊王牌選手韓美淑（文素利飾）的丈夫，在重要比賽將近時陷入昏迷狀態。這支女子國家代表手球隊的實力非常差，甚至輸給男子高中生隊一大截。在各種難關中，主角群跟那些折磨她們的男人對抗，最終戰勝了他們。體育故事的結尾，主角不一定非得取得勝利，但是必須要竭盡全力。

《發球線上》表面上看起來是在宣揚女子手球國家代表隊，其實它深刻展現了韓國「大嬸」的處境，以及她們各自展現自己最大的努力。這就是《發球線上》的深層敘事。運動題材的故事在向我們所有人——每天進行著將人生扛在肩上的「運動」——提問：「今後要怎麼生活下去？」你不必是生活中最棒的那個人，但是需要做出盡最大努力的姿態。觀眾需要體育片的原因，就是為了電影中傳達的訊息：「在人生中盡最大努力」。

《B 咖大翻身》

金容華導演的《B 咖大翻身》（2009）主要角色是因為韓國想申請主辦冬季奧運而緊急籌組的跳台滑雪國家隊，劇情也是以真實故事為基礎改編而成。

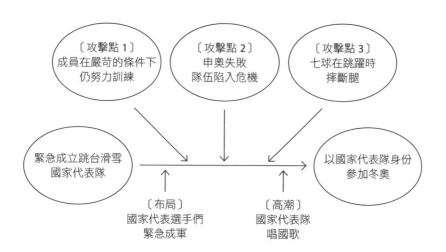

在內部敘事中，需要注意什麼地方？

為了找到這個問題的答案，我們必須先確認表層敘事。還沒在社會上找到自己位置的一群魯蛇，偶然的機會下成了跳台滑雪的國家代表。雖然他們成功組成隊伍，在惡劣的環境下進行訓練，還要去參加比賽，但馬上就面臨解散危機，後來他們在重新參賽的過程中，全心全意付出最大的努力。

從上頁的圖解可以看出，它的情節完美地符合類型公式。故事裡有一個值得我們檢視的支線敘事，那就是小時候被美國人收養的 Bob（河正宇飾）跟他親生母親（李惠淑飾）的故事線。Bob 其實並非實際存在的人物，卻是這部片的主角。

編劇為什麼在以真實事件為基礎的故事中增加 Bob 這個虛構人物？

我在《發球線上》的分析裡說過，體育故事不是紀錄片，即使擁有真實的素材，也需要進行二次加工、改造成觀眾想要的型態。《發球線上》在每個重要的點上都會出現美淑夫婦的故事，讓觀眾可以順暢地投入電影。《B咖大翻身》裡，也是因為 Bob 母子之間的故事支撐起故事的中期和結局，使觀眾可以投入跳台滑雪競賽的劇情。

讓我們以兩人的故事為中心，再解析一次《B咖大翻身》故事情節。

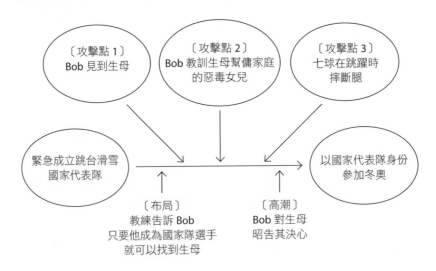

像這樣，編劇安排 Bob 母子的故事支撐著整個故事。除了攻擊點 3 的滑雪意外，Bob 母子在所有段落、所有位置上都占有一席之地，串起故事情節。

如果沒有 Bob 母子，《B 咖大翻身》的故事能夠成立嗎？

如果要我大膽地說，光憑真實故事是無法拍成電影的。這部電影是從教練說服 Bob「如果你能成為國家代表，就可以找到親生母親」那時候開始的。假使沒有這個虛構人物，教練可以從誰下手、開始組建國家隊呢？只有加入能夠解決故事結構問題的虛構人物，這個線團才能解開。《B 咖大翻身》以真實事件為基礎，對故事進行全面重建。除了素材採用真實事件，它後來已經變成完全不同的故事。劇本就是要這麼寫。

（3）體育故事總結

某人雖然看起來像失敗者，但並未完全墜入黑暗深淵，只是還沒有抓住機會而已。然後在某個瞬間，機會到來，他抓住這個機會，將至今為止積聚起來的力量獻給世界。世人對他感到好奇的同時，也投來嫉妒的目光，競爭者也在此時出現。於是，他明白了：「原來我不是那麼堅強的人。」但是他已經看到自己要走的路，即使會一時躊躇猶豫，但很快就會下定決心，因為這是他到手的第一次機會。於是他再次奔跑起來，不管結果會如何。

廣義來看的話，你不覺得這像是在說自己嗎？

沒錯。這就是在說各位的故事。你心想自己總有一天要藉由文字顛覆世界，整天都在筆記型電腦這塊磨刀石上磨練自己的手指。此外，這也是你那些為了在人生中取得至少一項成就而不斷努力的親朋好友的故事。所謂運動／體育片，不過是在「我們」的故事裡加入運動題材而已。你只需要寫下自己夢想著總有一天能成真的故事就可以：拿掉筆記型電腦與敲打鍵盤的手指，

換成某個運動項目和你為此賭上的人生。

　　《發球線上》、《一舉成名》（2009）、《棒球之愛》（2011）、《B 咖大翻身》（2011）、《決戰投手丘》（2012）、《朝韓夢之隊》（2012）、《超級明星甘先生》（2004）這些電影的共通點是什麼？

　　它們都是以真實事件為基底拍攝而成的電影。體育片好像很喜歡利用真實的故事。如果各位想寫這種風格的劇本，最好也是以真實故事為基礎——但是要盡情改編故事情節！只要留下像《發球線上》與《B 咖大翻身》一樣的故事框架，剩下的部分全部換掉、盡管放手去虛構都沒關係。而如果你發現你想傳達的故事受制於真實事件而無法發揮，就沒有必要非得保留這個真實故事了，因為只有當兩邊完美並存的時候，這部作品才能期待有好結果。

　　如果你不能做到完美並存，最好還是創作原創故事就好。雖然，一般來說大家會認為某個選手的真實故事比原創故事更有優勢，但各位不能忘記，真實故事無法保證故事的完結，因此它不是一個機會，而是尖銳的圈套。只有能夠好好完結的真實故事才有價值。

05

恐怖片

（1）恐怖故事公式

某些特定的存在令人類膽顫心驚——可能是人，可能是鬼，也可能是超自然的存在。因恐懼而戰慄不已的人，必須去找出對方是誰（或是什麼東西），同時也要調查自己身上為什麼會發生這樣的事，觀眾則是跟著主角的視線，體驗類似於主角經歷的恐怖。

主角的恐怖體驗會在故事的結尾被解決，或是看似被解決了。電影結束後，走出電影院的觀眾安心地鬆了口氣，但是不知為什麼，會忍不住回頭看一眼，祈禱自己不會遭遇類似的事。

恐怖電影會帶給觀眾衝擊與恐懼。儘管如此，我們仍然願意掏錢、忍受被驚嚇的感覺，把電影看完。這種體驗，跟去遊樂園鬼屋玩、被嚇到尖聲大叫的行為很相似。還有一些恐怖片展現了社會最根本、深沉的恐懼，甚至被盛讚為傑作。

這一節，就讓我們來討論碰觸觀眾的無意識、讓大家得以窺視人心深淵的恐怖片。

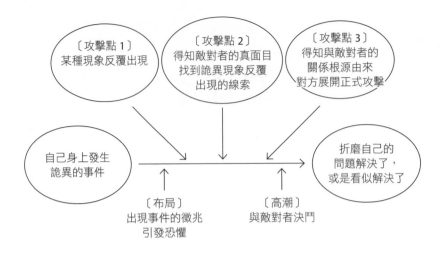

〔攻擊點1〕
某種現象反覆出現

〔攻擊點2〕
得知敵對者的真面目
找到詭異現象反覆
出現的線索

〔攻擊點3〕
得知與敵對者的
關係根源由來
對方展開正式攻擊

自己身上發生
詭異的事件

折磨自己的
問題解決了，
或是看似解決了

〔布局〕
出現事件的徵兆
引發恐懼

〔高潮〕
與敵對者決鬥

　　有某種存在正在折磨主角。一開始，主角拚了命逃跑，之後決定要揭開恐怖事件的根源，最後終於得知真相，情況也得到解決。我們來看看以下的電影，了解是什麼在折磨我們、又該如何解決它。

（2）恐怖作品分析

《天魔》

《啟示錄》第十三章第十八節裡有這樣的句子：「在這裡有智慧：凡有聰明的，可以算計獸的數目；因為這是人的數目，它的數目是六百六十六。」受此經文影響而製作的作品是《天魔》（*The Omen*, 1976），故事情節簡單陳述如下：

　　勞勃‧索恩（葛雷哥‧畢克飾）的兒子一出生就夭折，於是他帶回了別人的孩子，像親生兒子一樣撫養他。

　　孩子的名字叫做戴米安。然而，戴米安其實是惡魔之子，雖然外貌是個小孩子，行為卻不亞於任何惡人壞蛋。

　　在電影的「布局」中，保姆上吊自殺了；到了中間點，戴米安騎幼兒自行車撞倒懷孕的媽媽，她肚子裡的嬰兒因此流掉（應驗了神父的預言：如果

不殺死戴米安，索恩的夫人就會流產）。

　　經歷各種事件之後，索恩終於決定親手殺死戴米安，但最終反而是索恩死於警察的槍下，而戴米安最後的微笑畫面，令人毛骨悚然。

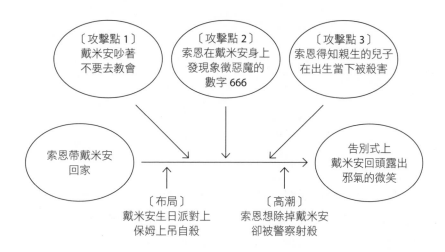

　　《天魔》讓我們看到恐怖故事的典型：出現徵兆，中間點現出敵對者的模樣，主角追查根源並與之展開決鬥——這是恐怖片的基本結構。接下來，我們來看看恐怖片的特點。

《大白鯊》

《大白鯊》（*Jaws*, 1975）其實是一部恐怖電影——各位有沒有很驚訝？許多電影媒體與評論家都把這部片歸類到恐怖電影。相反地，也有人認為，片中要有超自然現象（鬼）才算是恐怖電影。

　　因此，我們有必要了解一下恐怖片的多樣性。透過《大白鯊》這部電影，我們先來看看鯊魚給人們帶來什麼樣的恐懼，再將它拿來跟《天魔》比較故事結構上的差異。

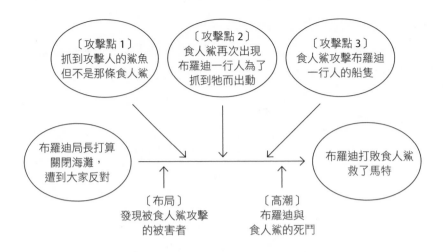

〔攻擊點 1〕
抓到攻擊人的鯊魚
但不是那條食人鯊

〔攻擊點 2〕
食人鯊再次出現
布羅迪一行人為了
抓到牠而出動

〔攻擊點 3〕
食人鯊攻擊布羅迪
一行人的船隻

布羅迪局長打算
關閉海灘，
遭到大家反對

〔布局〕
發現被食人鯊攻擊
的被害者

〔高潮〕
布羅迪與
食人鯊的死鬥

布羅迪打敗食人鯊
救了馬特

　　如上圖所示，《大白鯊》確實是屬於恐怖敘事。它有恐怖的前兆，有持續的威脅，有可怕的對象展露實體，有主角為了解決問題而奔走，有敵人（引發恐懼的對象）發動正式攻擊，以及決鬥後迎向結局。

　　《大白鯊》和《天魔》在結構上沒有太大差異。可見得，即使不是超自然的存在，只要是這樣的敘事，也可以歸類為恐怖電影。

　　不過，我們還需要確認一件事。大家應該還記得，前面其他類型的經典作品，都可以看到它們跟現代作品在敵對者的出現順序、位置上有所差異。現在我們來看看，古典恐怖片與現代恐怖片在這方面是否有變化，以及如果有的話是哪些要素產生變化，又或者其實沒有任何改變。

《女高怪談 1：死亡教室》

在韓國恐怖電影史上，《女高怪談》系列堪稱里程碑一樣的存在。這二十多年間，它的系列作陸續問世。我們這裡要分析的是第一部、一九九八年由朴歧炯導演製作的那一部。

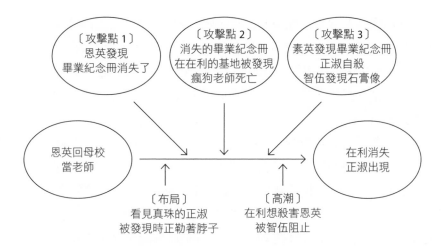

〔攻擊點 1〕
恩英發現
畢業紀念冊消失了

〔攻擊點 2〕
消失的畢業紀念冊
在在利的基地被發現
瘋狗老師死亡

〔攻擊點 3〕
素英發現畢業紀念冊
正淑自殺
智伍發現石膏像

恩英回母校
當老師

在利消失
正淑出現

〔布局〕
看見真珠的正淑
被發現時正勒著脖子

〔高潮〕
在利想殺害恩英
被智伍阻止

電影一開場是許恩英（李美妍飾）回到母校擔任國文老師，故事就此展開。沒多久，許恩英高中時期的班主任「老狐狸」朴伎淑（李榕女飾）留下「（死去的）真珠還在學校裡」這句話，迎向充滿謎團的死亡。正如公式揭示的，故事從「布局」開始起跑。攻擊點 1，許恩英看到學生子桌上的「JJ」（真珠）刻字，還發現一九九三年、一九九六年的畢業紀念冊不見了。這是為了展開後半部故事所撒的網，功能就如同《天魔》中戴米安哭喊著不想去教會那段戲。

接下來是中間點。這裡是敵對者展露自己的實體、出現犧牲者的地方。消失的畢業紀念冊所在地被曝光，對學生進行性騷擾的「瘋狗」老師也被殘忍殺害。在攻擊點 3，事件的經緯將被揭開，敵人的攻擊也正式開始。消失的畢業紀念冊被模範生朴素英（朴真熙飾）發現，許恩英知道了過去跟她很要好的同學真珠還在學校的事。另一方面，任智伍（金奎梨飾）發現埋在地下的石膏像後，意識到朋友尹在利（崔江姬飾）就是真珠。

最後是高潮部分。真珠（現在的尹在利）想殺死許恩英時，任智伍出現並對著她大喊：「在利啊，夠了！」最終，真珠離開了學校。劇情來到結尾的部分，在攻擊點 3 上吊自殺的全校第二名學生金正淑（尹智慧飾）再次出現，臉上帶著微笑。她大概就像真珠一樣，永遠無法離開學校。

《女高怪談》故事的配置和結構，跟《天魔》、《大白鯊》相比並沒有太大差異。故事中有出現前兆，也有延續前兆的現象，接著敵人露出實體，令一切真相大白，主角與對方展開決鬥，然後故事走向結尾。《天魔》與《大白鯊》這兩部作品中，《天魔》似乎更接近《女高怪談》，原因出在敵對者的位置與動向。

來看看敵對者的位置吧？《天魔》和《女高怪談》都是在調查真相的過程中發生事件的恐怖電影。當自身週遭發生了問題，主角在查明真相的過程中，恐懼油然而生。這是因為主角所屬的單位或所在地（家庭、學校），抑或是主角內心，出現裂痕而產生的恐懼。相反地，《大白鯊》的敵對者是外部入侵者；主角由於不清楚外部敵對者會在何時展開攻擊，不安引發了恐懼，於是，為了解決問題，必須由內走向外。

其次，我們來看看敵對者的行動。《天魔》的敵對者先是緩慢地行動，接著隨時間逼近主角，但不會立刻造成直接的傷害，而是慢慢地一個接一個去消滅人們。《大白鯊》的敵對者是鯊魚，是一隻為了自己的生存才不斷吃掉人類的怪物。

在恐怖故事中，敵對者的動作之所以重要，是因為恐怖類型不同於其他類型，它的主角會是反應比動作還來得多。因此當敵對者的行動越快，主角的反應也就越快。這一點，只要比較《天魔》、《女高怪談》、《大白鯊》的畫面節奏和故事節奏，就能夠輕易理解。

設計恐怖片的敘事時，比起主角的行動，更應該先設定敵對者的動線。從這層意義上來說，恐怖片的真正主角其實是採取行動的敵對者。恐怖片在表面上雖然設有主角，但是他只負責給予反應，不能展開主導性的行動——也因為它這個屬性，使得恐怖片從電影史早期開始到最近，一直被視為「B級」[22] 類型。

---

22 俗稱的「B級片」，意指低成本製作的商業電影。

《鬼魅》

金知雲導演的《鬼魅》（2003）比之前提到的幾部作品，更深入主角的內心世界。它的表層敘事在形式上是恐怖敘事，深層敘事卻在描述姐姐沒有照顧好妹妹的罪惡感。這個故事沒有向外擴散，而是向內裡深掘；它的故事開始於現在，結束在過去發生事件的時候。「布局」和「高潮」也從現在開始，但過去的真相妝點了高潮，連中間點也被過去事件的重演填滿了。

換句話說，《鬼魅》的敘事大部分是由裴秀薇（林秀晶飾）跟現在與過去的鬥爭、現在的幻想與過去的真相之間的對立所構成。

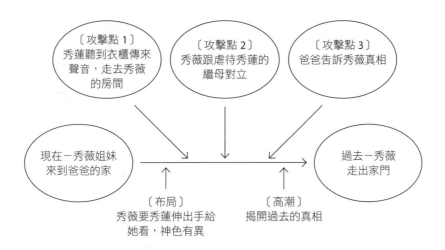

裴秀薇幻想妹妹裴秀蓮（文瑾瑩飾）現在還在自己身邊，這份幻想因為她沒有救妹妹的那段過去被揭露而崩解。裴秀薇的想法填滿了電影的整個敘事。對此，沒有必要拿心理學來分析。裴秀薇認為是自己害死了妹妹而自責不已，這是一個讓所有人都能產生共鳴的情況。本來讓人覺得太錯綜複雜的敘事，透過高潮中的情況說明，也讓觀眾可以全部理解了。

從裴秀薇的立場出發，故事分析如下：

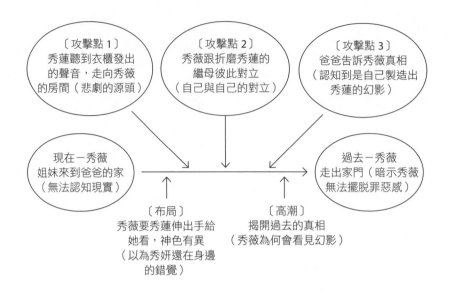

〔攻擊點1〕
秀蓮聽到衣櫃發出的聲音，走向秀薇的房間（悲劇的源頭）

〔攻擊點2〕
秀薇跟折磨秀蓮的繼母彼此對立（自己與自己的對立）

〔攻擊點3〕
爸爸告訴秀薇真相（認知到是自己製造出秀蓮的幻影）

現在－秀薇
姐妹來到爸爸的家（無法認知現實）

過去－秀薇
走出家門（暗示秀薇無法擺脫罪惡感）

〔布局〕
秀薇要秀蓮伸出手給她看，神色有異（以為秀妍還在身邊的錯覺）

〔高潮〕
揭開過去的真相（秀薇為何會看見幻影）

　　雖然登場人物不少，但是了解故事情節之後，我們知道裴秀薇是裴秀薇，裴秀蓮也是裴秀薇，而新媽媽許恩珠（廉晶雅飾）也是裴秀薇。三人之間的對手戲是裴秀薇的內心在說話，在自責，在糾結。劇情走到某個點後，觀眾們明白了真相。

　　這部電影的表層敘事是典型的恐怖片敘事。當你從這個角度來看整體情節的構成，會發現恐怖與衝擊的元素比較弱，但是等整部片結束後再來咀嚼回味的話，那股後勁就絕對不能說弱了。這是因為這部片在高潮中展現的情況足以牢牢支配整個故事，本來顯得空蕩蕩的地方也都填滿了片名暗示的細節。

　　或許在外國人眼裡，這個故事裡有更多的情節空白之處吧？但由於我們韓國人非常熟悉那個同名的民間傳說，所以光是「新媽媽」、「姐妹之恨」等關鍵詞，就可以靠自己補完並理解情節中的空白，所以電影製作團隊才會用那個跟內容沒有太大交集的民間傳說來為電影命名。[23]

**　　光是一個人內心裡的罪惡感，就可以開展並寫成一個恐怖故事。**

---

23 《鬼魅》的韓文原片名意為《薔花，紅蓮》（장화，홍련），出自韓國同名的民間故事，故事內容為一對姐妹花被繼母誣陷、虐待，死後冤魂不散，尋求伸冤與復仇。

《鬼魅》的故事情節並不豐富，但它光憑一個人的罪惡感和心理創傷，就能讓你看了 2 小時而不覺得無聊。恐怖片就是能做到這一點——除了恐怖片，還有什麼類型可以光靠一個人的內在情緒、感受就能講出一整個故事？

《鬼病院：靈異直播》

七名年輕人聚在一起，進行恐怖體驗的直播活動，目標是觀看數一百萬人次！進入昆池巖精神病院的他們，後來怎麼樣了？這就是鄭凡植導演的《鬼病院：靈異直播》（2018）劇情。

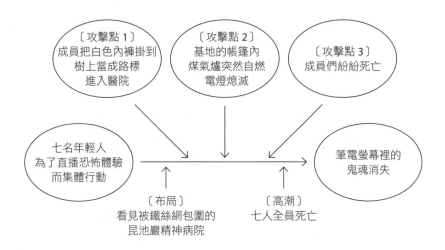

《鬼病院：靈異直播》是最新型的恐怖片，上圖是它的故事結構。現在，想請各位回答下面的問題：

> 《鬼病院：靈異直播》的敘事與這一節裡前面那幾部電影，不同之處在哪裡？具體來說有什麼不同？

我們先簡單整理一下故事情節，再來思考上面的問題。「為了現場恐怖體驗直播而被招募來的七名年輕人，即將進入被視為「恐怖禁地」的昆池巖

精神病院中進行直播。他們在那裡會發生什麼事呢？」從這段文字中，你能發現它跟以往的恐怖電影有任何不同之處嗎？

以往的恐怖故事都是在主角周圍突然發生了什麼事，但《鬼病院：靈異直播》的主角們卻是自己主動踏入恐怖境地之中。

從《鬼病院：靈異直播》的故事結構來看，在「布局」裡發揮「前兆」功能的是廢棄的昆池巖精神病院；在攻擊點 1，除了前往醫院的路上發現的白色內褲，沒有發生其他事件。然而，從他們踏入醫院的那一瞬間起，就變成標準的恐怖片了。在中間點上，帳篷裡的煤氣爐突然自動點火，緊接著是電燈熄滅，電腦監視螢幕也跟著關閉。這裡是敵對者的登場。

第二幕（下）從中間開始一直到電影結束為止，劇中人物一個接一個遭到攻擊並消失。在高潮點上，一直在基地裡負責直播的隊長說出：「你們拍不下去的話，我來拍！」他衝進精神病院裡，結果也悽慘死去。從頭到尾一直沉默地待在筆電螢幕中的鬼也消失了，電影結束。

這個單純的故事是如何吸引了兩百六十萬名以上的觀眾？

不論類型為何，跟時代接軌、觀眾的共鳴都是最重要的事。這部片獲得好評的第一個理由，就是它非常新穎。各位在哪裡看過現場直播的恐怖電影？至少在我們知道的電影中沒有概念相似的電影。

第二個理由是「昆池巖精神病院」這個背景地是實際存在的地點。它是CNN 選出「世界上最令人毛骨悚然的七大場所」之一，而這部電影當然會讓觀眾想起真實存在的那個場所。像這樣，新鮮的形式與恐怖的真實性，被認為是這部電影取得好成績的原因。

各位請記住，觀眾們永遠都想看到新式的恐怖題材。

（3）恐怖故事總結

從早年的《天魔》到近期的《鬼病院：靈異直播》，這四十多年間依次問世的幾部恐怖電影，讓我們看到恐怖故事的發展走向。無論我們生活在何時何地，人類都不可能免於恐懼。個人恐懼也好，社會集體嫌惡也好，我們的生

活確實存在著禁忌的領域。恐怖片這個類型，讓你可以深入人心那些幽微之處。只要抓住可以觸發恐懼的單詞或情況、委屈、復仇等素材，就能比較輕鬆地創作出故事。也由於這樣的特性，恐怖片的製作費比其他類型的電影來得少。

但是，大部分恐怖片都得不到好成績，因為它們沒有深層敘事。

大獲成功的《女高怪談》描寫一九九〇年代末的學生與老師、第一名與第二名的問題——也就是說，它有自己的深層敘事。「現在你還覺得我是你朋友嗎？」這部電影的宣傳訴求就是韓國教室裡的實況寫照。二十多年前的電影宣傳訴求，到現在依舊適用。一直到今天，有誰能夠自信地說，大韓民國的教室不是被競爭支配的地獄，而是跟朋友一起歡笑的天堂？

如果各位非常喜愛恐怖類型，請務必進入更深的層次，探討這個時代的黑暗。我認為，比起個人恐懼，更應該描繪社會恐懼，因為恐懼的規模越大，會跟它產生共鳴的觀眾就越多。

06

懸疑／驚悚片

驚悚故事公式

恐怖與驚悚的分別是什麼？要區別它們並不容易。有人說恐怖是「驚愕」
（Surprise），而驚悚是「懸疑」（Suspense）。其實，當我們說類型之間很難區別
時，也可以看成它們有相近的「血統」。

我對兩者的定義如下：
恐怖片：「鬼或超自然的對象引發了事件，由人類解決該事件」的故事；
驚悚片：「某個人造成了凌亂糾結的事件，由另一人解開真相」的故事。

驚悚故事的基本敘事結構，請見下頁的圖。解開一個又一個、密密麻麻、
層層堆疊的線索，這種趣味在追求知識的觀眾當中尤其受歡迎。大部分的驚
悚片都有這樣的構成。

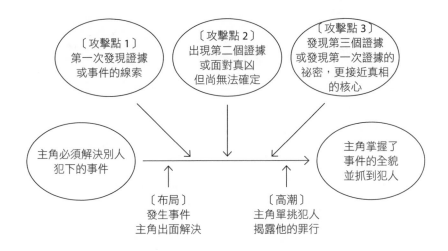

（2）驚悚作品分析

《唐人街》

羅曼‧波蘭斯基（Roman Polanski, 1933 － ）導演的《唐人街》（*Chinatown*, 1974）會出現在所有的劇本寫作書中，是許多編劇盛讚為傑作的作品。雖然每個人的評價可能有所不同，但是作為驚悚題材的早期範本，大家都認同這是一部完美的電影。所謂驚悚片，是要一一解開原本盤根錯節、撲朔迷離事件的線團；它在前半部埋下線索，在後半部梳理、統整線索——這種建構力與縝密度，著實讓人歎為觀止。

不管你是不是驚悚片的狂熱愛好者，只要各位想創作出好作品，我會建議你今後最少要看過《唐人街》兩次。這是在驚悚題材中獨占鰲頭的電影，而且，為了與其他編劇進行對話，研究這部電影也是必要的。

事實上，對於我們接下來的討論，這也是必需的。所以，如果你還沒有看過它，請現在就闔上書本，把這部電影找來看。這部片的品質，是有一九七五年奧斯卡「最佳劇本獎」掛保證的。

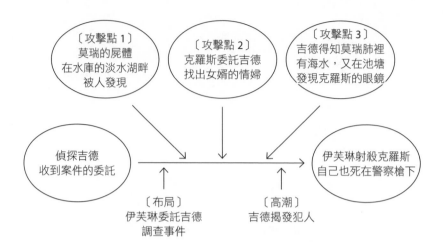

〔攻擊點 1〕
莫瑞的屍體
在水庫的淡水湖畔
被人發現

〔攻擊點 2〕
克羅斯委託吉德
找出女婿的情婦

〔攻擊點 3〕
吉德得知莫瑞肺裡
有海水，又在池塘
發現克羅斯的眼鏡

偵探吉德
收到案件的委託

伊芙琳射殺克羅斯
自己也死在警察槍下

〔布局〕
伊芙琳委託吉德
調查事件

〔高潮〕
吉德揭發犯人

專門調查偷情、不倫案件的偵探傑克・吉德（傑克・尼克遜〔Jack Nicholson〕飾）接到一個委託，有個名叫伊芙琳・莫瑞的女人請他調查丈夫莫瑞是否有婚外情。吉德雖然查到莫瑞有情婦的事實，卻也同時發現來委託自己的人並非莫瑞的妻子。不久後，莫瑞被殺害，吉德對真正的伊芙琳（費・唐娜薇〔Faye Dunaway〕飾）的父親（克羅斯）起了疑心，並開始著手調查事件。

表面上，這是尋找犯人的典型電影，但它在深層講述了人類的慾望與執著……可惜我不能把詳細的內容全部寫出來，因為各位有必要自己看完它並自行解析。總而言之，莫瑞的岳父諾亞・克羅斯侵犯了養女伊芙琳，甚至還想占有他自己與伊芙琳生下的凱瑟琳——各位不用擔心，即使知道這些重要的劇透後再看電影，也還是會覺得這是一部新穎刺激的作品。

上述劇情超出了一般正常人的思考與理解，所以各位無需把心思花在上面。

此外，在市政府水利局工作的莫瑞與克羅斯的事業也有牽連，因此吉德也調查了相關的祕密。劇情就說到這裡，我不會再解釋複雜的情節了。大家只要看這個故事是如何埋下線索並加以解決，藉此領悟驚悚類型的基本構成

方法就可以了。

接下來,我要以「海水」、「克羅斯」、「中間點」這三個關鍵詞,來分析看起來十分複雜的《唐人街》故事情節。首先,來看看在死去的莫瑞肺部裡發現的海水是如何以線索被安置在劇情裡。

① 海水

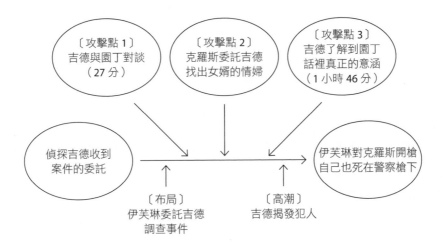

在攻擊點1,吉德無意間從伊芙琳家那位園丁口中聽來的話,在攻擊點3中發揮了決定性的作用。因為一直到那時候,吉德才意識到管理草坪的園丁說「這對草坪不好」指的是海水。然後,吉德在莫瑞喪命的後院池塘裡發現了克羅斯的眼鏡。在海水池塘裡發現克羅斯的眼鏡,是事件被解開的戲劇性關鍵。

驚悚類型的重要特點,就是線索的精巧配置。只有將決定性的線索放在前半段的適當位置上,才能在後半部分自然地解決。

② 克羅斯

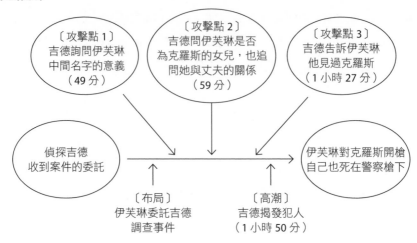

　　如果看過《唐人街》，就能知道在這個電影敘事中，名為「諾亞·克羅斯」的人物與身為「父親」的存在，占據多麼重要的比重。

　　編劇從攻擊點 1、中間點、攻擊點 3 到高潮為止，為了讓觀眾能夠自己解讀克羅斯、解開事件，精心安排了關於他的縝密情節。要想確認這一點，各位有必要再看一次電影。

　　這世界上幾乎不存在所謂的純粹偶然。這部電影之所以被讚譽為傑作，就是因為它有如此精巧的前置佈局。

③ 中間點

《唐人街》的中間點藏著巨大的祕密，或是存在著（表面上還沒現身的）深層敵對者。希德·菲爾德在《電影編劇創作指南》中就有關於《唐人街》中間點的說明。但是他的想法和我截然不同，所以我想討論這一點。這不是誰對誰錯的問題。不同的人看同一個故事，自然會有角度上的差異，所以我希望大家也一起思考。

　　希德·菲爾德在書裡第二部的第十二章〈中間點〉當中，說明了他在確定《唐人街》中間點的過程中，經歷了多次修改。第一次，是電影四十九分

鐘左右，吉德與伊芙琳之間的對話。

吉　德：妳好像沒有將全部的事情告訴我。

　　　　真正困擾妳的不是妳丈夫的意外身亡。

　　　　妳雖然傷心，但是沒那麼傷心。

伊芙琳：你無從理解我的感受。

吉　德：我很抱歉。妳對我提告，丈夫死了就馬上撤告。

　　　　雖然女人心海底針，但這一切變得未免太快。

　　　　而且妳還對警察說謊。

伊芙琳：我沒有變來變去。

吉　德：明明丈夫被殺害了，卻好像還花了錢去隱藏證據。

伊芙琳：他沒有被殺害。

吉　德：莫瑞夫人究竟在隱瞞什麼呢。

伊芙琳：你就當成是那樣吧。其實我知道我丈夫有外遇。

吉　德：妳怎麼知道的呢？

伊芙琳：我丈夫自己說的。

吉　德：妳丈夫告訴妳的？然後妳不覺得難過？

伊芙琳：我倒是很感謝他。

吉　德：我想我需要妳進一步說明。

伊芙琳：為什麼？

吉　德：丈夫有外遇，妻子反而很高興，這可是跟我的經驗完全相
　　　　反的現象。

伊芙琳：如果我說的是真的呢？

吉　德：所以夫人也外遇了是嗎？

伊芙琳：外遇這個詞讓人很不舒服呢。

吉　德：是跟別的男人有關係嗎？

　　　　你的丈夫也知道這件事嗎？

伊芙琳：我回家後做了哪些事，有必要一一跟你說明嗎？

你還有什麼想知道的事嗎？

吉　德：案發當時妳人在哪裡？

伊芙琳：我沒辦法告訴你。

吉　德：不記得了嗎？

伊芙琳：我沒辦法告訴你。

吉　德：妳當時跟其他人在一起吧？

妳和他很久了嗎？

伊芙琳：我們不會在一起很久。我很快就會厭倦。

好了，現在你知道我的事了。

但我不希望接下來聽到任何傳聞，不管以前還是現在。

我們說完了嗎？

吉　德：啊！（看著她的全名縮寫 E.C.M.）

不過，這個 C 是什麼的縮寫？

伊芙琳：是克羅斯。

吉　德：是妳結婚前的姓？

伊芙琳：嗯，怎麼了嗎？

吉　德：沒什麼。

伊芙琳：應該有什麼理由才會問吧。

吉　德：只是好奇而已。

　　我將這個場景的台詞全部列出來是有原因的，因為這兩人的台詞支撐著劇情的前半。一開始，希德・菲爾德認為這個場景就是《唐人街》的中間點，後來修正了這個想法。上面這個場景之後，緊接著戶外停車場的場景。

吉　德：妳最好跟我一起去。

伊芙琳：我已經沒什麼好說的了。

（對停車場泊車人員）請將我的車開過來。

吉　德：好吧，但是妳的丈夫肯定是被殺害的。

現在明明有乾旱的問題，卻有人在蓄意大量放水。

妳的丈夫開始調查這件事，就立刻被殺害了，

還被偽裝成自然溺死，原因不明，

而這裡竟然有一半的人想掩蓋這件事……

我還是覺得夫人妳在隱瞞些什麼。

伊芙琳：吉德先生 ……

吉德的車漸漸駛遠。

希德・菲爾德把《唐人街》的中間點修正為這場戲，然後，突然間他又發現這個場景也不是中間點。他的理由如下：

「因為那個場景講的是觀眾已經知道的事。」

換句話說：

展現觀眾已經知道的情節之處，不會是中間點。

希德・菲爾德下一個認為可能是中間點的地方，是吉德去見水力局新長官的場景，也就是戶外停車場的下一場戲。在這場戲裡，吉德發現了莫瑞與克羅斯好幾張在工地現場的合照，由此發現這兩人是合作夥伴的事實。伊芙琳的中間名「克羅斯」與諾亞・克羅斯的關聯，也是在這時候曝光。

希德・菲爾德說，《唐人街》是從這裡得到走向故事後半部的推力，因此這裡才是真正的中間點。

連「劇本大師」希德・菲爾德在尋找中間點的過程中也多次徬徨猶豫——我們當然也不可免。但經歷過這樣的過程，就可以正確了解劇本的結構。透過文本分析學到的知識，會對我們產生很大幫助，因為可以藉此熟悉劇本的思路。

有一點需要特別拿出來講。前面提過，我說希德・菲爾德的中間點與我的中間點不同。我認為《唐人街》的中間點，是電影開始一小時後登場、吉德與克羅斯會面的場景。

　　克羅斯：我覺得我的女兒在騙人。
　　　　　　在報酬這方面……你收多少？
　　吉　德：一般來說，是給多少就拿多少，解決的話也會有獎金。
　　克羅斯：你跟她睡過了嗎？
　　吉　德：……
　　克羅斯：有發生任何需要回想的事嗎？

　　吉德從座位上起身。

　　克羅斯：那孩子才剛失去丈夫，你不要想利用她。
　　　　　　坐下吧。
　　吉　德：為什麼我要坐下？
　　克羅斯：雖然你覺得自己好像知道些什麼，但其實你什麼都不知道。
　　吉　德：這是檢察官每天在說的話吧。
　　克羅斯：是嗎？那你知道我什麼？
　　吉　德：你是個富豪、上過報，也是受人尊敬的人。
　　克羅斯：我當然會受尊敬。畢竟我是個老頭啊？
　　　　　　不管是身為政治家、還是房地產業者，甚至是妓女，只要
　　　　　　老了就會受到大家尊敬。
　　　　　　如果你找到我女婿的女人，我就給你一萬美元吧。
　　吉　德：女婿的女人？
　　克羅斯：她應該沒消失吧。你不覺得可以查出什麼嗎？
　　吉　德：可能吧。
　　克羅斯：如果他是被殺害的，她說不定是最後一個見到他的人。

吉　德：你最後一次見到你的女婿是什麼時候？

克羅斯：我老了，開始記性不好。

吉　德：五天前，你們倆在酒吧外頭有過嚴重的口角對吧。

　　　　我辦公室裡有照片，你看了就會想起來了。

克羅斯：……

吉　德：你們為什麼會吵起來？

克羅斯：因為我女兒啊。

吉　德：令嬡有什麼問題？

克羅斯：你去找出那個女人吧。

　　　　女婿喜歡我的女兒，所以我想幫他。

吉　德：沒想到你跟你的女婿感情這麼好。

克羅斯：莫瑞打造了這座城市，也為我帶來財富。

　　　　我和他確實比我女兒以為的還要親近得多。

吉　德：如果你要僱用我，就請告訴我吵架的理由。

克羅斯：我女兒的嫉妒心很強。我不想讓她知道那女人的事。

吉　德：你是怎麼知道那女人的事？

克羅斯：我在這城裡還有很多朋友。

吉　德：你在擔心令嬡會對那女人做出什麼事嗎？

克羅斯：你把她找出來就對了。

為什麼我覺得這場戲是《唐人街》的中間點？這一點光從台詞很難得知。

希德‧菲爾德提到的克羅斯台詞：「雖然你覺得自己好像知道些什麼，但其實你什麼都不知道。」也是非常重要的台詞。看過電影的人，就會知道這句台詞包含多麼重要的含義。但是，我認為下面這句台詞更重要。

如果你找到我女婿的女人，我就給你一萬美元吧。

我認為的中間點，不該用結果論的方式來找。分析已經問世的電影時，

我不想說「從結果來看，這裡是中間點」這種話。中間點是「位於中間的目的地」；為了創作劇本，我們需要在劇本的中間決定好一個中轉站。在正式進入劇本創作之前，當故事還沒有任何線索的最初階段，如果編劇必須決定一個中間點的話，該用什麼標準來找？

雖然很困難，但這是很重要的問題，是決勝的關鍵。這也是為什麼大家讀了許多故事創作教戰書，卻依然不能解決根本問題的原因所在。因為那些書都只從結果論出發，沒有從創作的角度來理解中間點，於是讀者就算在分析上取得勝利，在創作上也會遭遇失敗。為了解決這件事，我要問各位一個問題：

先忘掉《唐人街》的原始版本。
如果你要重寫這個故事，該怎麼開始？第一次寫這個故事時，作者如何設計情節，要從哪裡開始？

讓我們再看一次《唐人街》的中間點。我的主張是：吉德與克羅斯相會的場景是電影的中間點，而且我有我自己的理由與根據。

第一，故事是將所有要素連接在一起、栩栩如生的有機體。中間點並非單純位於中間的一個點，而是從最初開始的什麼事物「往中間」連結過去，再讓它得以順利跑到終點的地方。換句話說，如果我們只在中間位置找中間點，就會很難找到故事中真正發揮支柱作用的中間點。所以我們必須看清故事整體並研究中段，才能找到正確的中間點。

第二，我們必須再次召喚「情節三角」的概念。它是我們可以在整個故事中準確檢驗中間點的唯一線索。因此，在有機型態的故事中，必須找出中間點連結了什麼構成要素，同時確認它們彼此是怎麼連結的。

為了達到這個目的，我們一起來看看《唐人街》的「情節三角」。

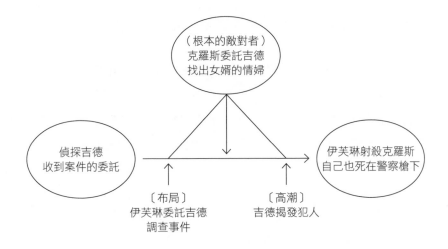

與其關注中間點，只要你能找到跟中間點有關聯的「布局」與「高潮」，就可以明白為什麼吉德與克羅斯相會的場景應該是中間點。現在，各位能夠理解為什麼克羅斯的台詞「如果你找到我女婿的女人，我就給你一萬美元吧」這麼重要了嗎？所有的故事，不論是一句台詞、畫面指示或是一個行動，都是一個循環、一個連結。

《唐人街》整個故事，是從哪一點啟動的？

是從一開始冒牌伊芙琳委託吉德尋找莫瑞的情婦那一刻起。然後，在中間點的地方，最根本的敵對者克羅斯又提出：「如果找到我女婿的女人，我就給你一萬美元吧」。到了高潮，克羅斯就是殺害莫瑞的犯人終於水落石出。

「布局」、「中間點」與「高潮」彼此緊密連結。所以，在分析既有文本的過程裡尋找中間點時，也要一併將左邊的「布局」與右邊的「高潮」連結起來，不能單純以為「這裡在整部電影中差不多位於中間位置，所以應該就是中間點」。進行文本分析時，不要以結果論來思考，而是要站在創作論的立場去判斷，用「假如我是編劇的話，會怎麼設定？」來找出中間點。

在實際的創作過程中，該如何設定中間點？

在中間點安排主要的敵對者、最根本的敵對者——就從這裡下手吧。驚悚電影裡，犯人就是最主要的敵對者，所以請把他放在中間點。事件從「布局」開始，最後在「高潮」上抓到犯人，中間點就位於這兩者之間。主角在中間點之前，不會知道犯人就是敵對者，因此必須在中間點妥善地讓「布局」和「高潮」兩邊勾連起來。把這裡設計得既合理又驚險，就是驚悚片的中間點配置手法。

藉由解析《唐人街》，我們明白了驚悚片是縝密的敘事線索交織成一個宛如蜘蛛網的故事類型，還學到前半部的撒網必須與後半部的收穫呼應，才能完成一個好故事。

《戰慄遊戲》

以史蒂芬‧金（Stephen King）的原著小說為基礎，拍攝而成的電影《戰慄遊戲》（*Misery*, 1990），講述的是小說家保羅‧ 薛頓（詹姆士‧凱恩〔James Caan〕飾）在暴風雪中發生車禍、陷入昏迷，當過護士的安妮‧維克斯（凱西‧貝茲〔Kathy Bates〕飾）救了他——她正好也是保羅‧ 薛頓作品的頭號粉絲——之後發生的故事。它與《唐人街》結構相似，但又不盡相同。

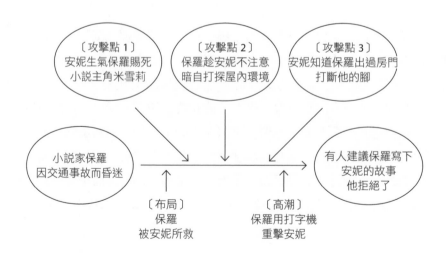

保羅因為安妮才保住性命，接下來卻被精神變態的安妮監禁在她家中，在這個幾乎與外界沒有接觸的窮鄉僻壤。交通意外事故令保羅全身動彈不得，讓他只能把生命寄託在安妮的手上。雪上加霜的是，沒有人知道保羅被監禁在這裡。

《戰慄遊戲》與《唐人街》的區別在哪裡？

首先，《唐人街》是原創劇本，《戰慄遊戲》有原著小說。我會以《戰慄遊戲》為例，就是為了讓各位了解原創劇本與改編劇本的差異。原創劇本與改編劇本在中間點上就有不同。在《唐人街》裡克羅斯與吉德會面的場景中，觀眾已經知道以下事實（主角吉德還不知道）：一開始委託吉德的女子並非莫瑞的妻子，而且她是受到克羅斯的唆使。

所有作品裡都會有一個像瞭望台的地方，可以眺望故事的全貌，通常負責這個功能的就是中間點。但是在《戰慄遊戲》裡，除了被囚禁在房間裡的保羅擅自離開房間，跟安妮出門（採買小說家保羅寫作需要的紙張）的回程過程交叉剪輯所引發的緊張感之外，劇裡既沒有調查事件的始末，也沒有深層的敵對者位置與功能。

本書中，我沒提及改編作品或翻拍作品的原因也是在此。以原著為基礎的改編劇本，跟原創劇本的敘事基本形式不一樣。這是不可避免的做法，因為改編劇本的原著已經透過小說、舞台劇、網路漫畫等載體得到大眾的評價。另外，原著是以不同於電影或電視劇的寫作方式被創作出來的；在改編這些故事時，雖然可以修改台詞或加畫面指示等細節，卻很難去改動故事的脊椎，也就是情節。畢竟，我們都已經購買原著版權了。

改編作品的編劇將原作的結構全部砍掉重練是不合理的事，因為這代表編劇想講述完全不同的故事，那麼就沒有理由非得購買版權來進行影視化。因此，我們必須區分原創劇本與擁有原著作品的改編劇本。

各位讀者中若有人對改編作品感興趣，電影《格鬥驕陽》（2011）會是很不錯的參考。它改編自金呂玲作家的同名小說。各位可以把小說與電影都看

完，仔細觀察：在被翻拍成電影時，原著的敘事中有哪些東西被改掉，又有哪些東西沒有改變。

其次是，事件的進行方向有所差異。這也是我將《戰慄遊戲》與《唐人街》相提並論、進行比較的原因。《唐人街》的主角是把事件由外一路挖掘、深入核心；《戰慄遊戲》的主角只有從裡面走到外面才能解決事件。

驚悚類型中，需要由一個人造成凌亂糾結的事件，再由另一個人解開真相。解開事件的方向可以是從外到內，或者從內到外，這兩種方式都可以。前者主要是警察或偵探接受委託去調查真相。相反地，大衛·芬奇導演的《顫慄空間》（2002），以及《戰慄遊戲》的主角，都必須從內部先解決問題，然後才能走出去。

不要單純以為這只是從內到外、從外到內的方向改變而已。各位在進行創作時，必須好好思考過自己寫的劇本是從內到外的故事，還是從外到內的故事，同時也要思考故事裡能出現什麼樣的反轉。驚悚片裡，深入挖掘事件後，你還可以設計讓真相其實在事件之外，大出所有人的意料；本來所有人都以為只要解決內部問題就好，沒想到外面卻有更強大的敵對者在等著！這種出乎意料的手法是必要的。

以上，是透過《戰慄遊戲》來分析擁有原著作品的電影，以及其故事結構的特殊性、解開驚悚片之謎的手法。

《殺人回憶》

奉俊昊導演執導的《殺人回憶》（2003），講述一九八〇年代轟動韓國的華城連環殺人事件，也同樣具有特殊的故事結構。雖然這部電影是以詩人金光林的舞台劇《來看我吧》為原作基礎，但是《來看我吧》與《殺人回憶》在敘事結構上有非常大的差異，導致幾乎沒人知道這部電影是有原著的，而且電影劇本自身的完成度就非常卓越。

藉由《殺人回憶》的敘事結構，我們要來討論導演在改編、變造、組織故事時的宏觀視角。它的故事情節如下：

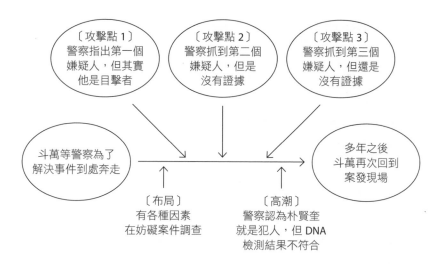

〔攻擊點 1〕
警察指出第一個
嫌疑人，但其實
他是目擊者

〔攻擊點 2〕
警察抓到第二個
嫌疑人，但是
沒有證據

〔攻擊點 3〕
警察抓到第三個
嫌疑人，但還是
沒有證據

斗萬等警察為了
解決事件到處奔走

多年之後
斗萬再次回到
案發現場

〔布局〕
有各種因素
在妨礙案件調查

〔高潮〕
警察認為朴賢奎
就是犯人，但 DNA
檢測結果不符合

各位有沒有發現，這部片與一般警察由外向內挖掘的驚悚片不一樣？

《殺人回憶》與一般驚悚片之間，最大的不同之處在於犯人沒被抓到。電影裡總共有三名嫌疑人，由警察朴斗萬（宋康昊飾）逐一逮捕、審訊及調查，但是他們找不到任何實質證據，同時其他嫌疑人也繼續出現。這個過程在劇中不斷重複。

為什麼要寫出這樣的故事？

讓我們來看一下電影的開頭與結尾。電影在剛開始的時候，就透過新聞等媒介看到發生連續殺人案件的情況。但是，警察們連蒐集證據都做不好，在需要保存跡證的犯罪現場，竟然開著耕耘機到處亂轉。電影的結尾，經過漫長時間之後，依舊沒抓到犯人的朴斗萬再次來到案發現場。他帶著複雜的心情環顧現場時，剛好在場的一位少女出聲問他：

小女孩：這裡有什麼嗎？

朴斗萬站起身。

小女孩：我問你那裡有什麼嗎？

朴斗萬：沒有。

小女孩：那你為什麼要盯著看？

朴斗萬：我只是看了一下。

小女孩：好神奇啊。

朴斗萬：什麼？

小女孩：不久之前，也有個叔叔站在這裡，往這個洞裡看耶。
　　　　我也問了那位叔叔，為什麼往這裡看。

朴斗萬：然後呢？

小女孩：他說了什麼啊？對了，他說「想起自己以前在這裡做的事
　　　　情，真的覺得很懷念，所以來這邊看看」。

朴斗萬：妳看到那個大叔的臉了嗎？

女孩點了點頭。

朴斗萬：他長什麼樣子？

小女孩：就是很普通的臉。

朴斗萬：怎麼個普通？

小女孩：就是很平凡嘛。

朴斗萬正視著鏡頭。

我們來看看《殺人回憶》的「布局」與「高潮」。

在「布局」裡，那些警察不但沒保存好現場，連一個證據都蒐集不到。
在「高潮」裡，因為沒有確鑿的證據，警方最後只能釋放最有力的嫌疑人朴
賢奎（朴海日飾）。《殺人回憶》裡發揮敵對力量的事物，是包含朴賢奎在內

的三名嫌疑人。

從另一種角度來看，這部片可能讓某些人覺得無聊。但為什麼這個看似鬆散的故事，到今天依舊被稱為「韓國電影史上的傑作」？稍早我們看過，主角雖然沒有達成目標，劇本卻依舊大獲好評，因為在表層敘事下存在著一般觀眾不知道的深層敘事。從這個角度來看，《殺人回憶》也是一個說明深層敘事的好文本。

《殺人回憶》的深層敘事是什麼？

為了看到這個故事的深度，我再問各位一個問題。

《殺人回憶》的凶手是誰？朴賢奎嗎？如果不是他的話呢？

二〇一九年，華城連環殺人事件的凶手終於落網。這件公訴時效已經結束的懸案，在三十多年後的今日終於得以解決。現在我們都知道這個事件的真凶了，但是請各位暫時忘記它，回到電影的內容。

我認為《殺人回憶》的真凶不是人，而是「當時，那個時期」。犯人其實是上個世紀八〇年代下那個無能的韓國——那個即使動員許多人力，卻連一個有效證據都找不到，也沒有保存案發現場概念的韓國。警察以「沒有發現犯人體毛」為由，開始在社區澡堂進行搜索，試圖找出無毛症患者。而由於沒有檢測 DNA 的設備，警察只能將資料寄到美國進行分析。

整部電影展現了無能為力的韓國，因此即使最後沒有抓到犯人，觀眾也覺得電影有結論、感覺完整。

奉俊昊導演在接受訪問時曾多次表示：「結尾的場景中，讓演員宋康昊凝視著鏡頭，是因為我認為犯人會到電影院看這部電影。」但我認為這裡也有另一個深層的意圖。

首先，該事件存在著實際的犯人，他當然有可能去電影院看《殺人回憶》（這是導演自己曾經在訪談中透露的），所以最後他讓朴斗萬看著鏡頭。其

次是，我在想，導演是不是想對經歷過那個時期的觀眾說：「生活在那個時期的你們，難道就不是犯人嗎？」如果表面上的犯人是殺人事件的真凶，那麼深層的犯人就是沒辦法保護受害者、也沒能預防凶手再犯案的國家體系，而在大韓民國這個散漫的體系裡無知地生活的我們，也會成為事件的共犯，所以朴斗萬像看著犯人一樣盯著觀眾。

第三（這是第二個理由的變形），朴斗萬意識到自己就是犯人。這不是指他真的殺了人，而是他意識到自己的無能是讓事件沒能解決的原因。用這種假設來重看電影中段的話，你可以看到朴斗萬，而這裡正是最大敵對者登場的地方，證明此一假設確實可以成立。

《殺人回憶》讓我們看到驚悚片創作的頂點：「犯人可能不是人類」、「可以用羅列嫌疑人來構成敵對者」、「電影的結局可以沒抓到犯人」——即使打破常規，故事依舊可以完成。

當你掌握了類型的基礎，必須嘗試重新建構它。只會因循公式其實是在倒退，重新建構才是前進。在《殺人回憶》中，我們可以找到前進的線索。

《哭聲》

該怎麼說明羅泓軫導演的《哭聲》（2016）呢？它很特別，非常特別，故事情節是這樣的：

警察全鍾久（郭度沅飾）居住的村莊裡發生了可疑的事件，連他的女兒全孝真（金煥熙飾）也跟這個事件糾纏不清，他的日常生活出現了裂痕。村民開始懷疑外地人（國村隼飾）是加害者。目擊現場的無名（千玗嬉飾）以她的方式給予全鍾久忠告，另外，為了解決事件而被找來的巫師日光（黃晸玟飾）也以他的方式對全鍾久說話。

全鍾久陷入苦惱中，不知道自己該聽誰的話。女兒全孝真的症狀一天比一天嚴重，全鍾久最終面臨崩潰的境地。

《哭聲》整體的故事情節構成如下：

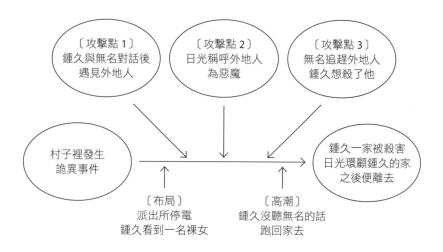

我個人非常喜歡《哭聲》。第一次看這部片，就覺得是個好作品，只是文本構成似乎不太均衡，所以讓人感到混亂。儘管我看了好幾次，也用我自己的方式分析了數次，卻仍然覺得不太容易，後來才在導演的訪談裡找到分析的頭緒。

「這部電影的緣起，是從對受害者的苦惱開始的。雖然有『如何』受到傷害的答案，卻沒有『為什麼』要受到傷害的答案。為什麼只能是這個人？為什麼必須受到這樣的傷害？雖然現實對『如何』的問題給出了答案，但是『為什麼』這個問題的答案，似乎不是現實範疇內可以思考得出的部分。那一瞬間，恐懼襲來。」

發現「受害者」這個關鍵字後，我開始可以理解這部電影了。受害者是做出反應的人，因此需要做出行動的加害者。《哭聲》無法以受害者全鍾久的視線來進行正確的解讀，但如果從加害者惡魔的角度重新來看的話，意外地很容易就理解了。

總而言之，這部電影的主角就是加害者「惡魔」，只有他才能做出主導性的行動。巫師日光剛開始看起來像是來幫助全鍾久的人，實際上是惡魔的

幫手，也就是敵對者。電影進行到中段後，在他換衣服的場景裡出現了證據：他跟惡魔一樣都穿著「褌」（日本的傳統內衣）。事實上，網路上可以很容易找到一個沒被導演收進正片裡的刪除場景，當中可以看到：事件結束之後，惡魔與日光搭乘同一輛車離開。

　　《哭聲》的表層敘事是全鍾久的女兒發瘋、最終全家人被殺光的殘酷故事，但它的意義不只如此。

　　我認為《哭聲》的深層敘事是這樣的：

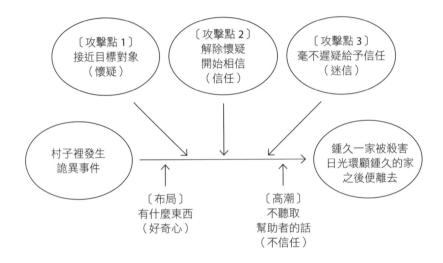

　　《哭聲》講述的是人們接近某個對象、之後深陷其中的心理變化過程。人們出於「好奇心」發現了什麼事物，充滿「懷疑」地向其靠近，因此「確信」自己得知了真相，漸漸對這個對象越來越「狂熱」，並且「不相信」可憐著自己的真正幫助者。《哭聲》就是一部反映這個過程的電影，反映過程中的「毀滅」。我們不難看到一些陷入老鼠會或邪教的人，想想看那些人為何會沉迷於此。

　　做出這一切的主體就是惡魔。我們應該是從吸引可憐人類的外地人（惡魔）角度來分析《哭聲》的敘事，而不是從一口咬下誘餌的脆弱人類全鍾久角度。你會感覺自己打開了新的視野。

（3）驚悚故事總結

對於隨波逐流過著每一天的我們來說，驚悚電影揭開了世界的另一面，再仔細拆解、展現給我們看。這是一種「世界越是複雜黑暗，就越能發揮其真正價值」的類型。

如果各位決定要創作驚悚故事，就應該挖掘更加黑暗的世界。這不是叫大家要前往犯罪現場，或是去看事件調查紀錄，而是要各位認真思考我們的世界越來越刻薄無情、充滿尖銳稜角的原因。

驚悚電影今後還會繼續講述某些事件，但觀眾期待的不光是事件而已，他們還想要了解事情的根源，想得到「我生活的世界為什麼會發生這種事？」的答案。如果你希望觀眾對自己的作品產生共鳴，就請在表面事件之下，寫出編劇觀察社會的冷靜視角。

期待縝密的敘事、精巧的反轉、乾淨利落的結尾——這樣的驚悚片迷會一直存在。想滿足他們對智性遊戲的渴望，光靠單純的事件很難辦到，必須在當中加入從另一面重新詮釋事件的編劇視角。

臥底片

（1）臥底故事公式

這個類型，是藏匿在黑幫中的警察或隱蔽在警察組織中的黑幫，這類角色因特殊目的隱藏起自己的身份、展開臥底（undercover）行動的故事。他們不只必須謹慎、祕密地完成任務，也不能對任何人暴露身份——就是這種驚險感，使它在驚悚片、黑色電影中特別受到觀眾喜愛。

「隸屬某組織的主角，為了達成組織的目的而潛入敵對組織」，卻也因為此題材的獨特性，使劇情節奏受到限制，導致其基本公式也比其他類型單調。

主角潛入敵對組織，在那裡成功完成自己的任務並回歸組織（或在敵對組織占據一席之地），是臥底類型的基本構成。主角因為要在敵對組織內執行任務，所以會非常孤獨，活動半徑也很狹窄，還要看領袖的臉色。雖然他與敵對組織的人發展出深厚情誼，給觀眾一種人性化的感覺，但諷刺的是，主角最後必須面對處決他們的命運。

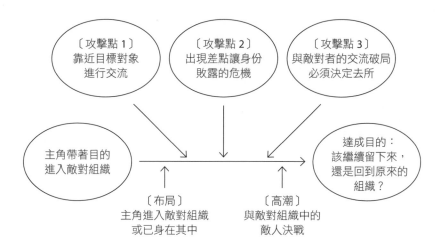

〔攻擊點 1〕
靠近目標對象
進行交流

〔攻擊點 2〕
出現差點讓身份
敗露的危機

〔攻擊點 3〕
與敵對者的交流破局
必須決定去所

主角帶著目的
進入敵對組織

達成目的：
該繼續留下來，
還是回到原來的
組織？

〔布局〕
主角進入敵對組織
或已身在其中

〔高潮〕
與敵對組織中的
敵人決戰

臥底片的情節特性是，一定要點燃兄弟情（或愛情）的火花。但是過了中間點，敵對者會察覺到主角的身份，雙方的關係會開始出現裂痕。和平的表象被打破，兩人以彼此的生命為賭注，展開此生絕無僅有的決鬥。獲勝的主角有兩個選擇：要不留在敵對組織，要不回到原本的單位。

（2）臥底作品分析

《驚爆點》

凱薩琳‧畢格羅（Kathryn Bigelow, 1951 －）導演的《驚爆點》（*Point Break*, 1991）非常有名。FBI 探員強尼（基努‧李維〔Keanu Reeves〕飾）為了解決一樁接近完全犯罪的銀行搶劫案件，潛入海邊衝浪的人群之間，因為他唯一的線索是犯人喜歡衝浪。我們需要留意的是主角的潛入途徑、時間，以及事件的解決順序。

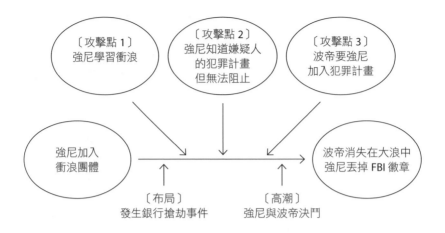

首先，在臥底類型中，主角在故事的什麼地方潛入敵對者團體是非常重要的，因為這是故事情節的起點與布局點。《驚爆點》裡，強尼潛進衝浪團體的時間是在第一幕快結束的時候。過去的臥底片，第一幕大多是這樣構成的：犯罪事件發生後，為了解決該事件，主角潛入敵對組織，充分說明了潛入敵方的理由與過程。

但最近這個時間點又提早了，我會在後面的《無間道》（2002）中詳細說明。

接下來是中間點。在臥底故事中，敵對組織的首領知道主角真實身份的地方，就是在中間點。他們會在第一幕裡了解彼此，在第二幕（上）裡相互產生好感、累積兄弟情誼，直到主角的真實身份曝光。這之後的看點就是「兩人接下來會如何對待對方？」

最後是結局。一九九〇年代，以我們現在的感性可能無法理解那個時代獨有的浪漫——《驚爆點》的結局就是如此。幾經波折之後，強尼終於在澳大利亞海邊逮捕了敵對組織的領袖波帝（派屈克‧史威茲〔Patrick Swayze〕飾）。那天有強烈颱風襲擊加州，波帝最後拜託強尼讓他去衝浪。也就是說，與其被關進監獄，他寧願乘風破浪、邁向死亡。強尼接受了他的請求，而且把自己的 FBI 識別證扔到海裡，轉身離開。強尼是否會回 FBI？跟他在海灘遇到的戀人一起留在海邊的可能性大概更高吧。

臥底片的結局，是要主角在「回到自己原來的單位」和「繼續留在新加入的組織」這兩者之間擇一而行。在你正式創作臥底故事之前，請務必先設定好主角的命運，再根據你的結局來組織第一幕。等確定第一幕之後，你才能建立整個故事的框架。

必須掌握類型的特性，並設定符合類型的結局。

■《無間道》vs.《闇黑新世界》

劉偉強、麥兆輝執導的《無間道》講述了成為警察間諜的犯罪組織成員劉健明（劉德華飾）與成為犯罪組織間諜的警察陳永仁（梁朝偉飾）彼此顛倒的命運。分析完《無間道》後，我們再接下去看朴勳政導演那部完全不同的《闇黑新世界》（2012）——它其實與《無間道》有很多相似之處，可以來比較分析一下。

如果各位可以看出《驚爆點》、《無間道》、《闇黑新世界》這三部電影的共同點和差異點，可以說已經完全掌握臥底故事了。這個類型的所有特性都相當明顯。

《無間道》

討論臥底故事時，大家會最先想到的《無間道》故事結構如下：

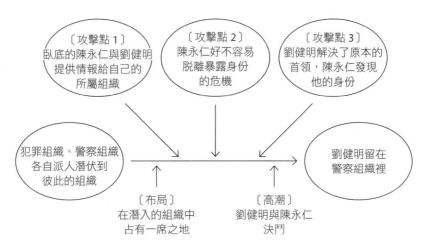

首先要看的是，進入犯罪組織的警察，以及進入警察組織的犯罪組織成員的潛入位置和時間。

與《驚爆點》相比，我們可以看出電影節奏更快了。《驚爆點》主角潛入的時間落在第一幕結束時，而《無間道》在「布局」中已經潛入完畢，並且在第一幕結束時執行任務。其次，在臥底片裡最重要的中間點，《無間道》讓觀眾看到陳永仁處於身份暴露的危機下，完美遵循了類型的特性（跟《驚爆點》的中間點型態有些不同）。

當《無間道》走到中後段，劉健明解決所有知道自己真實身份的人後，真正成為了警察。處決自己所屬組織的頭目，也解決警察內部的另一位黑幫臥底後，他出示了自己的警證，迎來結局。也就是說，劉健明放棄了犯罪組織，往後要以警察的身份活下去。

在《無間道》和《驚爆點》的分析中，我們看到臥底故事前半部的特徵——主角的「潛入時期」。

下面要來比較《無間道》與《闇黑新世界》，進一步了解故事後半部的特徵。

《闇黑新世界》

警察李子誠（李政宰飾）奉命潛入韓國最高犯罪組織「金文幫」。雖然他很希望回歸警察的身份，卻一直接到繼續潛入的上級命令。

另一方面，「金文幫」首領石會長死後，組織內部為了奪權而陷入混亂，其中一位有力的接班人鄭青（黃晸玟飾）對李子誠表現出極大信任。

對李子誠而言，一邊是為了組織利益、可以背叛自己的警察組織，另一邊是對自己展現無限信任的犯罪組織。這兩者之間，李子誠只能選擇一方。

從《驚爆點》到《無間道》、《闇黑新世界》，各位能看出臥底故事發生了什麼變化嗎？

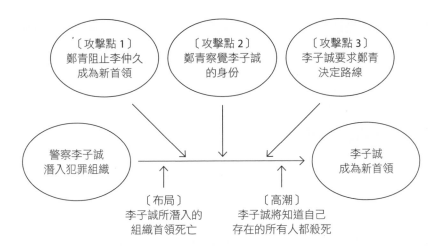

〔攻擊點 1〕
鄭青阻止李仲久
成為新首領

〔攻擊點 2〕
鄭青察覺李子誠
的身份

〔攻擊點 3〕
李子誠要求鄭青
決定路線

警察李子誠
潛入犯罪組織

李子誠
成為新首領

〔布局〕
李子誠所潛入的
組織首領死亡

〔高潮〕
李子誠將知道自己
存在的所有人都殺死

讓我們從潛入時間來開始看。

主角潛入敵對組織所需的時間，《驚爆點》用了整個第一幕的篇幅，《無間道》花了第一幕的一半篇幅，而《闇黑新世界》是主角早已經潛入。

相對地，三部片的中間點沒有太大變化。這是因為「臥底故事」講的就是主角進入敵對組織後發生的故事，因此無論編劇做任何變奏，「身份暴露的危機」都是最大的敵對者。

臥底片的結局有兩種：一是主角回到原來的組織，二是留在潛入的組織。《驚爆點》的主角把 FBI 識別證扔進海中，展現了似乎不會回到組織的開放式結局。《無間道》的劉健明選擇放棄自己的組織，繼續當警察。《闇黑新世界》的主角則是拋棄警察身份、成為犯罪組織的 Boss。這三部電影中，主角都拋棄了自己原來的背景，選擇了敵對組織。

當然，不是所有臥底類型故事的主角都會做出這樣的選擇，《叛獄無間》（2016）和《不汗黨：地下秩序》（2016）就是範例。《叛獄無間》的主角宋有健（金來沅飾）、《不汗黨：地下秩序》的主角趙賢洙（任時完飾），是以處決敵對者、回到自己所屬世界的方式來結束故事。

總之，大家記住可以有這兩種結局就對了。

由於《闇黑新世界》的設定與《無間道》相似，因此曾被人質疑有抄襲

之嫌。但與其說是抄襲，不如說這是臥底片「可變化的幅度較小」特性使然。這兩部片的類型框架相同，但內部敘事不同，所以應該視為完全不同的故事才對。

（3）臥底故事總結

以上是臥底片三部代表作品《驚爆點》、《無間道》與《闇黑新世界》的分析。透過這三部片，各位已經了解臥底故事在前半部主角潛入的時間點、篇幅長短的改變。至於關鍵的中間點，形式與形態則沒有太大變化。再者，關於中間點的安排，我們知道主角的身份暴露會是最大危機。最後的結局則有兩種，主角不是留在潛入的敵對勢力中，就是回歸原來的地方。

各位如果對這個類型感興趣，希望也能找《叛獄無間》與《不汗黨：地下秩序》來看。

在臥底的類型公式裡，尋找不變的要素和變化的要素，會是一件很意思的事。雖然它的主要角色通常是警察、犯罪者，但也可以是檢察官為了抓到真凶而潛入監獄，或是企業員工為了掌握情報而潛入競爭的公司等——還是有許多新的想像可以嘗試。雖然它可以變形的部分較其他類型少，但可以潛入的地方卻是五花八門。

大家都希望可以體驗自己不了解的其他生活方式，而不是自己習以為常的生活。如果能夠藉由「臥底」類型故事來展現各種迥異的世界——在過程中找出真相、解決最根本的敵對者——不就可以跟觀眾的需求產生共鳴了嗎？

劫盜片

在犯罪片類型裡，講述犯罪份子結夥搶劫或盜竊某物過程的故事，被稱為「劫盜電影」（Heist/Caper），內容是多位犯罪專家為了達成共同目標而齊聚一堂，經過一番波折與阻礙後，終於達成任務。

（1）劫盜故事公式

劫盜電影的基本公式如下：前半部的主角（表面上的主角）是偷東西的高手，而且幾乎都會成功。緊接著，有人出現向主角提議一起偷盜更大的目標，並提出讓人無法拒絕的誘人條件。主角一開始會懷疑對方，但在過程中逐漸相信並跟隨對方。這個人帶他加入一群人，匯聚了各個領域的犯罪專家。這些為了共同目標而結夥的成員，一起制定出詳盡的作案計畫。

到了計畫執行當天，開局本來十分順利，卻在某個環節出了錯，大家為了躲避警察或敵人追擊，四處逃散。成功脫逃後，成員開始找失敗的原因，這才恍然大悟：「原來是那傢伙在搞鬼！」

「那傢伙」就是向成員們提議大幹一場的人。他其實是為了自己的復仇計畫才把大夥兒找來，所以這個人才是故事真正的主角。在結局中，設計者

（深層敘事的主角）照計畫向敵對者報了仇，拿到（偷竊）了物件，甚至可能贏得愛情。

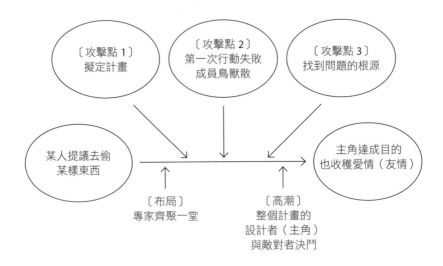

劫盜故事的基本公式如上圖所示。接下來，我們一起來看看從《殺手》到《暗殺》等多部犯罪作品，更進一步詳細說明此類型的公式。

（2）犯罪作品分析

《殺手》

史丹利・庫柏力克（Stanley Kubrick, 1928 − 1999）導演的處女作《殺手》（The Killing, 1956）講述了擁有豐富犯罪經驗的強尼・克萊（斯特林・海登〔Sterling Hayden〕飾）與同伴一起洗劫舊金山賽馬場的故事。許多人在強尼的提議下集結，準備大幹一票。他們經過周密的準備後，終於要執行計畫了，沒想到成員之一喬治的妻子雪莉偷聽到丈夫的計畫，跟情夫聯手打算黑吃黑搶走喬治偷來的錢後遠走高飛。強尼的計畫成功了，雪莉的人馬突然闖入成員們所在的基地。現場爆發一場激烈槍戰，成員們全部陣亡。強尼拿著錢袋奔向機場，也順利買

到機票，卻有一隻小狗突然跑到飛機跑道上，搬運行李的拖車為了閃避而急轉彎，結果強尼的錢袋被甩出，只見眾人努力偷來的錢在跑道上漫天飛舞……落得一場空的強尼從機場空虛地走出來，跟情人一起被警察逮捕。

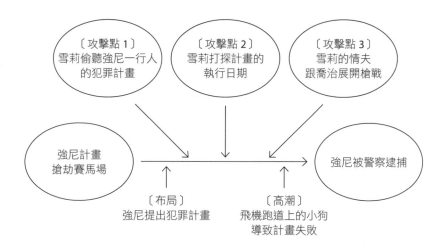

〔攻擊點 1〕
雪莉偷聽強尼一行人
的犯罪計畫

〔攻擊點 2〕
雪莉打探計畫的
執行日期

〔攻擊點 3〕
雪莉的情夫
跟喬治展開槍戰

強尼計畫
搶劫賽馬場

強尼被警察逮捕

〔布局〕
強尼提出犯罪計畫

〔高潮〕
飛機跑道上的小狗
導致計畫失敗

如果把《殺手》的故事原封不動拿來用，可以得到投資人青睞嗎？

在攝製這部電影的一九五六年當時，答案自然是肯定的，畢竟《殺手》確實被執行、製作出來了。先不論被投資的可能性如何，《殺手》是一部優秀的製作，故事也很有趣，但是跟現在的劫盜電影公式相比，故事的展開節奏存在明顯的差異。

一般劫盜電影的攻擊點 1 上，可以看到成員們集結起來一起制定作戰計畫，《殺手》也是如此，只是計畫執行的部分與現在的公式不同。在現今的公式裡，登場人物要從第二幕（上）開始執行作戰計畫，《殺手》卻是從中間點才開始執行。用一句話來說，就是節奏太慢。

一九五〇年代的故事結構跟現在不可能一樣，光是生活節奏就不同了。這一點我就不再贅述。然而，我必須提出「高潮」這一段來說明。在《殺手》中，鈔票在飛機跑道上被強風吹得漫天飛舞的畫面給人留下強烈的印象，營

造出徒勞無功的結局。從今天的觀點來看的話，會很難理解為什麼要創作一個讓主角失敗的敘事——這是因為那個時代需要因果報應、懲奸除惡，我們的「現代」卻不是這麼回事。

接下來讓我們稍微快轉一下時間，看看一九七〇年代的劫盜電影。

《亡命大煞星》

山姆‧畢京柏（"Sam" Peckinpah, 1925 − 1984）導演的《亡命大煞星》（*The Getaway,* 1972）講述的是刑滿出獄的麥考伊（史提夫‧麥昆〔Steve McQueen〕飾）與妻子卡蘿爾（艾莉‧麥克勞〔Ali MacGraw〕飾）召集了一票成員搶劫銀行的故事。下面我們會比較《殺手》與《亡命大煞星》的故事結構，看看這段期間發生了什麼變化。

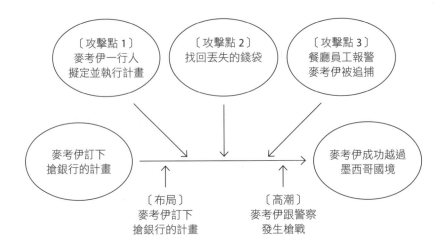

可能是因為距離《殺手》已經過了十六年，《亡命大煞星》的故事結構與現代的作品比較相似。《殺手》和《亡命大煞星》在內部結構上的改變如下：

① 執行計畫的時間

《殺手》的主角們從中間點之後，開始執行賽馬場搶劫計畫；而《亡命大煞星》的主角們是在攻擊點 1 制定作戰計畫後，立刻在第二幕（上）執行。

② 中間點的形式

在《殺手》裡，除了敵對者雪莉追問丈夫喬治預定的犯罪日期之外，似乎沒有其他危機因素。相反地，在《亡命大煞星》的中間點，主角遭遇了巨大危機：他費盡千辛萬苦搶來的錢在火車站搞丟了。為了找回丟失的錢，麥考伊跟著小偷一起上了火車，而且經過一番曲折才終於把錢找回來。

請容我這裡再次強調：危機可以製造故事的緊張感。比起《殺手》裡雪莉和喬治那段追問計畫執行日的單純對話，《亡命大煞星》多了丟失錢袋、找回錢袋的過程，因此變得更緊迫有趣。與《殺手》相比，《亡命大煞星》的中間點更為強勁有力。

③ 攻擊點 3 的形式

從劫盜片的故事構成來看，（支撐右邊的）攻擊點 3 裡，深層的主角通常將再次面臨危機。《殺手》的攻擊點 3，雪莉的情夫登場，跟丈夫喬治展開槍戰。但喬治是負責支線敘事的配角，比起負責主要敘事的主角，配角帶來的緊張感當然略遜一籌。因此，要想讓觀眾感到刺激，應該是讓主角陷入危機，而不是配角。

《亡命大煞星》的攻擊點 3 是怎麼表現的？警察出動，主角群與警車展開追擊與槍戰。警察這個敵對者，讓主角群面臨最大的危機，因此《亡命大煞星》的緊張感也是《殺手》無法比擬的。

通過這兩部電影，我們觀察到劫盜片在計畫執行時間上的變化，以及中間點與攻擊點 3 的形態改變。下面，我們要來看較近期的劫盜電影。

《漢城大劫案》

討論韓國劫盜電影，有可能不提到崔東勳導演嗎？他在這個領域可說展現了獨一無二的能力，連他創立的電影公司名字也叫做「Caper Film」。總之，現在我們要來看看前兩部電影與崔東勳導演的電影有什麼差異，以及韓國劫盜電影的特點。

首先是《漢城大劫案》（2004）。

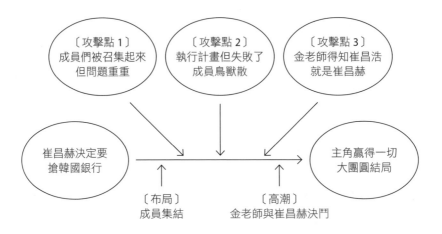

〔攻擊點 1〕
成員們被召集起來
但問題重重

〔攻擊點 2〕
執行計畫但失敗了
成員鳥獸散

〔攻擊點 3〕
金老師得知崔昌浩
就是崔昌赫

崔昌赫決定要
搶韓國銀行

主角贏得一切
大團圓結局

〔布局〕
成員集結

〔高潮〕
金老師與崔昌赫決鬥

　　《漢城大劫案》的表層敘事是一夥人結隊搶劫韓國銀行的故事，深層敘事則是在講哥哥因為被騙而自殺後，弟弟決心報仇的故事。

　　讓我們來討論故事的情節構成。《漢城大劫案》裡，要一起作案的成員在攻擊點 1 集結起來。如果照類型公式走，這個地方應該要進行作戰會議才對，但是在《漢城大劫案》中，崔昌赫是在中間點告知同夥計畫內容，而且馬上就執行犯罪行動。總之，本來作戰會議應該發生在攻擊點 1 的位置，然後在中間點執行計畫的同時一起介紹計畫內容。這是《漢城大劫案》與一般劫盜電影公式不同之處，其餘的部分則仍然按照劫盜故事的公式發展。

　　與《亡命大煞星》相比，《漢城大劫案》需要確認的部分是中間點和攻擊點 3。《亡命大煞星》的中間點是主角偶然間把錢弄丟了，《漢城大劫案》的中間點是主角嚴密的計畫讓成員們作案失敗。也就是說，《亡命大煞星》的中間點是「偶然」，《漢城大劫案》的中間點是基於主角的「計畫」。以前的劇本，即使是用偶發事件，即使跟主線敘事有所分歧，是可以容忍的。但現在，一切必須按照主角事前縝密安排好的計畫進行；它看起來雖然像偶然，但後面必須揭露一切都在主角的計畫中。讓主要敘事基於偶然來推進，不是好的創作手法。

　　在攻擊點 3，我們也能發現跟中間點相似的差異。《亡命大煞星》的攻擊點 3 是偶然發現主角群的餐廳員工向警察報案，導致主角一行人與警察產生

對峙。《漢城大劫案》的攻擊點3則是揭露崔昌浩與崔昌赫是同一個人的地方。

　　現今的劫盜電影中，第二幕（下）的主要內容大多是「逆向追蹤」。在中間點上，計畫破局，同夥的犯罪成員鳥獸散，甚至有一部分人會死亡；生存下來的成員中，有一人或若干人開始挖掘計畫失敗的原因——這就是事件的「逆向追蹤」。在第二幕（下），這個過程會持續下去，直到第二幕（下）的結尾和第三幕的起點之間，他們終於發現失敗的原因，查明一切都是因主角的計畫而起，讓觀眾清楚看到整件事是如何開始，以及這一切的起點為何。

　　《漢城大劫案》的第二幕（下）裡，表面上是金先生（白允植飾）追蹤崔昌浩的動線，從深層來看，隨著哥哥崔昌浩自殺的事實被揭露，觀眾驚覺原來是弟弟崔昌赫策畫了這一切來為哥哥報仇（劇中人物還不知情）。故事從開始到中間為止，展現了當前事件的「執行和失敗」，中間點以後的後半部分，開始展現整個故事的「根源和開始」。接著在高潮裡，所有元素衝撞在一起，主角與敵對者展開激烈對決，最終以主角獲勝告終。結尾中，主角成功復仇、實現愛情、獲得財富，並且把自己擁有的分享給身邊的人，讓自己與他人都得到幸福。以上，就是近年來劫盜故事的結局。

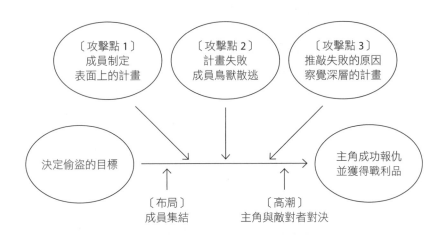

　　現在的劫盜電影都具有上圖的敘事層次：表面上是偷東西的故事，深層敘事則是主角的復仇或其他特殊目的。主角為了自己的目標而訂定犯罪計畫，

但這不是主角的真正目的，所以在中間點時犯罪計畫會失敗。經歷失敗的夥伴們在短暫地分離後又重新聚集在一起，逆向追蹤整個事件。這一切都是根據編劇的精密設計來進行。逆向追蹤的路線，是通往創作者精心設計之事件根源的道路。

為什麼要這樣設計？

只有沿著這條路走，才能讓「現在的事件」與「過去的根源」（是它製造出現在的事件）勾連在一起。按照編劇的設計，角色在第二幕（下）結尾這裡發現計畫失敗的原因，於是跟主角發生衝突，之後主角將實現一切，抵達大團圓的結局。表面上來看，劫盜片是偷東西的故事，但從深層來看，這是個假裝偷東西的故事，其真實目的不是偷竊，而是以偷竊計畫之名來集結所有敵對者。這就是現代劫盜故事的核心。

《神偷大劫案》

接下來，我們要來看《神偷大劫案》。崔東勳導演製作的《漢城大劫案》與《神偷大劫案》之間相隔了八年，所以讓我們來看一下這兩部片有什麼差別吧。

如果說《漢城大劫案》的騙子們是為了搶銀行而齊聚一堂，《神偷大劫案》的這群小偷就是為了偷竊稀世鑽石「太陽的眼淚」而集結。《漢城大劫案》在中間點時，由於某人打了一通電話而使計畫以失敗告終。《神偷大劫案》也是如此，當他們發現金庫裡什麼都沒有的時候，全體成員都收到了簡訊：「各位忘了鑽石吧。我會自己去見魏宏。這段時間謝謝大家了。」

這兩部電影還有一個類似的要素。《漢城大劫案》在攻擊點 3 中，弟弟崔昌赫為了替哥哥報仇而計畫這一切的真相浮出水面。在《神偷大劫案》的攻擊點 3，朴澳門（金倫奭飾）向敵對者魏宏坦白，過去他殺死自己的父親時，自己就躲在沙發底下目睹了整個過程，由此披露一切都是朴澳門的復仇。兩部片在高潮的槍戰和美好結局是一樣的。

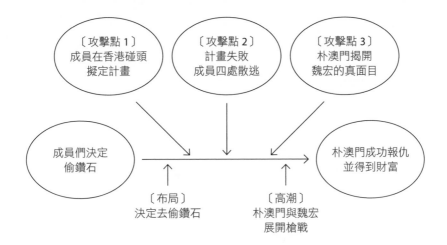

《漢城大劫案》與《神偷大劫案》可以總結為：情節相同，故事不同。這也是編劇完美遵循類型公式的證據，讓導演得以根據類型靈活地講故事。

另外，比較這兩部電影，很自然可以看到支線敘事的豐富度差別。雖然故事構成要素的位置相同，但與《漢城大劫案》相較之下，《神偷大劫案》的支線敘事更加緊密。它在竊取鑽石這個表層敘事下，也完美地安排了朴澳門、卜派（李政宰飾）、佩希（金憓秀飾）的愛情故事，以及朴澳門、魏宏、陳（任達華飾）的恩怨。另外，《神偷大劫案》把比一般電影還多的登場人物安排在適當的位置、以適當的分量來編排，這也是大家今後在創作劫盜故事時，務必要參考的一點。

一般而言，電影有兩個小時的時間限制，因此故事的緊湊度必須比電視劇劇本高出許多，但這真的是很不容易的事。電視劇劇本是根據十六集的長度來水平鋪陳敘事的創作；相反地，電影劇本則是根據兩小時（120分鐘）的時長來垂直堆疊故事的創作，所以提高故事堆疊的密度，是寫出好劇本的策略。電影的主要敘事之下，需要堆疊兩、三層的支線敘事層次，才能得到好的結果。

《暗殺》
崔東勳導演的《暗殺》（2015）故事結構如下圖：

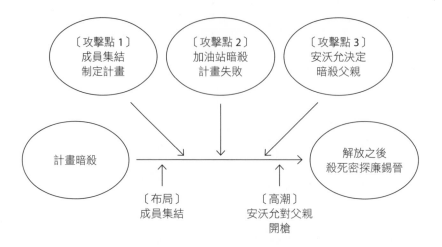

〔攻擊點1〕
成員集結
制定計畫

〔攻擊點2〕
加油站暗殺
計畫失敗

〔攻擊點3〕
安沃允決定
暗殺父親

計畫暗殺

解放之後
殺死密探廉錫晉

〔布局〕
成員集結

〔高潮〕
安沃允對父親
開槍

　　讓我們來思考一下：《暗殺》可以說是劫盜電影嗎？就定義上來考量，答案是：不是。

　　這部片不是劫盜電影，但是它符合「有多個角色為了同一個目標而集結、擬定計畫並加以實行」的範疇，因此值得我們用劫盜電影的觀點進行分析。而且，《漢城大劫案》、《神偷大劫案》、《暗殺》都是崔東勳導演的作品，深入分析他的風格也具有一定的意義。

　　如果我們把《暗殺》想成「一群人將失去的祖國（韓國）再次偷回來的電影」，各位覺得怎麼樣？這樣就變成真正的劫盜電影了吧？獨立鬥士努力找回失去的韓國，而幹盡壞事、折磨他們的敵對者是那些密探。

　　下面我們來觀察一下《暗殺》作為劫盜故事的構成。和前兩部作品一樣，《暗殺》的角色聚集在一起制定計畫，計畫失敗之後，展開逆向追蹤，再制定計畫後再加以執行，最終達成他們的目標——完全就是劫盜電影的公式流程。

　　《暗殺》是一部娛樂電影，但劇情十分深奧。它的表層敘事雖然是暗殺親日派的行動，但故事還有另一個層次。主角們的暗殺對象，表面上是姜寅國（李璟榮飾）與日本駐朝鮮軍司令官川口（朴秉恩飾），但更重要的是廉錫晉（李

政宰飾），因此劇情也以他的死亡作結。從某種角度來看，朝鮮日治時期 [24] 的表面敵對者是「親日派」，但深層敵對者是「密探」。

不僅如此，當時擁有親日派父母的子女，不忍心親手處決自己的父母，於是出現所謂的「殺父契」，藉此來殺死彼此的父親。夏威夷・手槍（河正宇飾）是「殺父契」的成員。「殺死日本人」、「殺死密探」、「殺死親日派的父親」等暗殺在電影中層層堆積。當我們將層次一個一個剝下來，會不由自主感嘆故事的精細度。把安沃允（全智賢飾）設定為雙胞胎，背後有什麼含義？如果把它解讀為當時朝鮮人民不是身為獨立軍就是親日派、必須二擇一的深層敘事手法呢？

（3）劫盜故事總結

從 一九五六年的《殺手》到二〇一五年上映的《暗殺》，我們在這一節檢驗了劫盜故事的內部公式。在這個過程中，我們領悟到劫盜故事的公式：劫盜故事中的登場人物為了盜取什麼東西或殺死某個人，帶著共同的目標集結在一起。他們會在「布局」中確定目標，在第一幕的末尾一起擬定作戰計畫，然後在第二幕（上）執行計畫。到了中間點，他們最初的計畫會失敗，接著在第二幕（下）開始逆向追蹤失敗的原因。攻擊點 3 開始，他們終於明白失敗的理由，而在「高潮」中，主角會跟敵對者決鬥或槍戰。最後，主角實現了他所期望的一切。

另外是，劫盜故事的表層敘事是竊盜行動，但深層敘事是主角的復仇或其他特殊目標。各位的功課就是在這樣的故事基本形式裡堆疊故事的層次。

---

24 指 1910 年 8 月 29 日～ 1945 年 8 月 15 日之間，日本帝國統治朝鮮半島的時期，在南韓稱為「日帝強占期」，在日本則稱為「日本統治時期」。

動作片

（1）動作故事公式

　　動作片從一開始，就是主角在與某人激烈戰鬥，而最初登場的反派就是敵對者、敵對者的爪牙或是敵對者的其他形態，或是用主角過去與敵對者決鬥的樣子來開場。動作片裡，敵對者在故事一開始，就以敵對者的方式犯下惡行，對象是主角的家人或稍後被主角拯救的受害者。

　　總之，動作片的情節是以動作爆發的形式展開的。

　　接下來，我們可以看到主角持續不懈搜尋敵對者。他雖然很努力想找出犯下惡行的敵對者，但他要來到中間點才能跟敵對者的本體面對面；這裡，在主角即將抓到反派的決定性瞬間，會出現意想不到的障礙，使主角錯過大反派。

　　但是到了高潮點，主角可以用讓人痛快的動作戲大肆懲罰反派。這時觀眾會對主角產生強烈的認同感。

　　這就是典型的動作片。

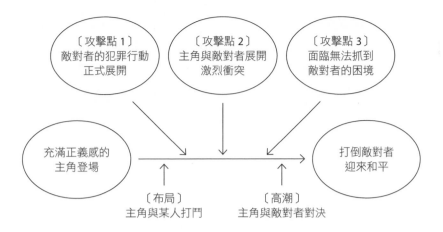

〔攻擊點 1〕敵對者的犯罪行動正式展開

〔攻擊點 2〕主角與敵對者展開激烈衝突

〔攻擊點 3〕面臨無法抓到敵對者的困境

充滿正義感的主角登場

打倒敵對者迎來和平

〔布局〕主角與某人打鬥

〔高潮〕主角與敵對者對決

現在，動作片是全世界觀眾反應最好的類型。它的情節非常簡單，但擁有超越單純結構的華麗動作，狠狠地抓住觀眾的心。在觀賞動作電影之前，觀眾們就會期待這次會有什麼獨特又逼真的動作。所以，動作類型的進化取決於動作場面的多種變化：怎麼打、用什麼武器、用什麼炸彈、用什麼武術，英雄才能打敗反派呢？

動作片的人氣特別高，理由是什麼呢？

因為在現實中，一般觀眾不會看到或經歷這樣的場面。現實生活中，我們可以看到蝙蝠俠如何打敗小丑、鋼鐵俠如何拯救地球、新聞記者如何變身為超人之類的事嗎？動作片才是痛快滿足市井小民願望的題材。從這個角度來看，動作故事本身就具有幻想的元素。

（2）動作作品分析

《疤面煞星》

布萊恩·狄帕瑪（Brian De Palma, 1940－）導演的犯罪動作片《疤面煞星》（*Scarface,*

1983）是霍華・霍克斯（Howard Hawks, 1896－1977）導演的《疤面》（*Scarface*, 1932）翻拍之作。布萊恩・狄帕瑪的版本，主角由艾爾・帕西諾（Alfredo Pacino）擔綱，電影在講述湯尼・蒙塔拿（Tony Montana）這個男人的成長與毀滅。為了觀察動作片的原型，所以我選了這部電影。「動作」在高潮部分爆發，現在來看也覺得很過癮。

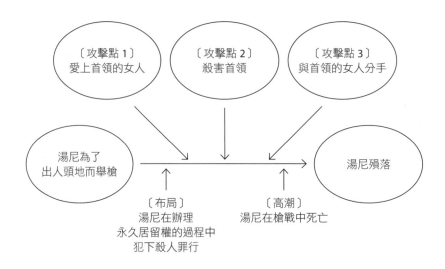

這就是全部的內容。如果只看核心，故事是一個男人想得到一個女人，因此中槍、報仇、登上高位，最後迎向毀滅。這個故事情節符合該時代的典型結構，以現在的眼光來看，劇情很無聊，結構又相當粗糙。然而，如果各位還記得到目前為止看過的所有類型，它們一開始也都是故事的單純鋪陳而已。這麼看來，《疤面煞星》作為動作片的初期原型，是一個不錯的範例。

請各位注意「布局」與「高潮」。我一直強調這兩件事可以決定類型。動作片的「布局」與「高潮」當然都要由動作場景構成，這部分的場景設計是創作過程中最重要的工作。你必須在確立整體情節後，立刻設計這個部分，因為它會左右動作片的成功或失敗。這些場景必須非常縝密細緻。

— 兩個人展開槍戰。

— 冷風呼嘯不停。他的手指放在扳機上，心裡出現彷彿巨大冰山破裂般的裂痕。不過 0.5 秒鐘之差。他在敵人吐氣的同時拔出槍來，槍口在敵人吸氣之前蹦出火花。子彈巨大的旋轉像颶風一樣呼嘯著穿過敵人的心……敵人猛然倒地不起。倒下的敵人吸入他最後一口氣，但那口氣沒能再離開敵人之軀。

請比較一下上面的兩種表達方式。就像愛情電影裡細微地捕捉主角細膩的感情紋理一樣，動作電影也要精細地調校主角與敵對者的動作「語調」。動作片劇本，顧名思義就是要把動作寫好寫滿才行。一旦確定主角與敵對者衝突的整體情節之後，應該立即在情節各處安排精心打造的動作場景。

《黑暗騎士》

克里斯多福・諾蘭（Christopher Nolan, 1970 −）導演的《黑暗騎士》（*The Dark Knight*, 2008）是蝙蝠俠系列作品之一。主角布魯斯・韋恩／蝙蝠俠（克里斯汀・貝爾〔Christian Bale〕飾）的敵對者是小丑（希斯・萊傑〔Heathcliff Ledger〕飾）。但這部片不同於普通的好萊塢英雄電影，高譚市民並不支持蝙蝠俠，因此他是在孤獨中與敵對者小丑戰鬥。他一邊以惡人自居，一邊走向黑暗。就像片名所說的，這部片非常黑暗，但故事依舊讓人著迷！再看一遍吧，主角不可能那麼帥氣……更重要的是，這部片會讓我們不斷想起它！由此可見，當中一定有什麼是觀眾不知道的（深層敘事）。

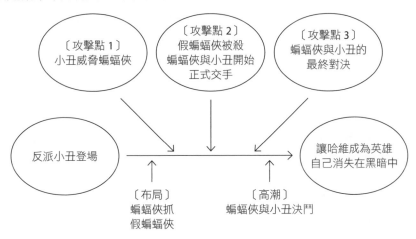

《黑暗騎士》中隱藏著什麼？

　　導演與編劇的深層敘事，在故事情節之下，藏著他們的精巧計畫。讓我們來思考一下《黑暗騎士》的深層敘事：這是一部關於「選擇」的電影。導演在情節的所有要點上，都安排了這個命題。觀眾跟著依照類型設計的華麗動作場景、享受電影的同時，也不知不覺陷入導演設定的選擇框架中。有意識進行細緻的分析並非觀眾份內之事，觀眾的無意識卻清楚感覺到了。《黑暗騎士》是一部大師之作。導演諾蘭令人驚艷地完美安排了動作類型的表層敘事，也在其下巧妙鋪陳了他想說的故事。

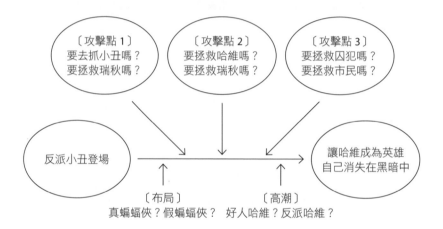

　　這部電影的深層敘事不就是這樣嗎？

　　除了故事結構之外，它還有幾個讓人聯想到「選擇」的手法。整部電影中，出現許多次投擲硬幣的場景。投擲硬幣後是出現正面還是背面，這五成的機率就代表選擇。另外，大張半臉受傷的哈維·丹特／雙面人（亞倫·艾克哈特〔Aaron Eckhart〕飾）也是如此。導演為了講他想說的故事，連登場角色的臉都搭配了「選擇」這個框架。最後，蝙蝠俠將哈維受傷後看起來惡毒的臉翻過來，讓他受傷之前的純真臉龐面向觀眾，用這美好的一面來結束故事。

　　真是完美的結局。

《辣手警探》

柳昇完導演的《辣手警探》（2015）中，行動派警察徐道哲（黃晸玟飾）為了逮捕財閥三世罪犯趙泰晤（劉亞仁飾）而孤軍奮戰。

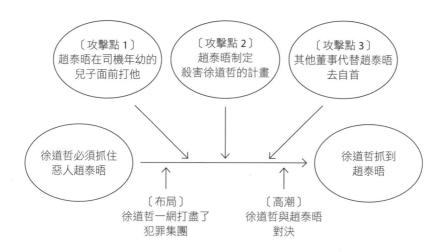

敵對者不是罪犯，而是無恥的財閥三世。主角是「平民」，敵對者是「財閥」。

這部作品上映於二〇一五年，而且似乎是以二〇一〇年發生的某財閥二世暴力事件[25]為主題，劇情的內部結構也是平民與財閥的對立。

對小老百姓來說，如果遇到有錢人「為富不仁」的行徑，那是他們無可抵抗的巨大壓力。教科書雖然告訴我們世界是平等的，但現實真的如此嗎？大家都曉得，我們仍然活在一個階級社會。市井小民的生活被階級壓迫，在現實中卻無處訴苦。所以財閥拿錢踐踏平民的新聞，讓我們心痛不已。

---

25 2010 年，某個富二代用棒球棍毆打貨車司機後，給了對方兩千萬韓元當作「挨打費」的事件。

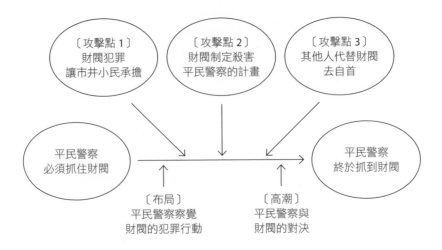

　　《辣手警探》裡發生了現實世界看不到的事。正如上圖所示，劇中的平民團結起來，痛快地打敗財閥。這個故事引起廣泛觀眾的共鳴。

　　動作片裡有許多代表正義的主角擊退絕對惡人的內容。寫動作片時，敵對者的存在與功能和主角一樣重要，但不能只是簡單地把敵對者設計成「壞人」就好，而是應該設計出讓普通人無法維持日常生活的存在，那種光是存在就會讓人搖頭不已的人，或一種存在於我們無意識之中、象徵「絕對之惡」的強大敵對者。主角會在高潮中打敗敵對者。當巨大的敵人突然在主角面前倒下時，觀眾的共鳴衝到最高。

《犯罪都市》

《犯罪都市》（2017）是姜允成導演的處女作，後來他還拍了《國王萬歲：木浦英雄》（2019）等電影，展現出他製作動作電影的強項。

　　《犯罪都市》是一部典型的動作片。主角是熱血警察馬錫道（馬東石飾），敵對者是張晨（尹啟相飾）一行人。張晨一夥人開始在大林洞街頭犯罪，從那時起，主角和敵對者的衝突就開始了。馬錫道善盡警察的本分，為了抓捕張晨一行人而東奔西走。兩人最終展開決鬥，結局是和平降臨。

　　本片可以看到典型警匪片或犯罪動作片的原型，雖然敘事上沒有特別之

處，但結構非常流暢。

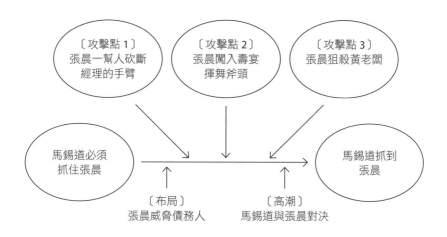

這裡也要請各位留意敵對者。《辣手警探》的敵對者是財閥三世，《犯罪都市》的敵對者則是朝鮮族流氓。財閥三世擔任敵對者的背後，是在韓國社會蔓延的財閥為富不仁風氣；朝鮮族是《犯罪都市》的敵對者——但他們對韓國造成了何種危害，才會成為電影中的敵對者呢？《犯罪都市》結尾的字幕中，可以看到以下的句子：「二〇〇四年衿川署重案組逮捕了三十餘名朝鮮族組織成員，並移交檢察機關。」這等於在說，這部片是依據真實事件改編而成，而在韓國社會上已經存在與朝鮮族相關的各種問題，或是正在擴大蔓延中。這部片沒有貶低朝鮮族的意思，只不過由於最近發生的各種事件，讓我們在無意識中對朝鮮族產生警戒與恐懼。這部電影探討了這個問題。

動作片不是光打架就好。請各位記住，當主角是跟他必須對抗的敵對者戰鬥時，觀眾的反應也會隨之上升。

《一級玩家》

這一節裡，我們最後要看的電影，是史蒂芬・史匹柏導演的《一級玩家》（*Ready Player One*, 2018）。最後一部電影，我之所以選擇好萊塢電影而不是韓國電影，是有原因的。

今天的電影產業，我們視為經典的電影敘事消失了，只有電影學院裡還看得到它的蹤跡。取而代之的，是漫威系列等漫畫式想像深入電影、電視劇之中。在不久的將來，現今流行的漫畫式想像也會結束，遊戲與電影、電視劇交相融匯的日子會不會就這樣到來呢？因此，最後我選擇《一級玩家》為動作片這一節收尾。

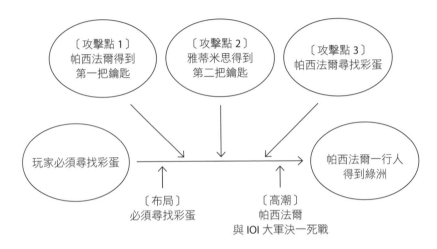

光是看上圖，就能知道《一級玩家》與現有的故事公式不一樣。它與其說是劇情，是不是感覺更接近遊戲的故事？達成一個任務後，繼續走向下一個任務；解決下一個任務後，再前進到下一個階段。

用電影媒體講遊戲的故事，雖然感覺很新鮮，但是除了中華圈以外，這部片沒有取得很漂亮的票房。這種故事，我預計在電影與電視劇裡會越來越常見到。雖然到目前為止，我們還在電影院中觀賞主角的故事，但是再過不久，我們就會直接成為系統的主人公，創造故事本身。

你二十年前就知道漫威的世界會到來嗎？

誰也無法預測未來。我也只是小心翼翼地預測，遊戲世界將會進一步擴大我們的現實世界。如果這樣的世界真的到來，《一級玩家》將具有作為起

點的價值。我們身為創作者，應該思考故事的未來會變成什麼樣子。

（3）動作故事總結

在總結動作片之前，我要先問一個問題。

> 第三次世界大戰會爆發嗎？倘若發生的話，會是什麼時候？

雖然這是個沒有正確答案的問題，但專家們都預測大概不會發生，因為未來的戰爭很有可能是核武戰爭，而這也意味著地球的末日。如果這個預測正確，今後人類將永遠生活在沒有戰爭的世界裡。倘若和平長久持續下去，無法忍受無聊的人會更加想要尋找出路。

人類的心中深植著一種道德與法規無法阻擋的本能。這就是動作片受歡迎的原因。它可以消弭被困在倫理與道德框架裡的人類破壞本能。動作場景越是激烈，被壓抑的破壞本能得以宣洩，也就越能夠緩解壓力。這就是動作片的單純功能。

創作刺激、痛快動作故事的編劇，在構築情節的框架到一定程度之後，就要著手創作到目前為止還不曾出現、具有創造性的動作戲，滿足人類的破壞本能。主角與敵對者對幹的動作場面越是激烈，觀眾就會越滿意。請各位記住，消弭人類強烈破壞本能的類型就是動作片。

災難片

（1）災難故事公式

好像要發生什麼翻天覆地的大事了——主角的周遭發生足以視為災難前兆的事，並且立刻就出現犧牲者。現在還只有一些敏感的人察覺到異狀，大多數的人不聽他們的勸告。

在此期間，很多地方接連發生了類似的事。主角雖然高聲疾呼，但是不被人接受。這時候，災難發生了。一直到很多人受到傷害之後，主角的話才會開始得到認可，但為時已晚。

大量的受害者出現，人們陷入深深的絕望。悲傷席捲過所有人，是時候該克服困境了。為了朋友，為了戀人，為了家人，願意犧牲自己的人出現了。已經發生的災難是無法解決的，只能去克服，因為人們還可以互相撫慰彼此的傷痛。

這個過程，讓人們明白「當下」有多麼珍貴。災難今後還會再次發生，平時我們就要多關心朋友、戀人與家人，並重新審視自己生活的家園、城鎮與國家。

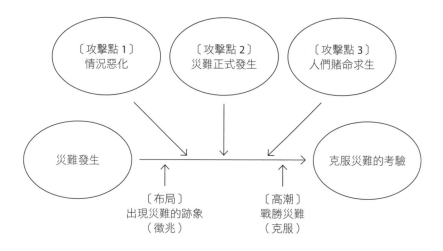

　　上圖的基本故事中，只要放入主角難以克服的特定災難，一個災難故事就成形了。

（2）災難作品分析

《大浩劫》

尹濟均導演的《大浩劫》（2009）可以說是開創韓國災難電影先河的作品。地質學家金輝（朴重勳飾）發現圍繞海雲台的東海情況與二○○四年發生的印尼大海嘯相同，於是警告世人釜山也將面臨巨大海嘯。當然，沒人聽得進去，人們像往常一樣過著平靜的日常生活。在此期間，造成海嘯的震央正在往朝鮮半島移動的科學數據開始出現，雖然金輝高聲疾呼、想提醒世人，但是海雲台正要舉辦一場國際活動，因此官方只想掩蓋這個事實。就在此時，巨大的海嘯襲來。人們這時才開始傾聽金輝的話，不過已經晚了一步。不計其數的受害者出現，珍貴的朋友、戀人與家人在海嘯中犧牲。好不容易生存下來的人一齊流著淚，並決定共同克服這場考驗。生活在海雲台的人與來遊玩的人，齊心協力清除災難的殘骸。

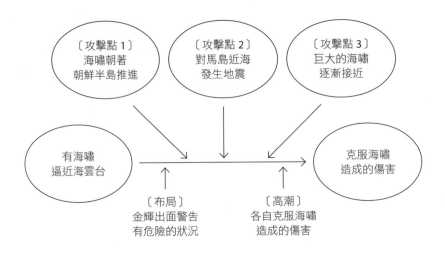

〔攻擊點 1〕
海嘯朝著
朝鮮半島推進

〔攻擊點 2〕
對馬島近海
發生地震

〔攻擊點 3〕
巨大的海嘯
逐漸接近

有海嘯
逼近海雲台

克服海嘯
造成的傷害

〔布局〕
金輝出面警告
有危險的狀況

〔高潮〕
各自克服海嘯
造成的傷害

　　《大浩劫》是以二〇〇四年震驚全世界的印尼海嘯為基礎，想像「假如韓國也發生這樣的災難會是什麼景況」所製作的電影。印尼海嘯的災難規模與損失非常大，所以看完電影後，大家真的會思考如果海雲台遇到巨大海嘯的狀況，真的太可怕了……等一下！各位不覺得《大浩劫》的故事很眼熟嗎？它與前面看到的一部電影非常相似。

把「大海嘯」替換成「鯊魚」會怎麼樣？

　　之前雖然將《大白鯊》歸入恐怖片，但其實把它列入災難片也完全沒有問題。這兩部電影之間的差異，只有逼近人類的是「鯊魚」還是「海嘯」而已。這兩部電影也有很多共同點。雖然感知到災難的主角認為大家要盡快避難，人們卻屢勸不聽，於是災難真的降臨，人們遭受巨大損失。雖然中間遇到許多困難，但人們最終仍克服了一切。

　　敵對者這邊呢？在《大白鯊》中，大白鯊的攻擊支配整個敵對者這條線。大白鯊攻擊，攻擊，再攻擊。《大浩劫》也是如此，發生海嘯，海嘯移動，海嘯再次撲向人類。

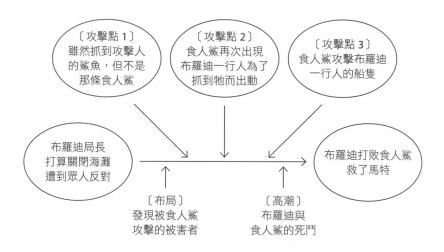

〔攻擊點 1〕
雖然抓到攻擊人
的鯊魚，但不是
那條食人鯊

〔攻擊點 2〕
食人鯊再次出現
布羅迪一行人為了
抓到牠而出動

〔攻擊點 3〕
食人鯊攻擊布羅迪
一行人的船隻

布羅迪局長
打算關閉海灘
遭到眾人反對

布羅迪打敗食人鯊
救了馬特

〔布局〕
發現被食人鯊
攻擊的被害者

〔高潮〕
布羅迪與
食人鯊的死鬥

重新檢視《大白鯊》的故事結構，我們馬上就能理解：恐怖電影與災難電影的情節結構十分相似。當劇情開始推進，海嘯的前兆登場；第一幕結尾，災難露出真面目。如果它是鬼魂的話，那就是恐怖片；如果是自然災害或事故的話，那就是災難片。內部的細節當然會有不同，因為根據對象不同，對應方法也會有所不同。

也許某天你會這麼想：我看了一部恐怖片，真的非常喜歡，所以決定翻拍這部電影。如果資金充裕，而且跟原作公司語言相通，購買版權再重新製作是最理想的方式。反之，假如資本不充足，原製作公司也不同意，那麼將恐怖電影改編成災難電影也是一種方法。

剽竊是犯罪，也是出賣創作者良知的行為，但重新建構是創作的一種方法。如果內容與原作的走向完全不同的話，就可以嘗試看看。本書有近四分之一篇幅都投入類型作品分析，就是基於這個理由。當你對故事公式的學習越來越深，就會越想創作出超越公式的故事，比如奉俊昊導演在《駭人怪物》裡，跳脫了以往的公式，犧牲主角的女兒、接受其他少年一樣。當你越理解故事的整體形式，對公式變形、整合的好奇心就會越大。

然而，超越公式的故事只有在完全參透現有公式之後才能實現。就算是為了重新詮釋情節、為了重新建構，也請將所有類型的規則先內化為自己的

知識再說。

《屍速列車》

延尚昊導演的《屍速列車》（2016）也展現了與《大浩劫》相同的敘事結構。這三部電影之間的差異點，在於《大白鯊》中的「鯊魚」和《大浩劫》中的「海嘯」，變成了「殭屍」。

首爾站出現了殭屍出沒的徵兆，徐碩宇（孔劉飾）的女兒秀安目擊了這一幕，但徐碩宇沒看到。總之，他們搭上開往釜山的火車，本來可以剛好避開開始在首爾蔓延的病毒，但由於感染殭屍病毒的女人也搭上了火車，使整台列車變得慘不忍睹。火車離釜山越近，情況就越嚴重。在故事的中間點，主角群打敗蜂擁而上的殭屍，逐漸朝前段車廂前進。他們想換乘其他列車，但這並不容易。最終，徐碩宇為了女兒，放棄了自己的身體。

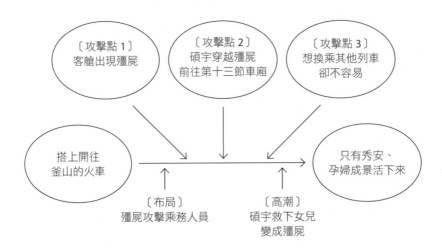

《屍速列車》也像前面介紹過的電影一樣，是按照電影的公式建構而成。災難片的創作中，最重要的一點就是創造所有觀眾都能認同的災難形態與狀態。就像寫動作片的劇本時一樣——在確定整體結構後就必須開始精心打造動作戲——災難片在確立整體故事情節後，就必須思考災難的形態與狀態。

一九七五年的鯊魚、二〇〇九年的海嘯，都是觀眾可以認可的災難。到了二〇一六年，殭屍成了韓國觀眾認可的災難。

韓國還剩下什麼災難可以寫呢？

如果各位正在構思災難的故事，必須先考慮你想寫的災難是否能被現在的觀眾接受。即使是在全世界出現很多次的災難，如果會讓韓國觀眾覺得陌生，就應該盡快改變災難的種類和應對方法。就像每個時代對愛情的看法都不同，人們面對災難的看法與反應也會不同。

《失控隧道》

金成勳導演的《失控隧道》（2016）是觀察災難片特性的優秀文本，因為它的故事結構非常獨特，在應該出現預兆的「布局」裡就直接讓災難登場。用一句話來說，就是它的節奏非常快速。

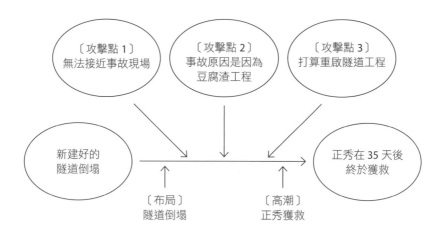

從整體結構來看《失控隧道》，會發現一個令人驚訝的事實。它在「布局」裡發生隧道倒塌事件，之後必須從外部展開拯救主角的行動。困在隧道裡的主角無法做出大動作，因此敘事會集中在想救主角的人身上，只是那些救援

行動很艱難、很無聊，也很支離破碎。

　　隨著情節的進行，新的事實被一一揭露。困住主角的隧道是一個豆腐渣工程，因此沒有留下完整的設計圖。此外，為了幫有限的建設經費設停損點，官方竟然（不顧被困住的主角）又想進行另一條隧道的工程，使這一切看起來不像是拯救寶貴生命的救助行動，而是犧牲微不足道生命的工作。諷刺的是，《失控隧道》的看點就在這裡。

　　電影的表層敘事是隧道倒塌，人們齊心協力拯救主角，而深層敘事就隱藏在這個過程中。也就是說，比隧道倒塌更大的災難是隧道救援工作。這部電影的深層敘事如下：

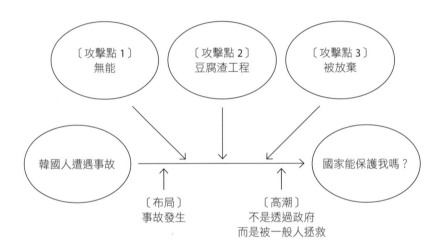

　　比起事故的發生，整個救助過程更是「災難」。如果把表層敘事中，主角被困在隧道中的事件視為災難，就不符合災難故事的基本公式。但如果把救出受困於隧道的主角此一過程看成災難的話，就會符合故事的公式了。

　　在「布局」裡，李正秀（河正宇飾）雖然遭遇被困在隧道裡的事故，但人們不知道這個事實。在攻擊點 1，人們雖然知道李正秀的事故了，但由於找不到事故發生地點，使情況日益惡化。在中間點，大家發現災難的起因是豆腐渣工程，到現在為止在救援行動中使用的設計圖也不是正確的圖。攻擊點 3，

外部乾脆直接放棄救援行動。就像災難故事的公式一樣，援救行動本身就是災難。

　　《失控隧道》中，真正的敵對者是事故發生後來到現場裝模作樣的女性領導人（讓人聯想到某人），以及跟隨她的公務員。即使不用故事理論來解釋，這都是韓國人一眼就能看懂的內容。所以，這裡我不用再多說什麼。總之，透過《失控隧道》的故事分析，可以明白我們能運用的災難種類，可能是出乎意料地無窮無盡。

《地心引力》

最後我們看要來的是艾方索·柯朗（Alfonso Cuarón, 1961 −）導演的《地心引力》（*Gravity*, 2013），講述在宇宙中迷路的女主角回到地球的簡單故事。因為它的敘事非常單純，看到結構的基本元素後，可能會讓人不禁心想：「《地心引力》的故事有這麼貧乏嗎？」

　　沒錯，它的情節很貧乏，但是在看電影的過程中，沒有任何人想到這件事。當女主角萊恩·史東（珊卓·布拉克〔Sandra Bullock〕飾）終於回到地球，在她踏上土地那一瞬間，雖然無法解釋那是什麼感覺，但是身為跟她一樣的人類，不禁產生深深的共鳴。接下來，讓我們來看看這個故事的內部結構。

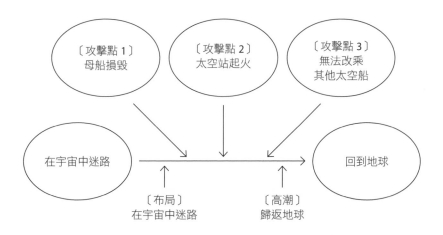

我讓《地心引力》作為災難片的最後一個作品，也是類型作品分析的最後一部片，是有理由的。科幻電影（SF）是類型片的一種，本來我也想在書裡用一些篇幅來介紹，但很快就改變想法。因為正如 Science fiction 字面所示，我不禁思忖：在背景故事中加入科學要素就可以成為一種類型嗎？

科幻電影或電視劇通常都在講述不久後的未來故事。除了展開故事的時間是近未來，它與其他類型的差異不大。它還可以分出科幻愛情片、科幻動作片、科幻驚悚片、科幻恐怖片或科幻電視劇──但是它們除了時間在近未來這一點，其他特徵都符各類型自己的公式，所以我沒有特別列出科幻片這個類型。

不過，我們有必要針對這類電影的起源進行思考。一八九五年左右，世界各地紛紛出現人類最早的電影：在美國是出自愛迪生（Edison），在法國是盧米埃（Lumière）兄弟，而且，除了他們之外也有許多人在製作電影。當中，盧米埃爾兄弟的電影被認為是世界第一部電影。

愛迪生的電影和盧米埃爾兄弟的電影，有什麼不一樣？

愛迪生的影片內容是「對人的窺探」，盧米埃兄弟的《火車進站》（*Arrival of a Train at La Ciotat*, 1895）則是以多人為對象來「放映」。換句話說，一般人認為的電影就是「許多人一起觀看的影片」。

這次我們來看看喬治‧梅里愛（Georges Méliès）的《月球旅行記》（*A Trip to the Moon*, 1902）吧？

《月球旅行記》的類型是什麼？

《月球旅行記》是世界上第一部科幻電影，內容是搭乘太空船去月球冒險。將「眾人一起觀看」的《火車進站》和「前往宇宙冒險」的《月球旅行記》放在一起，我們可以說：人類最早的電影是「一起去宇宙冒險的電影」。這告訴我們，電影其實就是一起觀賞新奇的事物──一個也適用於今日的概念，

因為現在人們也會在電影院或串流媒體上一起觀看新奇的事物。

　　加上「科幻」這個名詞的故事，給觀眾帶來全新的視覺快感，展現出至今為止從未見過的某種事物。雖然有環遊世界的人，但幾乎沒人經歷過宇宙旅行，於是跟宇宙相關的電影（因為還沒有人去過宇宙）是「新奇的事物」。

　　像《地心引力》那樣獨自被留在宇宙中、經歷一番迂迴曲折之後回到地球的故事，與一般災難故事的公式略有不同，但它在視覺上的快感自然不在話下，還帶來了從未見過的緊張感，因為那是誰都不曾經歷過的情況。因此，雖然這部電影的故事構成多少有些薄弱，但觀眾沒有察覺到這個事實，因為我們整個人都沉浸在觀賞新奇事物的樂趣中。不過，今後如果有人還想拍科幻災難電影，應該避免在宇宙中迷路的故事，因為《地心引力》已經用過了。換句話說，這個劇情已經不新鮮。但《地心引力》的故事，就算說是「人類第一次經歷」也不為過，因此觀眾將自己投射在漂泊於無限宇宙中的主角身上。

　　各位會想問，過去不是也有描寫宇宙的電影嗎？當然有，但它們的故事大多數是發生在太空船裡，對吧？詹姆斯・卡麥隆（James Cameron, 1954－）導演的《異形2》（Aliens, 1986）就是最具代表性的例子，也有前往其他行星執行短暫任務後回到太空船上的故事，比如麥可・貝（Michael Bay, 1965－）導演的《世界末日》（Armageddon, 1998）、布萊恩・狄帕瑪導演的《火星任務》（Mission to Mars, 2000）。但描寫主角在宇宙裡徘徊的故事，《地心引力》是第一部。

　　我之所以將《地心引力》安排在災難片的最後，理由跟動作片最後安排《一級玩家》相似。《一級玩家》是以「遊戲」為前景，《地心引力》則是「宇宙」，因為真正了解宇宙的人很少，所以應該會有很多「新奇的事物」吧。

　　今後，如果是以廣闊的宇宙為故事背景，那些我們沒經歷過的事物，會以威脅的姿態現身、靠近。當類型是科幻災難片時，即使敘事多少有些貧乏，還是會有很多人想看，因為人類永遠都想一起看到新奇的東西。

（3）災難故事總結

一個無比強大的「存在」正在逼近。它造成人類的困境，而我們必須克服它。鯊魚、海嘯、殭屍、無能的韓國政府、宇宙等──困境的種類無比繁多。

如果遇到人類的力量無法克服的災難，該怎麼辦？

這個問題的答案，就是災難故事的敘事：「布局」某種威脅，當克服了這個威脅，故事就會達到「高潮」。克服不是什麼大問題，設定出一個強大的威脅，才是最大的問題。

找出到目前為止沒人經歷過的災難，從當中選定一個，然後在創作之前先決定它的規模、確認它是不是能讓所有人產生共鳴，接下來的創作過程就會水到渠成了。

其他類型片很難提供像災難故事這樣的「保障」：只要你在正確的位置上安排適當的災難，就能達到一定程度的成功。說到底，它最大關鍵就是「災難」自身。

― 在韓國發生什麼事情會製造最大的災難？
― 韓國人最難克服什麼困難？

請先找到這個問題的答案，再開始寫災難故事。

類型故事總結

（1）類型的公式 = 公共財

至今為止提到的所有類型公式，都是屬於公共財，任何人都可以毫無條件使用。

　　這是怎麼回事？

　　原始時代的祖先，深夜聚集在洞穴裡的篝火前，嘰嘰喳喳討論著各種話題。當中有有趣的故事，也有無聊的故事，而特別有趣的故事應該可以流傳很久。所以，祖先們開始思考要怎麼做才能說出有趣的故事、聽到好聽的故事。從那時起到現在，這漫長的歲月裡，關於「怎麼創作出許多人喜歡的故事」的研究一直持續著。在這個過程中，也有不少人整理出熱門故事的特點與形式。

　　漸漸地，越來越多人從理論著手去學習有趣的故事有什麼不同、以什麼形式（容器）呈現等等。當中，故事的形式有一部分以「類型」為分類，整理並共享各自的風格與構成原理。因此，名為類型的形式不屬於個人的創作，

誰都沒有類型規則的獨占權。

　　類型的故事公式是公共財，只是該形式中包含的內容不能隨意使用，因為那是編劇的私有財。就像在音樂領域裡，和聲理論雖然是公共財，但每首歌都是有著作權的作品。

（2）作品分析的功能

《【圖解】韓國影劇故事結構聖經》不是類型分析書籍，而是故事的寫作教戰書。各位需要檢證的東西，是不同類型的作品分析與適用於創作的可能性。作品分析當然也很重要，但是無關創作的分析不具任何意義，因為我們的目的不是要成為評論家。身為一個創作者，不能停留在作品分析，而是要將分析應用到創作上。

　　所有故事寫作教戰書的作者，都是用自己的理論分析世界上的電影，但它們都是作者個人的分析，而不是各位的分析。各位已經看過許多位作者的分析，包括這本書，但是看他人作品分析的經驗不能直接連結到創作。因此，你不能只停留在理解故事分析上，必須主動尋找各種作品，並嘗試加以解讀分析，發現其中包含的各種規則。我們要透過這個過程，將 Know-how 內化成自己的經驗，並以此為依據進行創作。

　　至今為止，大家都看了許多寫作書、從中學習，卻仍然無法取得什麼成果，請思考一下原因吧！問題出在哪裡呢？是因為我們把分析的東西直接運用在創作中嗎？不跟創作掛鉤的分析，沒有任何價值。

　　希望各位從現在開始找出本書沒提到的作品，開始進行你自己的分析。只要分析十部自己喜歡的作品，各位就能夠體會到「這就是我的風格！」並以此為基礎去設計故事，構建故事情節，打磨你的文句，然後向前直進。

　　學會類型分析之後，下一個動作就是實際創作。現在，開始寫你的作品吧！

第 9 章
故事的創作

如果這本書是一部電影，那麼，我們剛剛踏進了整個故事結構中的最後一幕，也就是第三幕。故事的第三幕是危機、高潮、結局匯聚之處。請做好準備，因為敵對者將集結起來，發動一場戰鬥。我們大概會面臨一場激烈的戰鬥，但一切還是有希望的。如果我們在這場戰鬥中存活下來，就會迎來快樂的結局。所有的故事，都是主角積極實現自己目標的旅程。在這個過程中，雖然會經歷各種困難與考驗，但主角最終還是能克服。這一章裡，各位身為這本書的主角，即將面臨最大的困難。等待著大家的最主要敵對者，就是下述的問題。

讀完《【圖解】韓國影劇故事結構聖經》後，各位能寫出好作品嗎？

大家在閱讀本書的過程中，唯一需要解決的就是這一題。在本章裡，針對各位心中一直抱持著的苦惱根源（讀完這本書後，我能寫出好作品嗎？），是我們要去解決的最根本問題。敵對者是「我能寫出作品嗎？」，克服則是「這麼做之後就能寫出來了耶！」

現在，讓我們一起來解決煩惱吧？任何人都可以寫故事。小學時代大家都寫過日記對吧？寫作本身並不難。我非常清楚，任何人都可以輕易寫出自己喜歡的作品。這是可以馬上解決的問題。因此，對於「我能寫出作品嗎？」這個提問，答案是「立刻動手開始寫吧！」然而，這只是表層的問題和答案。

我們還有更深一層的困難要面對。真正讓創作者辛苦疲憊的問題，是寫出「別人喜歡」的故事。這才是深層且最根本的難題。讓我們確認剩下的問題，並克服「寫出讓別人也喜歡的作品」這個深層困境吧！

創作的基礎

透過前面八章的學習，無論什麼樣的故事，大家都可以正確分析結構了。藉由這個過程，大家也明白該如何修整自己的故事。恭喜大家。對於那些已經對寫作產生一定程度自信的人，我也要再度向各位提問：

創作中，基本中的最基本是什麼呢？

先暫時放下至今為止學過的所有故事創作理論，來思考創作的本質吧！我們累積這麼多知識，也是為了解決這個問題。身為本書的作者，我為了讓既是讀者也是未來創作者的各位在寫作時能稍微輕鬆一些，已傾盡全力分享我所有的知識，用我自己的敘事方式，密密麻麻地建構起這本書，依序一點一滴分享給各位。如果各位有認真讀，我相信大家會同意我這麼說。但是，現在大家內心潛藏的不安，會開始挑動各位的神經，刺痛大家的心。

「我已經把整本書都讀完了，如果還是沒有改變的話，怎麼辦？」

這裡我要說件不一樣的事，大家也應該抱持跟過去不同的態度、想法或心態。無數以成為編劇為夢想的人，閱讀許多關於故事的書，到處拜師學寫作，聽編劇同行與業界人士經驗分享，然後以他們在此過程中領悟到的知識

為跳板，開始寫起畢生心血的故事，最後再以這個作品來獲得世人的評價。

故事創作的世界是別人無法幫你解決的領域。理論的學習雖然可以有其他人提供協助，但故事創作的工作終究還是要由創作者獨自完成。所以從現在開始，我不是創作的前輩或老師，而是以夥伴、盟友的立場出發，與各位一起開拓名為「創作」的艱難世界。請各位也要明確地認定自己的編劇身份，因為這是創作者必須獨自踏上的路途。當然，我就在各位的身後。

還有一件事，理論之路與創作之路是不同的道路。你應該放下創作理論的知識，傾聽自己的內心世界。創作完成之後，再去評量各種意見與理論的標準即可。請各位相信自己，然後，開始動手寫作吧！

（1）寫作

各位現在正在寫些什麼呢？

日記、報告、電視劇劇本，還是電影劇本？

各位是使用什麼工具來寫？

鉛筆、原子筆、平板電腦、筆記型電腦？

你都在什麼時候寫呢？

上課前、後，還是睡覺前、後？還是只要有空就會寫？

一直寫到什麼時候？

暑假或寒假？一個月或者一年？沒有任何期限嗎？

你的回答不管是什麼都很好。不管各位要寫什麼，都值得被期待。對創作者來說，沒有什麼比寫東西更能帶來幸福感。如果能再配上一杯喜歡的咖啡，那就真的是錦上添花。即使不是多了不起的作品，如果對寫作這一行為沒有感情，就很難以創作者的身份生存下去。但是呢，對於編劇來說，寫日記與隨筆都不是在創作。編劇這種人，寫的不是日記也不是塗鴉，而是有生產力的文字。因此，我們在此只討論有創意的文字、全新原創的故事。

我什麼時候才能寫出有創意、優秀的作品？

在字典中搜尋「寫」這個字，出現的解釋是：「在紙張或類似的媒介上，將腦海中的想法用文字表達」。為了解答前面的問題，我們要來探討「寫」這個字的意思與本質。「寫」是將「腦海中的想法」用「文字」表現出來的行為。你必須先整理腦海中的想法，再用文字表達出來，才能完成「寫」這個動作。如果腦子裡沒有任何想法，當然就很難寫出來。所以，請各位要先整理好腦袋中的想法，這樣才能寫出你想要的文字。唯有整理出有創意的想法，才能寫出有創意的稿子；唯有整理出全新原創的想法，才能寫出全新原創的作品。

我要確認一下各位的想法整理到什麼程度，並告訴各位必須整理到什麼程度才能寫出自己想要的文字。

各位通常是在哪裡寫作？一天會寫多少份量？

在圖書館，在咖啡廳，在有椅子與桌子的無數場所。我們甚至會看到有人坐在街邊、用筆記型電腦在認真寫東西的人。

當中有多少人是作家呢？

這個問題不是在問數量，而是問他們在寫的東西是什麼性質。

所有在用筆記型電腦打字的人，都是在創作嗎？

不是的，有很多人是在寫報告，比如寫報告作業的學生，也有正在簽房地產合約的人。前面說過，唯有有創意的想法才能寫出有創意的文字，也唯有腦袋裡有全新原創的想法才能寫出全新原創的文字。因此，在用筆記型電腦工作的人當中，我們要先區分有新想法的人 vs. 沒有新想法的人；前者產出

創造性文字，所以是「創作」，而後者產出非創造性文字，應該被歸類為「敘述」。這不是在做修辭學解釋或是邏輯證明，所以如果你是直接把腦袋裡想到的事實寫下，它就會是「敘述」；如果你是在創造原來不存在的敘事，那就是「創作」。

雖然聽起來很弔詭，但創作就是寫出「目前編劇腦袋裡沒有的東西」。腦袋裡沒有的東西，只能藉由想像來創造，而且只有當想像占據了你的腦袋，它才能轉化為文字釋出。所以，創作真的很困難，因為我們要創造出本來沒有的東西。請各位想像一下，我們該如何構思出腦袋裡原本沒有的東西。

（2）寫字 vs. 打字

就像我們必須把「創作」與「敘述」分開一樣，「寫字」和「打字」也必須加以區分，以正確釐清每一個概念。

我所謂的「打字」是「按照順序寫出來」，不論你是用打字機或筆電，是用手指敲打鍵盤的書寫行為，既沒有先整理思緒，對如何收尾也還沒有想法。

反之，創作是「整理好之後才開始寫作」，先想好所有的故事情節，再開始動手寫下來——也就是說，要先完成「設計草圖」，再把詳細內容寫下，連稿子最後一句都是先想好的。

從第一句開始寫、從第一場戲開始打字，這是二十世紀的風格。最近的創作方式是先把所有想法完美地組織好，再盡可能有效率地寫出來。很多人以為打開筆電後立刻開始打字，就叫做創作……身為創作者，應該明白「沒有整理思緒的打字」與「有整理想法的創作」是兩回事。

具有創造性的寫作如下：

① 有自覺自己想要寫什麼。
② 決定故事概念的題材。
③ 構思整體設計草圖。

④ 反覆檢查情節的前後關係。

⑤ 開始打字。

⑥ 修訂原稿。

各位看到了嗎？打字是六個步驟中的第五個步驟。在各位的寫作過程中，在你開始打字之前，請務必確認是否已先經過第一至第四步驟。如果沒有，這就不是創意性寫作的流程，有很大機率只是在進行單純敘述而已。請各位確認自己是不是在「寫新的東西」，不要再只是「單純在打字」！

經常「只是在打字」的人會有以下的經驗：

① 不知道什麼時候能完成作品。

② 不知道自己現在寫的部分，是整體故事中的哪個部分。

③ 好像哪裡有問題，但是不知道確切的理由。

④ 遇到瓶頸，已經停筆一個多月。

⑤ 這樣停滯不前的故事還有好幾篇。

⑥ 感覺自己沒有創作的才能，為此鬱鬱寡歡。

反覆經歷這樣的過程，會讓人自信心逐漸下降。但這不是創作者的錯，不是因為創作者缺乏才能，而是寫作出現問題而已。錯誤的寫作方式才是罪魁禍首！但是，各位是不是會認為這是自己的問題，於是就一直重複使用錯誤的創作方式呢？如果你現在正在「努力打字」，請先停下來。沒有人能在這種狀況下一天之內就寫出超過十頁的文字，因為通常一、兩頁後就不會再有進展，各位也會因此覺得心累。現在你已經知道原因何在，就可以找到解決方法。從今以後，請各位不要再「打字」了。那不是「創作」。

（3）題材

「寫作」這個行為，是想出我的腦袋裡本來沒有的東西，創造出新的事物，

再將這些東西匯聚、整理起來，之後再進行打字。那麼為了「寫」出新的東西，我們應該先做什麼呢？

　　從現在開始，請把各位的題材給我看看。

　　嗯……

　　請各位談一談自己的新想法。

　　嗯……

　　快點！

　　……

　　這就是問題所在。我們很難把自己想法的根據／想運用的材料／故事創作的雛形正確表達出來。這就是根本問題！

　　— 最近我看到一則新聞，我想寫寫看那個事件……

　　— 某個社區裡有一個小孩子，那孩子的家庭關係……

　　— 歷史上有過這樣的事件，我調查過它的資料……

　　— 我認識的某人經歷過這樣的事，所以我把那件事……

　　各位的題材資料夾裡，大概都會有幾個類似這樣的材料。奇怪的是，當你真要把它們拿來用，卻不太容易開展成故事。這是為什麼？

　　這些題材是狀態、情況，還是動作？

　　必須用「行動」表現出來，才能稱之為「故事」。各位的創作過程不順、寫作不上手也是基於這個原因，因為狀態與情況不是故事情節。所以，你現在手邊的題材裡，有可以用行動來表達的嗎？

　　請各位想想：有個人經歷了某件事，這算是一個題材嗎？各位可以反問自己有沒有聽過有人把「經歷」稱為「行動」的。這個人做出什麼行動了嗎？

還是他單純經歷了什麼事？「經歷」難道不是「對某人的行動做出反應」（被動）嗎？如果那真的是一種行動，為什麼各位到現在都沒辦法把它寫成故事呢？

下面要來溫習一下前面提過的理論。就像學習數學公式時，我們不可能馬上就能利用公式解決所有數學題一樣，各位即使學了故事理論，也不可能馬上解決所有劇本相關的問題。你必須掌握至今為止學到的所有知識，再一點一點地去解決實務上遇到的問題。

讓我們一起來整理一下：開展一個故事時，你會需要什麼？雖然有很多元素，但最重要的就是主角。接下來呢？一般的主角都有串連整個故事的計畫，因此我們必須創造出那個計畫。主角的計畫要靠什麼東西來實現？主角為了達成目標而行動，只有行動才能讓主角成為真正的主角。所謂故事，就是經過創造主角、制定主角的計畫、訂定其行動計畫這一整個過程，才得以完成，而編劇是操縱整個過程的人。

所以，以後你該怎麼組織你的題材才對？先設定主角，制定主角的計畫，接著再讓主角實現那個計畫。

> 某個主角要去做某件事。在這個過程中，雖然出現這樣的困難，但是主角最終仍克服了困難，並且實現了計畫。

這就是題材，是新想法的根據，是你應該寫的故事材料，也是你要講述的那個故事的「雛型」。

> ──最近我看到一則新聞，我想寫寫看那個事件……

最近發生一個新聞事件，是關於某個特定的社會狀況。如果你可以用下面的方式來表現，應該會很有趣：一群大學生遭遇了跟新聞裡一樣的情況，覺得很委屈，所以自己擬定一套計畫來應對。過程中，雖然出現這樣、那樣的困難，但大學生克服了這些困難，最後成功實現了他的計畫。

— 某個社區裡有一個小孩子，那孩子的家庭關係……

這孩子有個夢想，但夢想是一種狀態，不是行動，所以他想用某種計畫與行動來實現自己的夢想。這個計畫雖然出現諸多困難，但這孩子用了各種方法來解決，最終實現了他的計畫。

— 歷史上有過這樣的事件，我調查過它的資料……

官方史料《朝鮮王朝實錄》裡記載了這樣的事件，我在想，那個時期有位王子制定了這樣的計畫，然後當他按部就班執行計畫時，敵對者出現了。其實，王子是這樣、那樣的人，他用這種方式解決了那些困難，最終獲得成功。

— 我認識的某人經歷過這樣的事，所以我把那件事……

平凡的上班族經歷這樣的事之後，非常憤怒，認為自己應該顛覆這個骯髒的世界。他訂出這樣的計畫並且付諸實踐，雖然過程中存在一些困難，但是主角沒有屈服，而是修正自己的計畫，並在採取行動後最終實現了計畫。

各位覺得怎麼樣？

請用這種方式將你的題材寫下來。設定主角後，說明那個人要怎麼用行動實踐自己的計畫。如果你的說明裡出現了狀態、情況，必須將它轉換成行動。如果故事中沒有主角的計畫，那麼相對地，請提出編劇的計畫。請務必清楚、準確地說明：「劇中主角做出這樣的反應，其實是因為我想傳達這樣的故事而採用這種形式」。

接下來我們要討論，該如何向他人說明自己的題材。和題材相關的問題，還沒有完全解決。對我們來說，仍然存在著有如巨石般龐大的困難。從現在開始，我們要進入「如何解決這個困難」的階段。

如果你想成為專業編劇、以寫作為生，更應該比任何人都深入思考下面這個問題：

你覺得這種故事怎麼樣呢？

這是我們經常詢問、經常聽見的一句話。前面討論創作方法時，提到了表層的難題與深層的難題。如果說整理題材、對他人陳述的過程，是屬於表層的困難，那麼深層難題可以說是：「別人真的會喜歡我的點子嗎？」當你問對方：「你覺得這種故事怎麼樣？」時，必須得到「是的，我也喜歡」的回覆，故事才能夠發表於世。編劇追求的創作不是寫出自己滿意的稿子，而必須是「不只是我，別人也要喜歡的創作」。

你已經知道該如何表達、陳述你的題材了，現在該了解一下要如何創造出別人也會喜歡的題材。

（4）有機體 vs 組裝品

請想想那些曾經從你的腦袋裡冒出來的奇思妙想，以及電腦資料夾裡無數的劇本摘要。那些讓各位遭遇挫折的題材，其實包含了幾個特徵。

讓各位覺得困難的地方是哪裡？

應該是故事情節的中段吧。剛開始，大家都覺得自己的題材非常有趣，馬上開始下筆。創作的時候，你也感到很幸福，只是這份幸福感沒有持續太久。

危機會在什麼時候降臨？

開始寫作的幾天後，當你寫滿大約十頁左右，就會突然覺得創作並不幸

福了。不知何時開始,你突然遇到瓶頸,即使絞盡腦汁或暫時去做其他事,希望梳理一下思緒,但停滯的故事怎樣都看不到解決的跡象。這種狀態過了一個月左右之後,大多數人會這樣說:「哎呀,我最多只能到這裡了。」然後就放棄它。掙扎一、兩個月左右,你再次打開檔案,還是沒有任何頭緒,也不會有任何進展。

這是編劇的問題嗎?是因為編劇缺乏才能嗎?

絕對不是如此,請各位不要自責。原因不在於編劇,而是出在題材上。準確來說,問題在於「沒有結尾的題材」。題材也是需要結尾的。為了寫出有結局的故事,我們有必要來釐清題材的概念。

題材是有機生物體?還是組裝品?

故事具有生命力。各位只要寫過故事,就會知道。在修改第一幕的瞬間,我們會自動意識到第二幕與第三幕也必須修改。這就是第一幕、第二幕與第三幕彼此連結的證據。如果故事只是個組裝品,那不論我們如何修改第一幕,第二幕與第三幕都不會改變,因為它只有外在的連結。

生命體會以完整的面貌誕生在世界上。各位編劇應該讓題材誕生、使其成長,等它長成之後再讓它問世。不要挑選可以組裝的題材,而應該去選擇可以誕生的題材。那些現在還沉睡於筆電資料夾裡的題材,是無法誕生於世的題材。可以出生的題材,能夠成長的題材,擁有「走向世界的力量」的題材,能夠完結的題材——挑選的標準是什麼呢?我找到的答案,就是「有結尾的題材」。有結尾的題材,才是能跑完全程的題材。

各位的題材裡,有明確的結尾場景嗎?

讓我舉個例子。

有個生活困苦的男人，由於做任何事都不順利，最終決定自殺了結——結果連自殺都是件困難的事。他將脖子掛到繩圈中間，讓身體往上吊起來，繩子卻斷了，男人活了下來。他從高樓大廈跳下來，卻因為掛在商店的遮陽棚上而沒死成。他把浴缸接滿水後通了電流，卻因為斷電而留下一命……幾番思索後，他僱了殺手來殺死自己。

跟殺手見面時，殺手問他：「我要怎麼殺你呢？」

男人回答：「給我一個痛快，不要讓我感覺到痛苦」。

兩人經過討論，訂下詳細的方法與日期。

一段時間後的某天，殺手對男人說：「接下來我們不會再碰面了。就算你改變心意，也不能取消合約。所以你再最後仔細考慮一下。真的不會後悔嗎？兩個月後，我真的照計畫執行就可以嗎？」

男人思考了許久，最後表示自己的想法很堅定。

簽下死亡契約後，男人就只是等待著死亡的日子來臨，結果卻偶然遇見一個命中注定的女人。他在與她墜入愛河的同時，重新燃起活下去的慾望，一定要活下去的想法油然而生，但是跟殺手約定的時間越來越近了……

各位會想用上面這個題材來寫故事嗎？

如果各位對這個題材有興趣，請回答以下問題：

— 你需要多少時間來完成這個劇本？
— 這個故事適合拍成電視劇，還是電影？

還有下面更進一步的問題：

— 這個故事能成長到什麼程度？
— 這個題材該怎麼收尾？
— 故事的結局應該是什麼樣子？

— 你有想到結局的場景嗎？

如果你不知道怎麼回答，那你該放棄這個題材。因為，當你有想到結尾再來寫，這樣才會有好的成果，不是嗎？問題就出在這裡。對你而言，這個題材有結構上的問題。

每當你對題材有想不通的地方，就試著運用故事理論章節裡的知識來解決。以下是我們在前面已經看過許多次的圖。

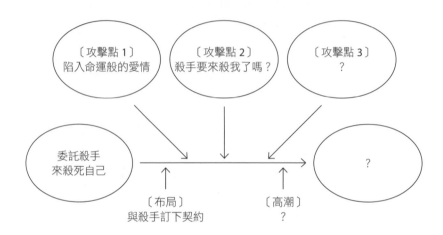

我們馬上就能寫出左半邊的圓圈與中間點。可是，右邊剩下的那兩個圓圈該怎麼寫？

理論上，第四個圓圈——也就是攻擊點3——裡，安排讓主角深愛的女人陷入危險的機率很大。在高潮中，主角與殺手將展開對峙，而且應該要有場景連結到主角之前與殺手約定的殺害方式。到了結尾，主角將會制服殺手，並迎向幸福的結局。

這裡雖然完成了一定程度的結構，但我們還是有種不對勁的感覺。為什麼呢？因為當中還有我們不清楚的細節。

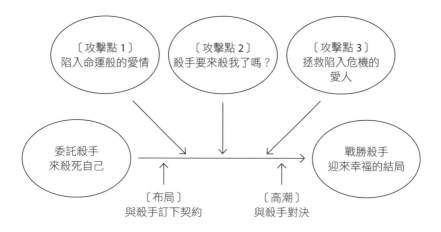

① 我們目前還不知道殺手決定要怎麼殺死主角。

② 我們目前還不知道男主角與男主角所愛的女人是如何墜入愛河。

③ 我們目前還不知道主角準備怎麼保護自己與戀人：在殺手到來之前的那段時間內，他準備怎麼應對殺手。

這幾個原因，會讓我們很難創作下去。資訊不足會阻礙整個故事的完成。這些訊息必須經過整理、釐清，讓整個過程清晰、明白，也決定好結尾的場景，故事才能夠完成。當故事有結尾、邁向結尾的所有過程都足夠明確時，劇本就能夠完成。雖然有過程但沒有結尾，或是只有結尾而沒有過程——這種劇本將會無法完成。能夠完成的，只有過程與結尾兼具的劇本。

到現在為止，各位都寫了什麼樣的作品？那些題材裡有完整的過程與結尾嗎？

可以運用、可以寫到最後的題材要具備哪些條件，就討論到這裡，要點整理如下：

① 「寫作」這個行為，是指想出一個我的腦袋裡原本沒有的東西，

然後將它整理好、寫出來。

② 你要會分辨：事先整理好才動筆的「寫作」vs.毫無想法就開始的「打字」。

③ 題材應該針對主角、主角的目的、主角的計畫、敵對者等四個要素進行說明。

④ 題材就像有機生命體一樣，渺小而健全地誕生，因此也要完整地成長。

⑤ 題材要想順利成長，必須有結尾。沒有結尾的題材，不算真正的題材，只是單純的想法而已，無法被完成。

⑥ 當過程足夠清晰、結尾場景足夠明確時，就該正式開始寫作。

⑦ 如果是要發表的作品，在正式寫作之前，應該先確保其他人也給予肯定的回饋。

在正式開始寫作之前，我們分析了事前需要確認的重點。現在開始，我會詳盡地為大家指出創作實務世界的要素，它們看起來很像跟前半部學過的理論世界相同，事實上是完全不同的。

主角

（1）有主導權嗎？還是被動的一方呢？

題材的事前確認結束之後，我要來討論一下，當我們正式開始寫作時，需要考慮的事項。某種程度上，劇情在以題材的形態被構建起來的瞬間，行動與計畫也必須同時一併考慮進去。行動就是「主角」，計畫則是「情節」。主角的行動會讓故事開始、結束，主角的計畫會成為故事的過程（情節）。行動與計畫是完成故事的命運共同體，兩者不能各自獨立生存。事前確認題材時，要確認其內容是否包含了開始與結尾。主角的部分也有像題材一樣需要提前確認的事項，那就是主角的行動與反應。

現在各位正在創作的主角，是主導故事的一方？還是被動的一方呢？

就像題材裡要有結尾一樣，主角必須去主導事件。主導事件代表主角有其計畫，因此才需要去主導它。在「僱用殺手的男人」這個故事中，主角是誰呢？雖然大部分的人都會說主角是僱用殺手的男人，但你可以換個角度來

思考：男人與殺手之間，是誰有計畫在身？

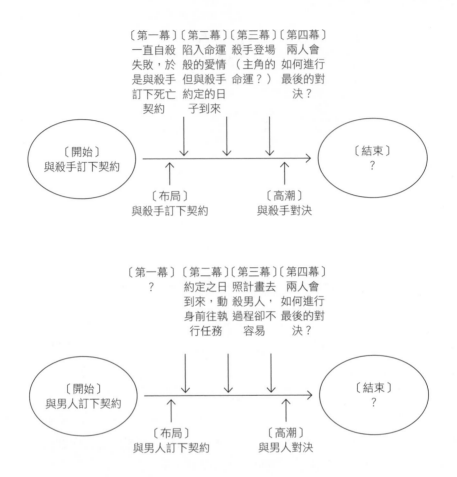

　　上圖是男人的立場，下圖則是殺手的視角。直到男人要求殺手殺死自己為止，男人還算有計畫在身，所以才會去聘請殺手。但在那之後，他有什麼樣的計畫嗎？目前的狀況下，沒有。而如果沒有計畫，男人就不能稱為主角。因為這個原因，劇情在中後段變得鬆散。讓我們也看一下殺手這邊吧？殺手沒有等到中間點時才出現，而是在登場後就開始負責推進劇情。根據殺手與主角簽訂的契約，他需要為了殺死男人而行動。換句話說，中後段存在著殺

手的計畫。因此，故事中後段的主角不是男人，而是那名殺手。

　　各位同意這個解釋嗎？這個故事中，沒有明確的主角。殺手與男人，誰都不是完美的主角。男人在第一幕之後就沒有任何計畫，殺手則要到中段以後才有計畫。如果一定要把其中一人定位為主角的話，應該選擇誰？故事是以男人的計畫開始的，所以男人會比殺手更合適。只是我們必須為男人建立第一幕以後的計畫，因為只有這樣才能讓劇情活過來。

讓男人去無人島打造一座堡壘，怎麼樣？他可以在那裡等殺手到來，然後兩人展開決鬥？

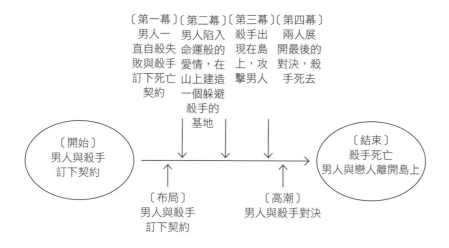

　　情節大概會是這樣走。為了讓第三、第四幕銜接得更流暢，我們必須回頭修改第一幕裡的台詞。在男人與殺手簽下契約之前，男人會這樣說：

男人：要是你沒有成功把我殺死，到時候怎麼辦？這種事也是有可
　　　能的吧？
殺手：（輕笑）目前為止沒有我辦不到的任務。如果真的發生這種事，
　　　我可以給你一百億韓元，因為這種事絕對不會發生。

如果男人沒有在約定的時間被殺死，殺手反而必須給予男人報酬。至此，故事有了一個圓滿的結局。儘管如此，這個題材不算個好故事，主角與主角的計畫也不明確。當你仔細想過故事的結尾，想過主角的計畫，想過阻擋主角的敵對者，你會做出這個結論。如果要問原因，那是因為主角的計畫沒有貫穿整個故事。

沒有那種主角是被動捲入事件的電影嗎？
不，其實出乎意料地有非常多這樣的電影。它們又是用怎樣的計畫支撐著？

（2）這是主角的計畫嗎？還是編劇的計畫？

一般而言，主角的計畫會支配整個敘事，但偶爾也有不是以主角的計畫為主軸，而是以創作者的計畫來支配故事的敘事方式。這種情況大部分會出現在驚悚片、時代劇、災難片。讓我們再來看一下《殺人回憶》的整體敘事。

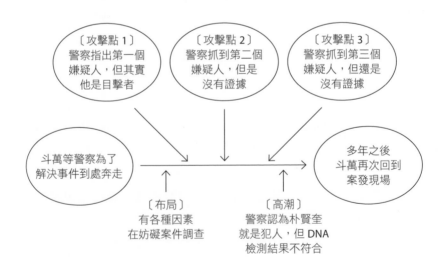

即使主角沒有計畫，大家也對這部電影好評不斷，這是因為它有編劇想要傳達的訊息。換句話說，如果某天你想到一個題材，但主角本身沒有明確的行動——不是不行，只要編劇有他真正想要說的故事。《殺人回憶》就不是由主角來主導的故事，當中也沒有正確的敵對者。用一句話來說，就是無法這樣設計劇本。這種情況下，需要一種獨特的設計，要把故事顛倒過來想：由編劇想說的故事來構成，而不是主角想說的故事。我們可以用下面這樣的思路來思考：

我身為編劇，想透過連續殺人案件告訴大家一九八〇年代的社會環境有多惡劣，所以決定要講一個讓嫌疑人一個一個照順序出現，而且由於缺乏證據與數據導致警察始終無法抓住犯人的故事。在這樣的結構裡，最後的嫌疑人應該就是真凶，卻還是因為沒有證據而沒辦法抓到犯人——這部片就是這樣架構起來的。透過這個過程，我想展現一九八〇年代韓國的無能，沒辦法保護好平民受害者。真凶是一九八〇年代的韓國，連犯案現場都保存不好，連基因檢測都沒有能力做。

我上面的說明，不代表《殺人回憶》真的是依照這個邏輯構成的。然而，如果各位現在在準備的作品並非主角主動出擊的故事，那麼編劇的設計是不可或缺的，也就是所謂的「深層敘事」。

驚悚片《哭聲》也是如此。主角不是全鍾久，而是惡魔（外地人）才對，因為在整部電影中，我們看不到全鍾久的計畫，所以不能用一般的方法來設計。主角不是全鍾久，所以以惡魔為中心來事先計畫。在大家的眼裡，會覺得那好像不是屬於主角的計畫，恰恰說明了這是編劇的計畫。編劇沒有透過看似主角的全鍾久，而是利用身為敵對者的惡魔來說出自己想說的故事。

這世上的故事有兩種。有要透過主角的計畫來解決事件的故事，也有透過敵對者的計畫來解決事件的故事。藉由主角來講述的故事，只需要將主角的計畫布局在整個故事裡即可；依照類型來看的話，那會是動作電影。反之，

也有利用敵對者的計畫來推進劇情的故事，而敵對者的計畫就是編劇的計畫。這種情況下，編劇的深層敘事是必要的。

除了動作片以外，大部分類型都適用於此。從主角在平凡的日常生活中發生事件、開始推動劇情的人性劇情片，到驚悚片、恐怖片、災難片都一樣，不管是什麼類型，編劇都必須有明確的計畫。

往後各位在著手創作之前，必須先確認自己想寫的，是由主角來主導的故事，還是主角被捲入事件的故事。接著你要決定類型，並根據類型的公式來構思故事。即使當下覺得很困難，只要你完成本書接下來的創作練習，就一定可以達成目標。

劇本的價值

在正式開始創作之前，我們來研究一下必須先想清楚的事。透過前面幾章那些釐清思路的過程，我們可以整理出以下重點：

① 創作故事的時候，要用有結尾的題材。
② 主角的計畫必須能夠支配整個故事。
③ 如果沒有主角的計畫，就要有編劇的計畫。

各位是不是在想，創作之前竟然有這麼多需要確認的東西，然後大嘆了一口氣？還是說各位覺得，終於知道為什麼這段時間以來寫得這麼辛苦了，然後露出了微笑？現在，我們要進入釐清思緒的最後一個階段了。這部分只適用於職業編劇。如果是業餘愛好者，沒必要強求作品得到什麼結果，因為即使這次的作品沒寫好，生活也不會立刻受到衝擊。

一般的電影與電視劇劇本，從概念發想到在電影院上映或在電視上播放，需要兩年這麼長的時間。所以在創作之前，要先計算自己創作的作品會在什麼時候出現結果。人生中，兩年是非常漫長且珍貴的時光。雖然很殘酷，但是編劇投入兩年（或比兩年更長）的時間來完成珍貴的文稿，其中大約有八

成左右得不到社會的回應，只有兩成左右的作品得以與世人交流。

（1）我的作品要往哪裡前進？

首先，確定作品的終點。

創作之前，請各位先釐清自己的作品會在什麼地方、以何種形式被人看見、什麼時候完成等問題。它是電影劇本、電視劇劇本，又或者是有其他特定用途，都需要釐清。終點在哪裡，就設定為編劇想抵達的地方即可。根據終點的設定，也會決定文本的份量。

劉英雅編劇創作了電影《七號房的禮物》與電視劇《男朋友》。如果是能夠同時創作電影與電視劇的編劇，從想到題材的瞬間開始，就會決定它是電視劇或是電影。請各位想想，現在各位腦海中浮現的題材是適合電影，還是適合電視劇。創作之前，你立下的目標必須夠明確。

下面是各位絕對不能走的路。

這個劇本已經寫了一年又六個月。製作公司與投資方的反應也不太好。但是我很想訴告訴大家這個故事，所以我正在掙扎中，因為最近給別人看劇本時，有人提議要不要把它改成電視劇劇本……真的很讓人苦惱，到底我要繼續創作電影劇本，還是要改成電視劇劇本？

這是最糟糕的情況。為什麼？因為這不是你最初的計畫啊！就像主角必須做出貫穿整個故事、有一貫性的行動一樣，編劇也必須有一貫的計畫。如果最初的目標是電影劇本，就要以電影劇本結束；如果當初是決定寫電視劇劇本，就以電視劇劇本結束。只要改變計畫，就能取得更好的結果，那該有多好……當然也會有例外的情況，但期待例外並不是計畫。因為機運而獲得好結果，這種事叫做「偶然」。

第二，請確認故事類型。

以你開始創作的時期為基準，當時很少看到的類型，失敗率會比較高。舉例來說，如果最近韓國電影中看不到愛情片，我們有必要去了解緣由。然而，這不表示我們要避開愛情片不碰，只是你要有明確的理由去選擇愛情題材。寫作是需要投入長時間的工作，因此任何決定都必須慎重以對。如果一定要寫愛情劇本，比起當下的電影產業，選擇經常製作愛情類型的電視劇，更能提高成功率。選擇符合時代的類型與媒體，也是成功的要領。

第三，請考慮故事份量。

一般電影劇本的份量會以兩小時為基準，大約是九十頁左右。相反地，電視劇一集的劇本會以七十分鐘為基準，一般而言是三十五頁。如果要進行編輯，至少會需要四集的劇本（以共十六集為基準），所以要寫一百四十頁左右。當然，還需要有整部作品的摘要大綱。

像這樣，我們有必要考慮作品的份量，也要考慮電影劇本與電視劇間的相互關係。不過，就算增加電影劇本的份量，也不能直接成為電視劇劇本。同樣地，減少電視劇劇本的份量，也不能直接成為電影劇本。請以故事的規模大小與深度來衡量，並考慮作品播出的媒體給予正確的形式與份量，並根據這些重點來設計劇情。

第四，請確定自己的風格。

編劇以獨特的視角來看世界，用自己的視角來解釋世界並進行創作，其個人風格當然會比一般人來得更強烈。雖然你需要考慮要寫什麼樣的作品，但是也要考慮自己的風格，也就是知道自己的優缺點。如果比較擅長設計台詞與畫面指示，電視劇會更適合你；如果你比較擅長設計情節，就會比較適

合電影。當然這並非絕對的指標，而是一般的標準，最終判斷的人應該仍是自己，但是你必須有所依據。觀察自己現在正在關注什麼，也是眾多方法之一。

（2）我的作品會成功嗎？

究竟誰能知道這一點呢？如果委託專業的公司來進行評估調查，準確度高，方法也很科學，只是需要花時間與金錢，而且其實有更簡單的方法。

有時候朋友會問我最近在寫什麼作品，如果他的職業與影視圈完全沒有關係（這樣更不會有瓢竊創意的疑慮），我會為了偷偷測試反應，告訴對方我正在創作這樣或那樣的故事。這時，你必須好好看著朋友的眼睛。九成以上的人都會說「還不錯」，但是他們稱讚「還不錯」的題材現在在哪裡呢？大部分的人都在用其他題材。這是為什麼？不管怎麼思考，應該還是題材的問題，寫得不好。

但是為什麼大家會跟你說「還不錯」呢？各位如果換位思考，馬上就能找到答案。我們國家的人，沒辦法冷靜客觀評論。西方世界裡，「好」的反義詞是「壞」，但是在韓國，「好」的反義詞是「還不錯」、「不差」，因為大家的內心都很脆弱，不能直接說「不好」。所以當你請人看看故事的時候，不應該聽到「還不錯」、「不差」，必須是「很棒」的評價才行。只有得到「很棒」的作品，才能取得好的成果。倘若你是聽到「還不錯」、「不差」的評價，這作品一般都會繼續擱在編劇家裡。

分析他人的反應真的很重要。編劇平均八成以上都是過著被拒絕的生活。也就是說，寫出一百篇作品的話，會有八十篇被拒絕。要創作出這樣萬中挑一的好作品，並不容易。到目前為止，在正式創作之前，你已經明白這些需要確認的事項。多虧於此，你知道了創作之前必須確認的細節。接下來，要正式開始創作了。

第 10 章
創作的順序

《【圖解】韓國影劇故事結構聖經》是以「吳基桓公式」為基礎，所以創作的程序也會依據這個公式的架構來進行說明。

　　創作過程不是單向的，而是雙向的。雖然我們必須直線前進，但有時候前、後關係會有變化，左右交叉的情況也不少。在寫作過程中，九成的時間伴隨著痛苦。

　　本章節將說明基本的寫作順序，下一章再補充說明各種類型故事的寫作細節。本書的目標是幫助你「完成故事」。為了達成這個目標，我會反覆說明多種創作的順序與方法。

01

主角的公式

故事的開始，永遠都是「主角要做什麼？」如果我寫出來的故事不能表現「主角正在做什麼事情」，而是表現出「主角正處於什麼狀態」，這個故事就沒辦法順利進行。

「主角拯救地球」，這算是一個故事嗎？

這不是一個故事，因為當中沒有任何動作。各位可能會想問：裡面不是有「拯救」這個動作嗎？當然，「拯救」這個詞是動詞，但是主角要如何拯救地球呢？大家想得出來主角拯救地球的模樣嗎？現在你腦海中浮現的畫面，就是你以後應該寫下的文字。如果你現在想不到任何畫面，表示你沒有內容可寫。所以，這是一個未完成、不完整的句子。

— 主角炸毀接近地球的隕石，拯救了地球。

— 主角滲入意圖發射導彈的惡黨在紐約的大本營，事先引爆導彈，
拯救了地球。

　　這樣的動作描寫方式，才是能夠支配兩小時電影或十六集電視劇的句子。
這是故事的基本。到現在為止，大家並不是因為缺乏才能，所以才在寫作上
遇到困境。各位的問題是出在寫作方式：將不是故事的東西，誤以為是故事。
如果不想重蹈覆徹，請修改你的表達方式，直到腦袋裡浮現明確、清晰的動
作。請用主角的動作，而不是主角的狀態，來打好故事情節的基礎。

　　為了更方便說明創作的順序，我設定了一個虛構的故事，內容是主角必
須取得聖母峰山頂上的鑽石、將它帶到寶石展覽場的故事；重點是平地上的
主角，將必須上、下聖母峰山頂的動線。這只是為了幫助各位理解而使用的
故事，所以不用考慮它是否值得開發，只要畫出主角的動線就好。

　　這就是主角的公式，接下來每個階段我都會用這個故事為例，以便各位
了解創作順序。

價值的設定

　　只有專業編劇需要設定故事的價值，因為這關乎衡量作品的社會價值。倘若是商業電影的劇本，會關係到主要電影投資方的投資金額、規模較大的電影公司製作的可能性，以及知名演員出演的可能性。假如是藝術電影的劇本，會關係到投資方確保預算的可能性、影像委員會[26]贊助拍攝可能性、攝製可能性、選角可能性、影展獲獎可能性等等。

　　花兩年時間撰寫、修改才完成的劇本，假如還被評價為沒有任何價值，這兩年的光陰就等同白費了。電視劇也一樣。如果你是職業編劇，一定要事先確認我創造的主角行動是否值得我投入兩年的時間。

---

26 韓國民間為了促進影視業界的發展，分別在首爾、釜山、濟州等 14 處設有影像委員會，一邊推動地區性的影像文化產業。

布局與高潮

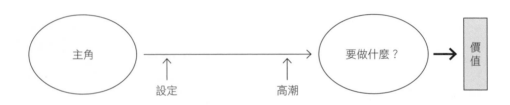

主角　→　要做什麼？　→　價值

設定　　高潮

當你都已經確認過故事中的主角屬性與作品的價值，那麼，是時候在故事的高速公路上設立收費站了。

我們應該思考，要在「布局」與「高潮」以何種形式進入故事主線、在什麼情況下脫離。從電影架構來看，它們會落在第一幕與第三幕的中間；如果是十六集的電視劇，則會落在第二集與第三集之間，以及第十四集與第十五集之間。

另外，形式上的位置固然重要，但這時候我們也必須決定故事的類型了。

如果你想將這個鑽石故事寫成動作片，「布局」與「高潮」可以像下頁這樣安排。

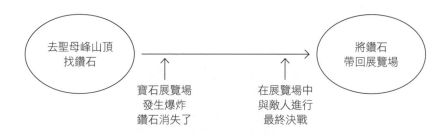

在「布局」與「高潮」中安排槍戰，以動作片類型構成故事。如果你還想跨愛情類型，可以在「布局」裡安排主角和戀人相遇、在「高潮」中讓他們分手，後面再加入重逢、擁抱、接吻的場景即可。

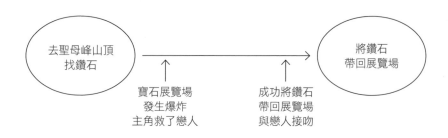

「布局」與「高潮」，必須根據所屬類型來進行場景設計。隨著「布局」與「高潮」形式的確立，與它們一起構成「情節三角」的敵對者形式也會跟著變化。

故事是一種生命體，只要有一個地方改變，整個故事就會隨之修改。因此，動作題材的攻擊點形式跟愛情題材的攻擊點樣貌應該有所不同。我希望各位在反覆確認「布局」和「高潮」之間的關係後，再選擇符合自己故事的類型。

04

主要敵對者
的設定

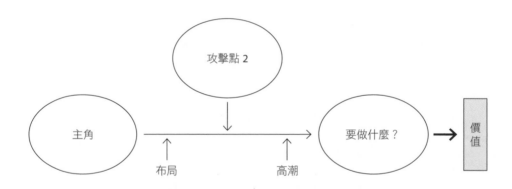

完成劇情的基本設定後，情節將隨著主角與敵對者的激烈衝突而展開，所以我們必須盡快讓敵對者投入故事裡。在這個過程中，最重要的是什麼事物或什麼人能最大限度地妨礙主角的行動，因為最強大的那個敵對者會決定故事的規模大小。就好比，若想搭起大帳篷，就需要粗大的支柱，是相同的道理。故事的起頭是從主角開始，但故事的規模大小取決於敵對者的設定。敵對者設定，也是你確認主角格局的機會。

換句話說，如果你遲遲不能定下最強大的敵對者，這意味著你的主角行動不夠明確。也就是說，這個主角很弱小。如果主角的目標與動線明確，敵

對者就能立刻找到自己的位置。當你想不出敵對者的形象和位置，那是主角有問題的信號。請回到第一步，修正主角的行動路線之後再回來。

寫作的過程不是單向的車道，而是雙向的，有時也會有交叉。創作過程中如果產生問題，就要回到前面進行修改，然後再次重新前進。如果你無視問題而執意前進，一定會付出代價。故事情節的設計與建築工程很類似，當你的地基沒打好，一切會在瞬間崩潰倒塌。所以，一定要在每個階段裡解決當下的問題，再進入下一個階段。要想寫出好作品，必須一步一步走過正常、正確的過程。

讓我們回到鑽石故事上，也就是主角必須到聖母峰山頂上找到鑽石、帶回寶石展覽場的故事。這裡，表面上最強大的敵對者是誰？聖母峰嗎？還是知道主角計畫的某人？請不斷嘗試代入更強大的敵對者。我們需要努力去設計更強而有力的敵對者。比方說，假如主角有「懼高症」的話，他該怎麼辦？

— 主角要把聖母峰上的鑽石拿回來。
— 有懼高症的主角要把聖母峰上的鑽石拿回來。

哪個敘述看起來更辛苦？在這個故事裡，我會把懼高症視為敵對者。

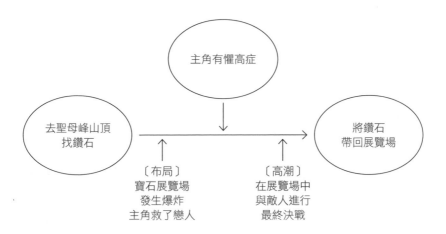

創作故事時，請各位努力不斷代入更強大的敵對者，直到所有疑慮都消除為止。如此一來，最終一定會有符合情節需求的強大敵對者在故事裡占據一席之地。各位應該投入時間與精力來建構敵對者，因為這是最大程度擴大故事格局的必經過程。建立最強大的對手，是故事的核心主軸。

　　在時間長達兩小時的電影中，敵對者設定完成會落在開演後一小時左右──如果是全十六集的電視劇，則會在播出第八集至第九集的時候。

　　有強大的敵對者，就像在整個故事的中心，矗立著一個穩如泰山的路標。這路標在整個故事中是非常重要的東西。設定好強大敵對者，接下來才能完成「情節三角」。

05

次要敵對者的設定

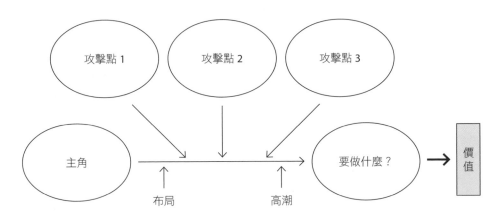

攻擊點1與攻擊點3就像在搭帳篷時,從兩邊豎起支柱、撐起帳篷的兩翼。就位置來看,攻擊點1是從故事開始到中間點這個期間,主角必須經歷困難的地方;攻擊點3是從中間點開始到結尾的過程,這裡是主角再次經歷困難的地方。就內容來看,中間點是讓次要情節發揮功能(輔助主要情節)的地方。

如果這是一個有懼高症的主角要登上聖母峰頂找回鑽石的故事,那麼它的攻擊點1與攻擊點3可以用下面的方式構成:

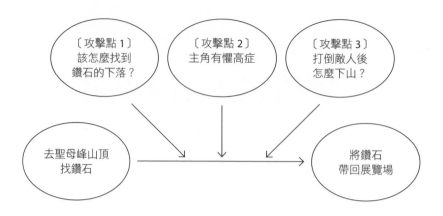

〔攻擊點 1〕
該怎麼找到
鑽石的下落？

〔攻擊點 2〕
主角有懼高症

〔攻擊點 3〕
打倒敵人後
怎麼下山？

去聖母峰山頂
找鑽石

將鑽石
帶回展覽場

　　現在，攻擊點 1 與攻擊點 3 的設定，是不是一目瞭然了？

　　只要構建好主要敵對者，次要情節也會很容易疊砌起來。如果你發現，不管你怎麼思考都很難設計次要情節，就有必要從頭重新確認你的故事，回到劇情的一開始，檢查主角的行動是否搭得上強大敵對者的設定。如果這些都設定得當，次要情節的設定沒道理會不順利。請重新回到敵對者的設定，確認讓主角痛苦的最大因素是否恰當，如果它也沒問題，再檢查困擾主角的次要因素為何，繼續嘗試代入攻擊點 1 與攻擊點 3。只有當主要敵對者與次要敵對者的關係在邏輯上能夠連結時，次要劇情才能完成。

06

表層敘事與
深層敘事

　　當你的主角、敵對者、布局與高潮都站穩了腳，現在是正式起跑的時候了。如果你是職業編劇，有必要在這裡停下來再好好思考一次。

　　在放手往前奔跑之前，你應該最後再確認一次你要寫的東西的價值。讓我們再次以鑽石故事為例。

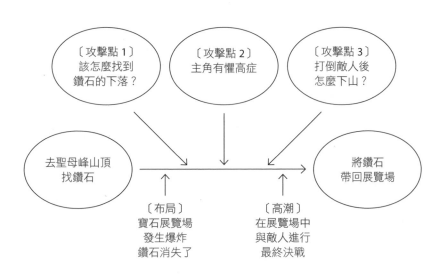

上圖這種表層敘事的故事情節，會藏著怎樣的深層敘事？讓我們一起來想想吧！

　　我們找不出來。老實說，這故事只是我為了說明故事創作的順序、順手編造出來的例子而已，所以不存在任何深層敘事。職業編劇應該深思熟慮之後，再開始進行故事創作。

　　如果你的故事本身就非常有趣，而你也深信它的劇情本身就具備充分的價值，不妨考慮將它寫成電視劇。反之，如果你很確定必須想到深層敘事後再動手寫，那麼寫成電影劇本會更適合。

　　是的，這並非對錯的問題，而是關於故事規模與深度的問題。寫作之人必須做出最終選擇。

07

交叉檢查

　　現在，讓我們回到起點，對所有內容進行交叉檢查。這是事前確認的最後階段，從頭檢查一遍整個創作順序裡的每個環節是否合理。

　　想想過去的你，有多少次你興奮地開始一個新題材，但沒幾天後就停下來，而且再也沒打開檔案繼續寫下去？為什麼會這樣？難道不是因為你根本還沒想透徹，就直接從「打字」開始嗎？希望未來你不會再犯這樣的錯誤。為此，我們需要進行最後的交叉檢查。

　　交叉檢查就是回到你一開始構思這個題材的那一刻，從頭到尾再整個想過一遍。各位只要按照下列順序進行就可以：

　　①回到最開頭，認真看著自己寫下的第一個句子大約一個小時。

　　②在腦海中確認主角的行動是否從第一個場景到最後一個場景都能順利進行下去，沒有銜接不上的問題。

　　③「布局」與「高潮」是否很明確地出現在你的腦海中？問問自己這些場景的類型意義是否都很清晰。

　　④花一小時左右思考自己創造的敵對者是否是最強大的敵對者。

　　⑤當你想到主角與敵對者在故事的中間點發生激烈衝突的場景，想想看

兩側的攻擊點會發生什麼事。

⑥如果這兩個地方也出現激烈的衝突，代表敵對者的位置是正確的。

⑦重複①到⑥三次。

⑧最後問問自己：「我能將完成這個故事嗎？」

⑨如果你有信心，就可以開始寫你的故事。如果答案是否定的，回到①重新來過。

08

撰寫故事

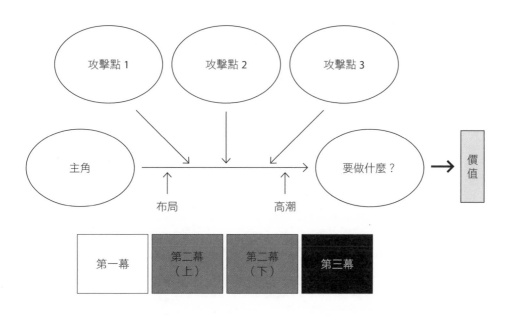

現在,開始寫作。整體設計圖已經完成,創作這條路上已經沒有阻礙。你只需要在設計圖之間,在準確位置上的路標之間,填上文字即可。這套設計圖十分穩固,不用擔心會走歪走偏。

假設你現在要寫一個時長兩小時、大約九十頁左右的劇本——五個圓圈再加上「布局」與「高潮」，這條路上已經矗立著七個路標了。當你一邊創作，也要一邊注意整體的結構。如果就時間來說，大概十七分鐘會出現下一個路標。倘若以頁數來計算，大約每來十頁會抵達下一個路標。

如果是寫電視劇劇本，每集以七十分鐘為基準，劇本大約需要寫三十五頁左右。首先，參照十六集的分集大綱，畫好每一集的詳細設計圖。開始寫之後，大概每五頁就可以看到一個事先準備好的路標。因為有路標，所以你只要放心向前推進就行了。

到處建立路標的寫作方式，跟以前只靠著模糊的期待與才能向前進的寫作方式相比，失敗的機率較小。但是，新手編劇還是有可能遇到出乎意料的下述情況：一，本來以為完美的設計圖，竟然還有問題點；二，想到比現有設計圖更好的創意。這兩種狀況的解決方案都一樣。請各位回到一開始的地方，從頭執行所有步驟，再回到這裡。

只要你好好按照整個過程走下去，一定可以完成你的故事。

第 11 章
各類型故事的寫作

你投入了很長時間來才訂出一個完美的計畫，現在終於開始動筆寫作了。剛開始的幾天會覺得很幸福，但是從第一幕的結尾開始，寫作的速度就會逐漸放慢，也會開始懷疑自己的作品到底好不好。

　　不用擔心，這是所有人的必經之路。只是因為各位還不太了解敘事的展開方式，所以才會遇到許多困難。同時，因為如果只是背誦公式，沒有辦法解答太多問題，所以我準備了這個章節。

　　如果你還弄不清自己的故事屬於哪個類型，應該先找出哪裡出錯了。如果你已經很清楚自己要寫什麼類型，就需要詳細了解順序。本章節就是要處理這個環節。

　　我會說明各類型寫作的特點與注意事項。請將前面學過的整體寫作「順序」，比對這裡要學習的各類型寫作「特性」，以增進自己的寫作技巧。你現在經歷的所有困難，在經過幾次這樣的創作過程後，都會慢慢消解。請各位不要動搖，繼續往前邁進吧。

01

愛情故事

（1）是哪個人的愛情？

愛情故事是展現某人愛情的類型，所以我們必須先決定是誰跟誰在交往。男人與女人、吸血鬼與少年、外星人與少女等等，選定主角是作者的第一要事。

確定誰是主角之後，接下來就要決定兩人一開始要如何相遇，之後又如何再次相會，也就是「布局」與「高潮」的部分。相遇的開始是「布局」，再次會面是「高潮」之處。請各位思考第一次見面的方法，以及重逢的方法。很多人都表示「布局」與「高潮」的設計很困難——線索其實是「布局」與「高潮」之間的連結關係。如果「布局」很困難，就請你想想「高潮」；如果「高潮」很困難，則可以再思考一下「布局」。「布局」中隱藏著「高潮」的線

索，「高潮」中也隱藏著「布局」的基礎。在你代入各式各樣的「布局」時，也嘗試同時思考「高潮」部分吧！

倘若像《新娘百分百》一樣，女主角在「布局」親吻了男主角，那麼在「高潮」的時候就會是男主角親吻女主角，兩人就此聚首。你可以利用這種方法，在「布局」中代入各種情況，就很有可能在某個瞬間決定了「高潮」的情境，讓你可以定下愛情劇本公式中的主角線。

（2）阻擋愛情的人又是誰？

兩位主角、他們的相遇都確定下來後，就要立刻創造妨礙主角愛情的敵對者。敵對者可能是人類，也有可能不是。如果是人類的話，那就是兩位主角的前愛人或是（反對兩人交往的）兩位主角的父母等等，其他還有不同種族（白人、有色人、混血等）、特殊人種（狼人、吸血鬼、魔女、外星人），以及能夠成為深層敵對者的政治、外交、宗教、價值觀等等，雖然我們很難將這些事物形象化，但考慮到環繞著我們的文化與社會環境，還是有許多可能性。

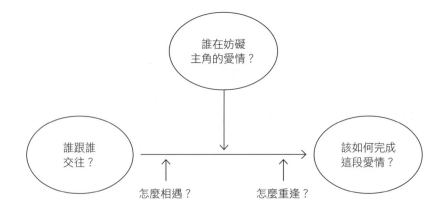

確立主要敵對者之後，就輪到設定兩側的次要敵對者。就像在類型分析裡那樣，愛情故事公式的左邊是接吻，右邊是分手。左邊是終於變親密的兩人才剛接吻就因為誤會而斷了聯繫（之類）的故事，右邊則是兩人其中之一或移民或出差，或兩人分手了。總之，是兩個人暫時分離的地方。

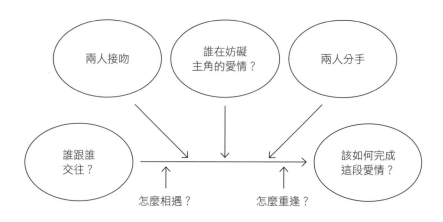

（3）這段愛情有什麼價值？

設計好主角與主角的相遇，以及兩個人的敵對者之後，我們要暫時緩口氣，想想主角這段愛情的價值。新手編劇會利用這時間確認整體結構，職業編劇則會用來確認今後將要投入多少時間，並評估完成故事後被投入製作的可能性。

如果是男人的母親來妨礙韓國男性與外國女性談戀愛的結構，這個故事比較適合晨間連續劇。如果敵對者是宗教，我們就要先探究這個敵對者會妨礙兩人的愛情到什麼程度，以及它在現在這個時間點上是否仍有價值。這時所謂「合理」的價值判斷並非依照作者的主觀來論定，而應該以他人的客觀意見為基礎。請各位盡可能聽取不同的意見，看看你的故事適合哪個媒體、看看你的故事有什麼價值。

雖然最終判斷仍是編劇本人的責任，但是多參考他人的意見，編劇的判

斷就會越合理。當判斷越合理，能獲得好結果的概率就提高。

（4）愛情故事 vs. 浪漫喜劇

從電影《初戀築夢101》上映的二〇一二年到二〇二〇年為止，在票房上取得重大成果的愛情作品，只有李錫根導演的《婚禮的那一天》（2018），以及金嫻潔導演的《醉後的浪漫》（2019）。我們有必要進一步區分這三部作品。

　　《初戀築夢101》是一部典型的愛情電影。相對地，《婚禮的那一天》和《醉後的浪漫》是浪漫喜劇。如果說得誇張一點，《初戀築夢101》是愛情故事，《婚禮的那一天》和《醉後的浪漫》則可以視為喜劇。

　　本書沒有特別劃分出喜劇的類型，這是因為我認為喜劇不是一種類型，而是風格。如果各位正在書寫愛情敘事，還請正確區別愛情片和喜劇。

　　喜劇愛情片與浪漫喜劇應該要有所區別。你的故事，究竟是愛情故事中摻雜了喜劇要素，還是喜劇故事中摻雜了愛情元素，我希望大家可以確實弄清楚了，再投入你的創作大業。

　　這種時候，我們必須分析近年作品的趨勢。如果是愛情故事，就使用愛情故事的公式；如果是喜劇，就以現有喜劇的分析資料為基礎，重新建構你的故事。一個編劇如果連自己的作品是愛情故事還是喜劇都搞不清楚，那麼觀眾能夠接受這個作品嗎？

02

人性戲劇

（1）發生了什麼事？

人性劇情片，顧名思義就是講述某個人的生活，是關於人的故事。但是，早上起床去上班，在公司工作，下班後喝一杯燒酒的例行公事，沒有拍成電影的需要，因為那是一種「狀態」或「狀況」。只有發生某種特別的事件時，這人的生活才會產生變化，並且因此有所行動。為了成就人性劇情片，必須發生能夠讓觀眾關心主角生活的特別事件。

電影《回到20歲》中，講述的是奶奶去拍照後變成年輕小姐的故事。電影《寄生上流》描繪的是貧困家庭的兒子去有錢人家裡當家教後發生的故事。決定「發生什麼事」，是創作人性劇情片時的第一順位。

寫過幾次人性類電視劇的人，認為這種類型在創作上最困難的一點就是「事件的發生」。這不是主角的行動，而是他面臨的狀態或狀況。人性戲劇是在講述主角的面前發生了特別事件，他再依據發生的事件做出反應的故事。若是順著主角的反應繼續寫下去，故事就不會前進，會在某個瞬間停下來。

「行動」就是故事，必須要往前推進；反應不是情節，所以無法推進故事。如果因為「事件的發生」是有趣的，因此急於開始創作的話，不久後陷入恐慌的可能性很高。然而，以事件發生為基礎的人性戲劇裡，有許多作品都獲得不錯的成果。理由是什麼呢？

答案可以概括為兩種。

第一個理由：事件的方向性。發生的這個「狀態」、「狀況」不應該終止，必須一直維持到故事結束為止。《回到20歲》中的吳末順在拍照後成為吳杜麗，觀眾會將注意力放在事件上，猜測以後會如何展開故事，自然而然地跟著情節走，好奇老奶奶會繼續以年輕小姐的面貌活下去，還是會恢復到她原來的樣子。

當觀眾好奇事件的方向與走向，這個內容有其價值，在最終目的地引發共鳴時，故事就會爆發。編劇要做的，是寫就一個「事件發生後，讓觀眾無法移開視線、可以持續下去且有方向性的故事」。相反地，如果事件發生是瞬間、暫時的狀態或狀況，這個故事就難以完成。就算你好不容易完成這個故事，也很有可能不是長篇故事，而是一個短篇。短篇故事是不一樣的思維；它有些時候適合用來描述瞬間、短暫的事件。

如果你要寫的是長篇故事，必須好好確認事件發生之後的後續故事有多少份量、事件的方向性強弱、這個方向性會持續多久，以及進行的速度有多快等等。

第二個理由：人性戲劇裡，不是由主角來主導故事。在「布局」裡，主角不會主動創造情節。而是發生了特定事件的「動作」，主角再對此做出「反應」。

《回到20歲》裡，吳末順奶奶變成年輕小姐後，是看到自己改變後的模樣後做出反應、回應，不是在老奶奶自己的刻意計畫下變成年輕小姐。

人性戲劇就像驚悚電影或災難電影一樣，「發生的事件」才是真正的主角，而那個事件代表的正是作者的世界觀。編劇為了向觀眾傳遞自己想說的故事，按照自己的計畫引發了「那個事件」。換句話說，人性戲劇是以編劇為主角的類型。

所以，「布局」與「高潮」必須如下圖所式來安排：

在這裡，事件必須經過下述的事前檢查才可以發生。由於事件必須按照「編劇的計畫」出現，所以我們得先從它開始確認。

那麼，「編劇的計畫」從何而來？

（2）生活中什麼事很艱難？

「編劇的計畫」大部分誕生自編劇的觀點。我們在某些時刻，會突然想要發洩對特定對象的不滿，或是對社會某些面向的憤怒，等等。

從那時起，編劇就會開始思考：假如我要講一個這樣的故事，用什麼方法會最有效果？

在人性戲劇這個類型裡，編劇想說的故事通常會以敵對者的樣貌出現，所以敵對者會占據中間點的位置，支配整個故事。編劇的批判意識，則會在「布局」裡隨著編劇計畫的事件爆發而顯現。

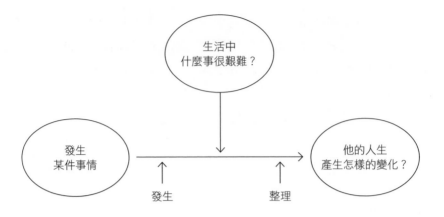

　　《回到 20 歲》的中間點，是變成年輕小姐的老奶奶，以客人的身份進入自己家裡。這個故事的難題是，以老奶奶的樣子（原來的我）不能出入自己家的現實。它從表面上看是婆媳矛盾，但是往深層看，是她將一生奉獻給家人，現在卻連安心待在家裡都不能。這也是編劇認為現今存在韓國社會中的問題。作者在梳理該如何好好傳達自己的想法時，認為如果把老奶奶換成年輕小姐，就能將這個問題點順利傳達給觀眾。

　　為了解決中間點提出的問題，攻擊點 1 與攻擊點 3 的安排如下：

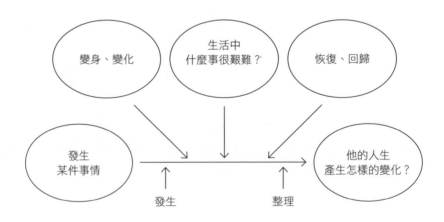

老奶奶在攻擊點 1 變身為年輕小姐，在攻擊點 3 則開始苦惱是要繼續以年輕貌美的樣子生活，還是回到原來的模樣。為了解開中間點的故事，編劇讓老奶奶在攻擊點 1 變成年輕小姐，在攻擊點 3 苦惱要選擇什麼外貌，以此確立了劇本的結構。依照這個順序來設計構成元素，這就是一般常用的人性戲劇創作公式。

（3）編劇想要傳達什麼？

人性戲劇是由編劇來主導故事，所以編劇的批判意識與解決問題的方法將會支配整個故事。換句話說，編劇的意圖與執行方法會成為故事的全部。這兩點將決定故事的價值。如果這個故事能跟觀眾產生共鳴，作品就會得到好的評價。

但這一切並不容易。一般來說，光是推敲這些內容就需要兩年左右的時間，我們也很難預測作品完成時的世界或社會又是怎樣的光景。儘管如此，身為編劇應該要能夠對世人的想法、世界的走向來進行自己的預測。

《回到 20 歲》展現的是，即使為兒子犧牲一切，卻在不知不覺間成了兒子的負擔──這就是我們這個時代的奶奶（母親）；電影《七號房的禮物》讓我們看到，因為善良反而蒙受傷害的主角，吐露了委屈小市民的憤恨；電影《雞不可失》提出了在韓國生活本身就是「極限職業」的議題；《寄生上流》也提出自己的定義：生活在資本主義社會，有如貧窮人家偷偷住在有錢人家的地下室。

你正在創作的人性戲劇故事，應該包含對於我們所有人如何生活的答案。如果缺乏這一點，作品很難得到好的迴響。反之，即使你有把它寫進去，但是在故事公開時，觀眾對它無法產生共鳴，同樣很難獲得好的結果。各位不妨暫時停筆，先整理好你的想法，也多多聽取其他人的意見，然後再繼續寫下去。觀眾喜歡的是明確包含了編劇視野與觀點的人性戲劇。

恐怖故事

（1）什麼東西很恐怖？

恐怖電影的情節很簡單，就是讓什麼事物出現，進一步折磨主角的故事。

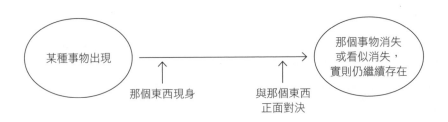

某種事物出現 → 那個事物消失或看似消失，實則仍繼續存在

那個東西現身　　與那個東西正面對決

　　如果要你要寫恐怖故事，當然要先決定折磨主角的「那個東西」是什麼。人類最害怕的事物究竟是什麼？我想應該是……人類吧！恐怖電影中經常出現的鬼魂其實也是（死去的）人。

　　當然也有讓鯊魚、鱷魚、恐龍、怪物來折磨主角的故事，但仔細想想，背後一定有製造出這些東西的人。舉例來說，復育滅絕的恐龍、利用轉基因技術製造的巨型鱷魚、在漢江傾倒有毒物質，或是製造出怪異生命體……這

一切的背後都是人類。

因此，請先決定折磨主角的對象是人，還是死去之人變成的鬼。又或者，是人類創造出來的生命體？不要忘記，不論它以何種形式出現，歸根究柢都是人類，或出自人類之手。

（2）我們為了什麼覺得害怕？

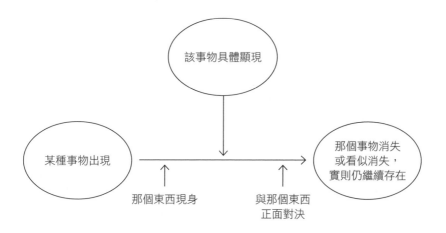

恐怖電影的中間點，是公開揭露「那個東西」真面目的地方，是觀眾藉此發現恐怖的根源何在的地方。

那個東西會驀地出現在屏氣凝神、摸索著前進的主角面前。然而，故事的深層目的不於在此。中間點是觀眾與自己的無意識直接衝撞的地方，也在這裡確實領悟到隱藏於日常生活中的恐懼。

編劇應該在這裡明確表達自己想要展現怎樣的恐怖，同時必須闡明為什麼這個東西會摧毀我們的生活。因為是鬼魂，因為我們會害怕，因為令人感到恐怖──如果只是這麼單純的理由，這個作品就會被觀眾打入冷宮。

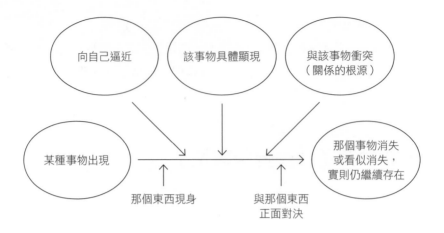

中間點是恐怖化為實體存在的地方，攻擊點1與攻擊點3則要講述主角與它的關係。比方說，如果編劇認為我們社會的恐懼是失業，那麼中間點就應該出現因為失業而蒙受損失的「人類」、「死人」或「由此而生的某種物體」，同時在兩邊安排失業的緣由或反覆失業的緣由依據。

來看看以工廠宿舍為背景的故事吧！一名新進員工進到宿舍之後，總是看到奇怪的東西。在中間點出現的敵對者，最好是過去在宿舍裡含冤失去工作而死去的某個存在。攻擊點1，它讓新進員工瞥見它的身影；到了攻擊點3，新進員工只需要知道它冤死的根本原因就可以了。

主角會在「布局」中發現有什麼東西存在。攻擊點1就是知道它真的存在的地方。在中間點，那個東西會襲擊主角。在攻擊點3，主角會明白那個東西為什麼要襲擊自己。主角與鬼魂在「高潮」發生衝突。此後，鬼魂將會消失，或是看起來消失但實際上仍然存在我們周遭。這就是恐怖故事的基本創作方法。

（3）觀眾為什麼要覺得害怕？

恐怖電影的價值在於觀眾感受到的「恐懼的價值」，源自我們內心深處的焦慮不安。觀眾無念無想地走進電影院裡看恐怖電影，這時候，如果在電影中

逼近主角的恐怖，是觀眾自己在現實中會發生的事，那該有多可怕？觀眾對主角投入情感，嚇到不斷尖叫。直到走出電影院，那恐懼也不會輕易消失。回到家後，深夜裡獨自一人時，不由自主一直想起電影的內容。他整晚都沒睡好，第二天便告訴身邊的人：「那部電影太恐怖了！你一定要去看！我都沒睡好，一直想到劇情。」

　　只要那是所有韓國人都會產生共鳴的恐懼，作品就會得到好的結果。請各位嘗試去尋找那種恐懼吧！觀眾可以感受到「我的故事」的恐怖——只有那種恐懼才有價值。

　　一部將社會黑暗面剖成兩半、赤裸裸展現給觀眾的恐怖電影！觀眾正在等待這樣的故事。

04

驚悚故事

（1）惡魔的計畫是什麼？

驚悚故事是某人被捲入事件中的故事。就像恐怖片一樣，編劇的計畫要透過敵對者來揭露。這是不是以警察或犯罪者的形式出現的故事？沒錯，創作驚悚故事，必須先建構起敵對者的故事——不是調查案件的警察，而是要以正在進行犯罪行為的犯人視角來構成故事。

　　一部有敵對者登場的典型驚悚故事就是這種結構。就像我們前面一起討論過的《捉迷藏》一樣，敵對者會在高潮點與主角殊死決鬥中死亡，或是被抓住。也就是說，由擔任警察的主角一方取得成功的劇情十分常見。不過，也有那種敵對者直到最後都沒有被抓到、反而實現其計畫的故事。比方說，

電影《火線追緝令》或《哭聲》就是犯人或惡魔實現自己計畫的驚悚故事。
這種是讓敵對者成功的故事。不過，這是偶爾才能看到的特例。

　　大多數的驚悚故事都是由罪犯或惡魔啟動、結束整個故事，而不是警察。
敵對者會先引發事端，然後警察才投入調查。因此，根據事件的發展走向來
設計情節會比較合理。

　　敵對者的路徑有兩種：惡魔計畫失敗的故事，以及惡魔計畫成功的故事。
我們必須先確定，自己想寫的驚悚故事是像《捉迷藏》一樣，讓敵對者死亡
或被逮捕，還是像《火線追緝令》、《哭聲》一樣，讓敵對者成功達成自己
計畫。

　　創作驚悚故事的第一個階段，就是要決定這件事。惡魔的動線就是編劇
的思路走向，因此應該先決定編劇想要哪一種結局。我要說的故事，是讓犯
下惡行的惡魔消失、讓觀眾覺得痛快的故事，還是讓惡魔殺掉警察後繼續存
活下去、觀眾在回家路上時仍會覺得害怕的故事？這一點必須先確定。

　　當你確立敵對者的動線後，再加入表面上是故事主角、其實負責配角功
能的警察。下面讓我們用最後抓住罪犯的故事為例。

第一步，要以敵對者為中心設計事件。第二步，在已經發生的事件中加入警察的角色。從「布局」開始，故事會以警察追捕敵對者的視角推進。由於敵對者的計畫已經先設定完成，所以我們能夠輕鬆按照計畫來安排警察，只要讓他出現在可以妨礙敵對者計畫的地方就可以了。此外，因為我們先確定這是讓敵對者成功的故事（或是讓敵對者被抓住、死亡的故事），因此得以依照結局來調整警察的功能與位置。

喜歡驚悚題材的編劇與觀眾，通常也是喜歡智性遊戲的人，所以故事結構必須夠周密，不論再小的縫隙都要仔細檢查。從基本設計開始，不斷從犯案的罪犯視角和追蹤案件的警察視角交叉檢查，讓故事向前推進。編劇必須不斷切換這兩種角度，精密地編織起這兩條線。

從第一場戲開始寫，從頭到尾只用警察的視角在追逐犯人——這是二十世紀流行的傳統寫作法，很難設計出精巧的驚悚故事。千萬不要忘記，驚悚故事這個類型的特性是先有案件出現，然後才有警察加入。如果我們是用案件發生後才加入的警察狹隘視角出發，就無法寫出精密的驚悚故事。

是犯下罪行的惡人制定的計畫比較精巧，還是追捕犯人的警察制定的計畫更精巧？

追查案件的警察沒有積極主動的計畫。當然，警察會為了解決事件而不分晝夜努力奔波，但是他不會知道他期盼的線索會在何時出現、怎麼出現。警察追蹤著不知何時會出現的線索，這樣不穩定的動線能夠編成一個精巧的故事嗎？

所以，我們要用知悉一切的敵對者視角來設計整體故事，再在空隙之間安插警察的位置。此外，先設計好敵對者的故事結構，就可以設計出乎觀眾意料的反轉劇情，因為觀眾會以警察的視角來觀看電影，所以沒辦法掌握所有的資訊。相反地，事先設計好敵對者的作者掌握了所有資訊。在觀眾和自己訊息不對等的地方，加入你掌握的資訊，就可以讓觀眾瞠目結舌。寫作時，必須不斷拿捏丟給觀眾的資訊和編劇自己掌握的資訊，也是創作驚悚故事的

特點。

（2）我們在害怕什麼？

恐怖電影的中間點，應該設計一個「令人覺得驚嚇的事物」。那驚悚電影的中間點呢？正確答案是「令人恐懼的事物」。恐怖電影裡，妖魔鬼怪是設計「令人覺得驚嚇」的對象，驚悚電影中的殺人魔則是設計「令人恐懼」的絕佳素材。精采的恐怖電影會讓觀眾回家後，猶豫要不要關掉（房間裡的）燈；精采的驚悚電影則會讓觀眾走在回家路上時，不時地回頭張望。設計這種恐懼感，正是創作驚悚故事要面對的課題。

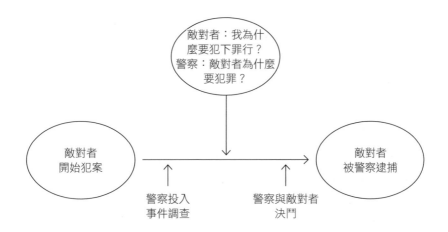

驚悚片大部分的恐懼都源自罪犯有如惡魔般的思考與大膽的犯罪行為。當觀眾的恐懼感達到頂點，就是他們出現下面這種想法的時候：「我也可能會遇到這種人！」在中間點，如果事件的真相與觀眾的恐懼能對接起來，就能成功達到這個效果。

製造恐懼也是創作驚悚故事的目標。因此，在設計案件的時候，除了執著於犯罪細節，也要深入思考你的犯罪目的與現今社會的關聯。觀眾用警察

的視角一起追查事件，認知到「現在社會中正在發生這樣的犯罪行為」、「我的周遭隨時有可能出現受害者」、「我也有可能成為受害者」。當恐懼化為實體、輕輕拂過觀眾的頸項時，驚悚故事的目的就達成了。

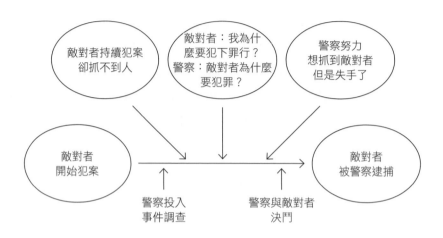

（3）我們的社會為何會這樣？

我們出生在韓國，每天都會看到社會上發生許多事件與事故，絕大部分是透過新聞得知相關的消息。即使是同樣性質的事，在自己國家發生的事件也比在國外發生的更接近我們，因為可能它明天就會發生在自己身上。

驚悚電影裡出現的那些事件，也應該與新聞中會出現的事件有所差異。它必須是讓整個社會為之震撼的大事，全體國民都感到恐懼，更是威脅到大韓民國存在的事件。以過去發生過的事件為主題的劇本也一樣。過去的事件應該具有值得被召喚到現代社會的價值。驚悚故事與現實的接觸點非常重要。你應該讓觀眾感覺過去的事件即使在現代也有可能發生。

《殺人回憶》透過連環殺人犯講述了一九八○年代韓國社會的不安，《捉迷藏》則描繪了自己的家園可能會被不名人士奪走的恐懼。《哭聲》雖然不是真實事件，但它拋出我們該如何面對惡魔誘惑的根本性問題。好的驚悚故

事可以展現同時代之人感受到的恐懼根源。

在寫驚悚故事之前，比起小奸小惡的犯罪細節，各位更應該仔細觀察全體國民心裡的巨大恐懼。你會從某個時間點開始看見韓國的脆弱，那就是我們社會的結構性弱點。如果你想寫出好的驚悚故事，不要只是單純寫出案件，而是要講述社會的裂痕，它越能揭露出我們社會的根本問題就越好。請各位透過事件，赤裸裸展現我們社會的黑暗面。

表面上來看，驚悚故事是在描寫事件，但是從深層的角度去看，它是在臨摹整個社會。請各位謹記這一點來選擇你的事件，再去設計敵對者的計畫。社會的樣子應該透過事件來展現。如此一來，觀眾就能產生強烈的共鳴，使你的作品取得好的成果。

05

劫盜故事

（1）打算偷什麼東西？

在這個類型中，應該有幾個人集結在一起，準備要偷什麼東西。一般來說，像是《漢城大劫案》裡是偷取現金，或者像《神偷大劫案》裡是竊取寶石。都是非常昂貴的目標，對吧？為了共同的目標而召來許多人，但最終能達成目的只有一個人，那人就是真正的主角。事實上，這個主角為了達到個人的目的，自己訂下所有的計畫。劫盜片的表層敘事是要竊取某個物件，深層敘事是計畫這一切的主角要進行報復。

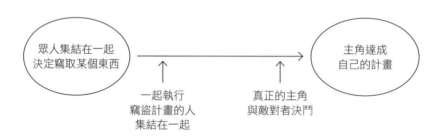

劫盜故事表面上的目的是盜取特定物件，看起來像只要決定了竊盜的目標，故事很快就可以完成，但真正下筆之後，就會確實感覺到創作這類故事實在不容小覷。主角偷竊的對象不會是單純的物體，那是與他的過去或跟我們社會有關的象徵。

《神偷大劫案》裡，朴澳門打算要偷的鑽石，是他父親被殺害時、放在父親面前的象徵性物品。那個躲起來、看到整個過程的少年，在長大成人之後，決定要為父親報仇，邀請許多人一起來偷鑽石。電影《暗殺》裡沒有要盜取什麼東西，角色們聚在一起是為了暗殺某人。表面上，他們的暗殺對象是朝鮮日治時期的親日派人物，但在深層意義上，是解放之後直到今天仍遺留在我們社會裡的親日派勢力。

確定主角們要偷什麼東西，將會決定這是個什麼樣的故事。這個物件必須蘊含著故事。如果光只是昂貴的寶石，就會減損情節的價值。所以它必須是飽含主角怨恨的寶石，或是一顆可以扭轉國家歷史的寶石。比起物質上的價值，該物件的故事價值更能導引出有趣的故事。

（2）為什麼要偷？

確立目標之後，必須交代他們為了實現目標而準備的過程。第一幕的最後，他們會進行作戰會議；他們執行計畫的過程，通常出現在第二幕（上）裡，而「計畫執行失敗」會占據劫盜片劇本的中間點位置。

表面上看起來，計畫執行失敗了，但透過這個過程，主角埋在底層的真正計畫會顯現出來。

《漢城大劫案》中，崔昌赫（崔昌浩）說出「當時來了一通電話」台詞的同時，是披露他真正計畫的地方。《神偷大劫案》裡，那一刻就是朴澳門對其他竊盜成員發出「各位忘了鑽石吧。我會自己去見魏宏。」這則簡訊的地方。

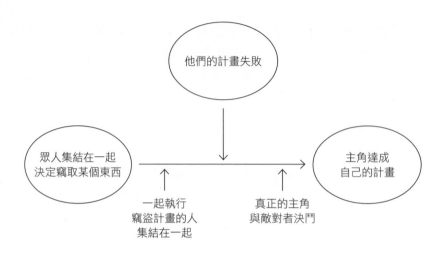

　　劫盜故事的攻擊點 1 與攻擊點 3，是解開該物件個中故事的地方。在攻擊點 1，跟盜取物件有關的人會聚集在一起，訂定竊盜行動計畫。在攻擊點 3，一起制定計畫的人會醒悟他們的計畫為何失敗。換句話說，他們將會發現，是該物件的過去讓主角把他們找來，並帶領他們一路走到這裡。正如前面所說的，登場人物要偷的物件當中必須包含某個緣由。這個物件本身負責「情節三角」，而它的相關歷史負責次要敘事。

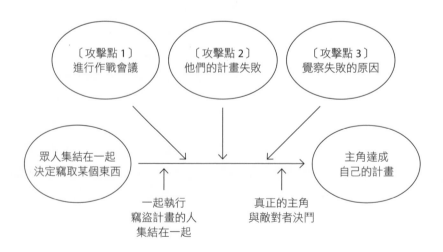

（3）劫盜之後能得到什麼？

劫盜故事的結構就像愛情故事一樣，公式簡單又明確。

愛情故事劇本中，萌生愛情的前半部劇情與兩人暫時分離後再重逢的後半部劇情，會以中間點為基準，恰如其分地連結在一起。同樣地，在劫盜故事劇本中，為了達到目的，成員們進行事前準備、執行計畫的前半部劇情，與「逆向追蹤」失敗的原因、領悟到主角原始計畫的後半部劇情，兩者必須緊密地結合起來。

當情節越是簡單，深層敘事就越重要。在愛情故事中，最重要的問題是該呈現什麼樣的愛情。它必須是有價值的愛。反之，在劫盜故事中，藉由執行計畫來獲得什麼事物是最重要的問題，因此登場人物想竊盜的東西必須具有絕對的價值。

06

動作故事

（1）為什麼一開始就要打？

動作電影充滿爆發性，從「布局」起就展開激烈的鬥爭。用什麼工具都無所謂，主角與敵對者會竭盡全力去戰鬥。它可以是兩人從一開始就開打，也可以是主角按照主角的路線對上敵對者的手下，而敵對者槓上主角的助手分別戰鬥。

　　動作片的劇本必須在布局點爆發，之後在高潮點再次爆發，但是要寫出這種激烈的衝突非常不容易。「來一場爆炸就行了吧？」我們抱著這種輕鬆的心態開始，但很快就會明白：情感的爆發才是真正的布局。

　　如果你只有暴力衝突，那是「動作」；如果你讓暴力與情感激烈碰撞，那才叫做「動作故事」。在「布局」裡和暴力一起爆發的感情，必須一直延續到「高潮」，絕對不能減弱，而是要一貫地持續到最後。

　　如果在「布局」中爆發的感情不能連到高潮，它作為動作故事的價值就會減弱。因此，我們必須清楚展現那份從「布局」一路傳遞到「高潮」的情感。

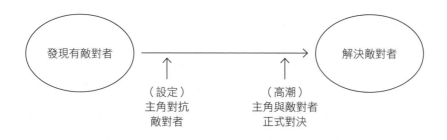

　　這就是動作類型故事中的主角情節。那麼，主角應該對抗誰呢？只有將這件事確定下來，我們才能決定「布局」、「高潮」的細節，以及動作的形態。敵對者可能是人類，可能是外星人，也有可能是神話中的生物；可以是指特定的環境，也可以是某種災難。不管是什麼，請先決定敵對者的面貌，而且他一定要是在戰鬥中可以讓情感爆發的對象。

（2）要打到什麼程度？

選擇敵對者時，首先要考慮的是：他是主角的敵對者，還是社會的敵對者？

　　雖然主角擁有針對性的敵對者也不錯，但由於動作電影裡也會存在深層敘事，因此若想要深入挖掘故事，比起主角個人的敵對者，讓他作為我們大家的敵對者會更好。跟主角戰鬥的敵人必須有他的價值，主角與敵對者的鬥爭也才會產生價值。敵對者不該只是單純的壞蛋，而是必須擁有讓所有人都承認的「絕對之惡」。

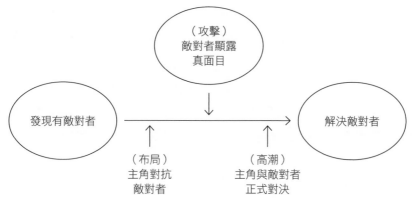

確立敵對者之後，他就要竭盡全力阻止主角前進的道路。主角與敵對者的衝突不能顯得薄弱，兩者之間的矛盾必須醞釀至最大，因為矛盾越大，觀眾的反應就越大。觀眾之所以來看這個故事，就是為了主角和敵對者之間的動作場景。為了滿足觀眾的需求，主角和敵對者彼此的鬥爭應該要極盡激烈、極盡新鮮之能事。他們發生衝突的碰撞點應該以動作的形態呈現，究竟是要開槍還是發射導彈，又或者是直接肉搏對打，這些都要精準明確設計好。

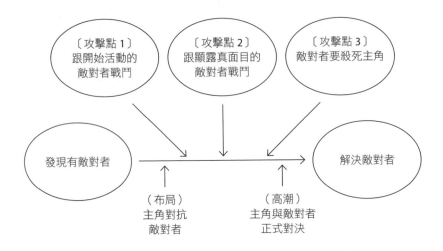

（3）這場鬥爭的價值是什麼？

　　以前的武俠電影中經常出現「父母的仇家！接我這一刀！」這種台詞。如果這是主要台詞，那就是一場小格局的鬥爭。當敵對者是能讓韓國人民都產生共鳴的個人或團體，就會變成「我與我們社會的敵人」之間的鬥爭。比方說，敵人應該是南、北韓關係中的「北韓」，或是資本主義社會的「有錢人」。

　　如果敵人是北韓，不論是在板門店[27]、非武裝地帶、第三國，要在那裡發生槍戰或發射導彈，或是讓南、北韓軍人展開激烈戰鬥，例如《柏林諜變》

---

27 南北韓非軍事區。南、北韓於 1953 年 7 月 27 日簽訂休戰協定的地點，位於朝鮮半島中部、北緯三十八度線以南五公里處，

（2012）、《諜影殺機》（2013）、《鋼鐵雨》（2017）等作品。其次，如果敵對者是資本主義社會的富豪，那就要設計出象徵財閥集團的豪華住宅與象徵普通平民的破舊社區等場所，展現出有力量之人與沒有力量之人身份差異的動作場景，例如《末日列車》（*Snowpiercer*, 2013）、《辣手警探》（2015）裡呈現的畫面。

　　向觀眾展現多元化的動作場面是動作類型的使命，但故事裡必須出現能夠讓韓國民眾充分產生共鳴的敵對者，主角也要以至今為止從未見過的嶄新動作跟敵對者進行激烈打鬥。因為，觀眾想要的是值得他們空出時間來看的動作戲。

07

電視劇

電影劇本和電視劇劇本，與其將它們視為「劇本的類型」，我希望各位是用「敘事媒介的類型」來理解與看待。

（1）整體設計

電視劇本應該從全十六集的情節（整體劇情）設計開始。

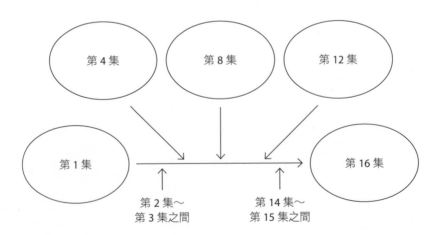

完成前頁的整體劇情設計圖之後，開始著手進行每一集的設計圖。

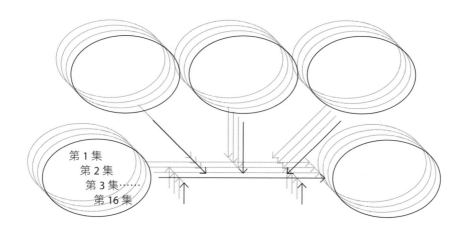

第 1 集
第 2 集
第 3 集……
第 16 集

因此，我們會需要一張整體設計圖，加上十六張單集設計圖，總共有十七張，之後各位只要按照這套「故事的公式」來寫就可以。

在你架構整體故事時，也要先確認各個角色的故事。等一結束十六集的各自設計之後，就要開始設計角色。

（2）角色設計

雖然電視劇的登場角色繁多，但我們只需要先確定最重要的主角，再以主角為基準開展整個故事就可以了。再來是確定第二主角，並設定他的整體動線。

電視劇跟電影不一樣，敵對者會不只一個，所以我們也需要設定以敵對者為基礎的動線，最後再同時檢視這三者的動線，這樣就能大致掌握全十六集故事的整體框架了。

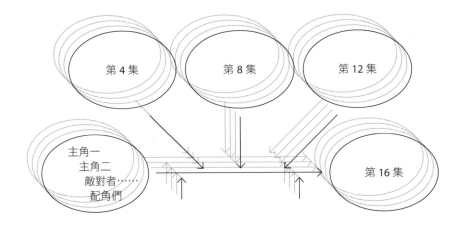

　　如果第一主角、第二主角與敵對者的動線，已足夠讓你設計好整個故事，你就可以用這三者的動線設計圖來打造全十六集的整體設計圖。如果還不夠，就再增加一、兩個次要人物。然後，當你將各個人物的動線設計圖整合起來，就可以清楚看到故事的整體設計了。

　　整體十六集的設計之中，最重要的是主角的動線。只有當主角的動線夠明確，對於往後設計每一集的內容才會有幫助。假如每一集的故事份量沒有正確分配，整體設計圖就形同虛設。

　　確定整體框架後，每一集都要重新整理結構。按照到目前為止設計好的人物，訂定每一集的目標，確認角色具體的詳細動線，然後將每一集主角遭遇的困難安排在中間點以抓住主軸。

　　下面讓我以兩男一女的三角關係為例，說明一部全十六集的電視劇，從男人、女人與另一個男人的立場依序構成。我先聲明，這不意味這是一個好故事，只是用它來示範角色的配置。

　　首先，我們要為三個人物制定十六集的故事動線，然後合併他們們的動線。這時，我們可以看到每個人物在第 4 集、第 8 集、第 12 集、第 16 集的主要動作。當大架構確定了，我們要進入每一集的角色構成。

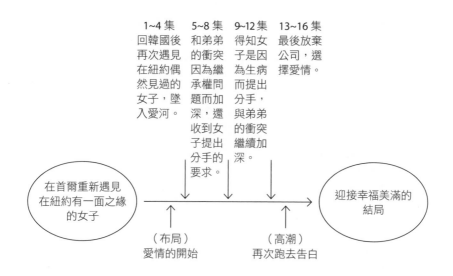

第1集，三位主角初次在紐約相遇。在紐約工作的男主角，為了公司的事務而必須前往韓國。在紐約，他曾經偶遇女主角一次。男主角的弟弟——也就是第二男主角——來到紐約分公司，聽說了有個同父異母的哥哥將要繼承父親公司的消息。最後是，在紐約進修語言的女主角，正在辛苦地四處投遞求職履歷。

第2集，結束美國生活的男主角，搭上飛往韓國的班機。此時，女主角也決定要回韓國，坐上同一班飛機。另一方面，男主角與他的弟弟在不知道彼此身份的情況下，在頭等艙比鄰而坐，兩人發生小爭執。女主角是坐經濟艙的窮留學生，所以不知道這段過程。總而言之，第2集的結尾處，這三人在同一家公司（男主角父親的公司）相會了。

上述的故事雖然不怎麼樣，但具備了所有基本元素。這部電視劇有三個主要角色，所以也需要從女主角與身為第二男主角的弟弟角度出發來構成劇情。像這樣，分別從主要人物的視角來檢視，就可以完成十六集電視劇的整體結構。

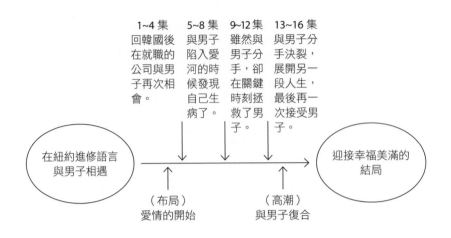

1~4集
回韓國後
在就職的
公司與男
子再次相
會。

5~8集
與男子
陷入愛
河的時
候發現
自己生
病了。

9~12集
雖然與
男子分
手，卻
在關鍵
時刻拯
救了男
子。

13~16集
與男子分
手決裂，
展開另一
段人生，
最後再一
次接受男
子。

在紐約進修語言
與男子相遇

迎接幸福美滿的
結局

（布局）
愛情的開始

（高潮）
與男子復合

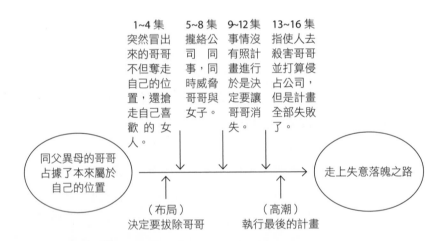

1~4集
突然冒出
來的哥哥
不但奪走
自己的位
置，還搶
走自己喜
歡的女
人。

5~8集
攏絡公
司 同
事，同
時威脅
哥哥與
女子。

9~12集
事情沒
有照計
畫進行
於是決
定要讓
哥哥消
失。

13~16集
指使人去
殺害哥哥
並打算侵
占公司，
但是計畫
全部失敗
了。

同父異母的哥哥
占據了本來屬於
自己的位置

走上失意落魄之路

（布局）
決定要拔除哥哥

（高潮）
執行最後的計畫

　　電影只有兩小時的固定時間，所以劇本必須在深入內容挖掘的深層敘事中決出勝負。我們應該發揮「去死吧！」這種決一死戰的氣魄，去死命構思形成表層敘事的情節和構成深層敘事的深刻意義。比起角色，這裡更應該關注故事情節。

　　相對地，通常一集七十分鐘、全十六集的電視劇劇本，它構成整體故事的方法必然會不同於電影劇本。

當你在寫說明整部電視劇內容的企畫時，整體劇情的構成非常重要。完成整體劇情之後，開始撰寫分集大綱時，每個人物的動線很重要，因為唯有掌握了每個角色的動線，才能建構起每一集的故事。

就電視劇來說，先畫好貫穿全十六集的整體設計圖，掌握各個角色的動線，以此為依據去建構每一集故事——這是非常有效率的方法。電視劇創作的特性是需要同時考慮十六集整體的結構與單集各自的結構，所以故事情節和角色的重要性必須同等視之。

最後，這裡再次整理電視劇創作過程如下：

①以全十六集的架構來設計整體劇情。
②設計每一集的故事。
③為每個角色設計十六集的故事。
④十六集的整體設計、每一集的設計、各個角色的設計，合併起來檢查。
⑤反覆確認步驟④的錯誤、不足之處、感情強弱等。
⑥按照已完成的設計，從第 1 集開始「打字」。

第 12 章
檢查事項

寫作未必有開始就一定有結尾。沒有結尾的文字，都有中途停筆的理由──換句話說，就是還有沒解決的問題。

　　雖然前面已經多次提過問題的根源，但是仍有一些尚未提出來討論的問題存在。接下來的章節是寫給處於停滯期、因為反覆修改而陷入困境的編劇。從剛開始寫作的業餘編劇，到即將提交簽約定稿的職業編劇──這些是每個階段的編劇都可以參考的重點，請各位自行翻到符合自身情況的地方參考閱讀。.

只要能完成第一幕，
就一定能寫完劇本初稿

我說過，有些人寫完第一幕後，就再也沒有任何進展。我也說過以後會向各位說明原因何在。現在好像就是那個時機點了。

讓我們以之前討論過的內容為基礎，進行原因分析。

— 沒有結尾場景。
— 主角的動線不明確。
— 沒有值得完成故事的內在價值。

你的故事無以為繼，也許正是由於這三個原因。換句話說，在創作的過程中，只要能夠滿足這三件事，就可以完成初稿。各位覺得如何？是不是覺得自己很有希望？各位寫的稿子是不是處於上面這些狀態中？也許你正是因為反覆在寫這種狀態的東西，不曉得問題所在，以至於總是卡在那裡。

請你從筆電的資料夾裡找出那些停在第一幕的稿子，檢查一下它們是否還有機會起死回生。下面我會按照圖表上的編號，逐一說明其內涵。

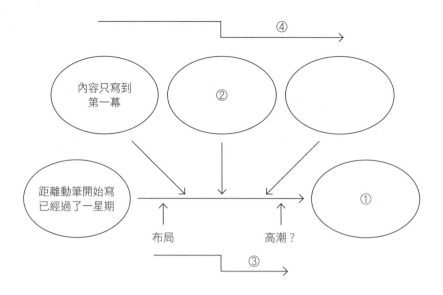

① 你必須找到故事的結尾場景。有始無終的稿子不是有機體，而是組裝品，這種稿子毫無生命力。目前看來，你的稿子不是生命體。如果不管怎麼想都不知道該怎麼安排結尾的場景，你最好就此停下。然而，假如你重新思考後，想到該怎麼安排結尾的場景，那麼它就是有生命的稿子，你可以讓它繼續成長。

② 以生命體之姿誕生的稿子，才有血液循環、才能成長。另外還有主角的動線，因為它才能夠想到結尾的場景。如果爬上山後卻發現沒有下來的路，就沒有所謂的動線。現在你有終點了，所以可以下山了。對了，中間點的敵對者呢？主角有了動線後，與敵對者有關的想法也會立刻浮現，因為我們只需要想出阻擋主角目標的最強大存在就可以了。如果你完全想不到任何敵對者，主角的動線是問題所在，需要回到①重新來過。如果主角的動線夠清晰明確，你可以馬上想出敵對者；主角的動線不明確的話，敵對者就不會出現。

③ 通過①與②之後，從現在起不會有太大困難。第一幕的稿子已經有了，我們可以在當中找到「布局」，以它為基礎來預設遙遠的第三幕「高潮」。大多數「高潮」是「布局」的成長狀態。「布局」裡有適合長大的種子；只要把它拿出來、使其花開，那就是「高潮」。如果各位覺得這個過程很困難，請思考自己想寫的是什麼類型。只要類型是明確的，現在的稿子裡一定包含著「布局」的種子。反之，如果想不到任何「高潮」的場景，代表稿子的類型不夠明確，或根本沒有類型：主角在「布局」裡看起來沒什麼前進的動力，所以你才會想不到「高潮」的場景。總之，如果沒有確切的「布局」，目前完成的第一幕在任何人的眼裡都不會合格。請立刻找其他人幫忙確認稿子。如果回饋不佳，就將作品重寫一遍，好好地完成第一幕，讓它有個正確的結尾。

④ 如果你已經透過「布局」找到第三幕的「高潮」，第一幕的結尾也已經完成，所以你現在可以展望第二幕（下）的結尾了。第一幕結尾與第二幕（下）的結尾是雙胞胎。既然第一幕的結尾已經完成，你可以用它來預設第二幕（下）的結尾應該是什麼樣子。如果你沒辦法經由第一幕的結尾來想出第二幕（下）的結尾，那麼目前第一幕的結尾就不是真正的結尾，必須重寫，直到它讓你可以想到第二幕（下）的結尾場景。當稿子沒有結尾場景，就沒有生命力，所以我可以冷靜客觀地勸你停筆，但是第一幕的結尾與第二幕（下）的連結，是熟練度與經驗的問題，所以這裡你沒有必要輕易放棄。現在就去找那些跟自己的故事相似的電影或電視劇來看，看它們是怎麼將幕與幕串起來，答案就在那裡。不過，我建議各位以近期的作品為主要參考依據，因為老作品裡的答案可能不適用我們這個時代了。請各位參考最新作品，找出適用於現今創作所需的答案。

只要完成了第一幕，劇本的初稿就一定能完成。

次要情節

　　梳理好主角的動線、安排好強大敵對者後，還有其他問題要解決——關於攻擊點 1 與攻擊點 3 的配置。各位在寫劇本時，經常會覺得敵對者有些不自然，或是無法支配整個故事。現在就來了解一下原因何在，以及怎麼解決。

　　這裡要再次以李滄東導演《生命之詩》的頂尖劇本為範例。

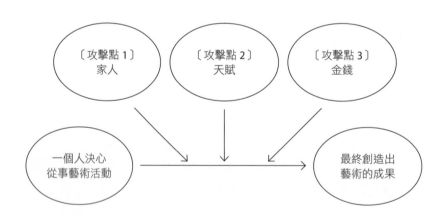

　　我們要來看兩邊的側翼：攻擊點 1 與攻擊點 3。當它們就定位，故事的邊界就會向外推，讓故事擴張。這兩個位置的安排並非單純為了折磨主角，也

為了在幫助主要敵對者的同時擴展故事格局。故事的這兩側屬於「雙胞胎形態」，所以經常形成對照或對偶的情況。雖然說起來簡單，但實際上要寫好並不容易。

下面我會把《生命之詩》的敘事以圖解方式呈現，重新進行說明。

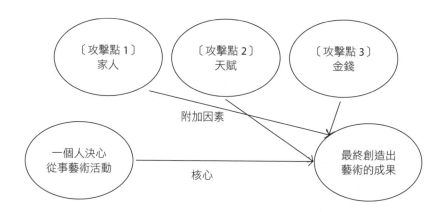

故事裡包含了主要情節與次要情節。「情節三角」負責主要情節，攻擊點 1 與攻擊點 3 負責處理次要情節。次要情節的功能是提供附加因素，可以將故事的邊界再向外推，也有掘入故事深層的功能。

《生命之詩》的核心是展現藝術。「從事藝術」這件事，最根本的困難在於缺乏天賦。這部片裡還有一些附加因素，那就是家人的反對與經濟問題。因此，這部電影想要表達的是「所謂藝術，基本上是有才能的人克服了家人反對和經濟上的貧困，並且投入全副身心後才得以實現的」。請各位比較下面這兩句敘述：

① 雖然想從事藝術，但是對自己的才能沒有信心。
② 雖然想從事藝術，但是對自己的才能沒有信心，再加上家人反對，經濟條件上也有困難。

上面這兩段敘述，哪一個比較適合寫成兩小時的故事？

當你加入攻擊點 1 與攻擊點 3 後，故事變得散亂，而且不論你怎麼帶入不同的想法也無法聚焦時，你應該回頭確認「要加入什麼才能對主要情節產生推波助瀾的幫助」。這也是告訴我們，攻擊點 1 與攻擊點 3 並非單純安排敵對者的地方，也是次要情節「關鍵字」落腳的地方，在兩側堅定地支撐著故事。

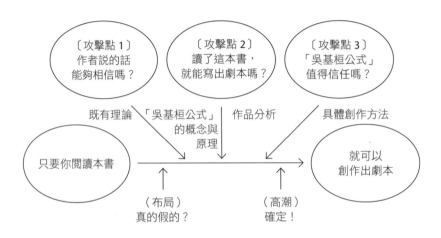

上圖是這本書的結構，前面已經出現過一次。現在我要讓它變形。

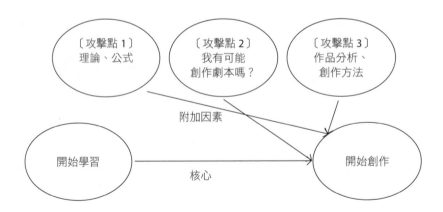

《【圖解】韓國影劇故事結構聖經》的關鍵問題是：「讀完這本書後，就能寫出劇本嗎？」作者的答案是：「只要認真學習這本書中提到的理論與公式，就能化解心中的焦慮不安，完成自己的作品。」這是本書的主要情節。讓我們來比較下面的敘述：

　　（「讀完這本書後，就能寫出劇本嗎？」）
　　─ 是的，只要讀了這本書就可以。
　　─ 是的，只要讀了這本書就可以。只要學習書中的理論與公式，系統性地學習作品分析與創作方法，就可以寫出劇本。

　　各位覺得哪個答案更讓人覺得信賴呢？攻擊點 1 與攻擊點 3 的存在，提高了作者想說的內容的可信度。透過這樣的「次要情節」，故事的展開也更加穩定。

　　故事裡存在著主要情節與次要情節。透過攻擊點 2 帶出的主要情節，是回答觀眾問題核心的地方。攻擊點 1 及攻擊點 3 提供的次要情節，支持、佐證主要情節的答案。因此，我們不可以隨意編排攻擊點 1 與攻擊點 3，而是要能補足攻擊點 2、使它更全面。

03

完成修改

　　我們已經看過幾乎涵蓋這世上所有關於故事創作的理論了，但應該還是有些人尚未找到答案。

　　不管你再怎麼問，答案都是一樣的。問題出在稿子本身。只要你把稿子處理好，問題就會解決。

　　接下來，我想要討論改本的問題。

　　假設這裡有一篇不太完美、感覺哪裡還有些不足的腳本。

　　各位讀者會怎麼做？是暫時拋開這篇稿子、轉頭去寫其他作品嗎？還是不斷思考問題點在哪裡呢？又或者是一直讓其他人來檢查（Monitoring）稿子呢？

　　應該有很多方法吧！拜託認識的人幫忙檢查稿子，以它為基準再繼續進行修改；將作品投稿至徵稿比賽，然後等待結果；獨自修改到自己滿意為止，可能花上好幾年時間……修改腳本的過程沒有正確答案，應該以編劇本人的標準來判斷。

　　我是會把稿子給其他人看、請他們提供意見的人，因為我相信自己會有

寫作上的盲點，所以會將作品列印下來給認識的人，請對方檢查與確認。如果稿子裡有奇怪的地方、台詞或是畫面指示，就請他們幫忙標記出來。他們若有任何評論或臨時想到什麼，我也會請他們直接寫在腳本上。一般而言，我會拜託大約五個認識的人，先參考他們寫在腳本上的意見，再約見面討論那些意見的前後脈絡。接著，我再將意見綜合起來，進行修改。

我認為必須提供各位的建議，是關於作品完成的時間。我不會為了寫一個腳本，花超過一年時間。我認為需要一年以上才能完成的作品本身就有問題。身為編劇，應該是個一直想要創作新東西的人。因此，你應該先確定「這篇作品要修改到什麼時候、修改到什麼程度」，或是設下「把這篇作品送去參加劇本徵選活動後，不管結果如何，我都要開始創作其他作品」這樣的時限會比較好，而這個整體時長最好不要超過一年。

一般的職業編劇，從開始創作到劇本被投入電影或電視劇製作，過程大約是一年半左右的時間。但是在那段期間，也不是完全只專注在那部作品上，同時寫兩、三部作品的情況也不少。因此我認為，將精力投注在單一作品上的時間，每個故事最多一年。當然，最後判斷是各位讀者自己的責任了。

講完時間的問題，接下來要來談修改的方向。

為什麼要修改？是因為自己感到不滿意，還是因為別人要求你修改？

如果是因為稿子內部的某些元素有問題，請回到這本書的開頭，重新確認情節的基本要素，例如主角與敵對者之間的連結關係、表層敘事與深層敘事的結合等等。但如果是外部出現問題，那就真的是個大問題了。

大部分的修正相關問題，有很大機率是來自外部，比如必須照投資方、製作公司、導演、製作組工作人員的要求進行修改。如果是編劇自己主觀上感到不滿意，只要確定好時間與方法，照編劇自己的行程與滿意度來進行即可，非常容易；但如果必須照外部的標準來進行修改，你必須先決定修改的比例、修改次數、修改時間長短等。

對於創作者來說，必須以他人的標準來評價自己的作品，這本身就是一種痛苦。但是編劇們都認為這是理所當然，而且每次都得經歷的過程。這時，如果可以先定好修改比例、修改次數與修改時間，整個過程會比較容易承受。

　　這一點，請各位務必在合約上寫清楚。我不是在鼓勵大家推卸責任。雖然編劇應該竭盡全力，但大家不要忘記編劇原來的義務。創造新作品的人是編劇，所以最好能夠最大限度減少被他人意見左右的時間，集中精力在自己的原創故事上。

　　編劇並非修改的人，而是創作的人。

04

讓作品走向世界

　　現在，該將你的作品交給這個世界了。如果是電影劇本，你必須將它寄給電影製作公司或投資方。如果是電視劇劇本，則應該將作品寄給電視劇製作公司、電視台的編製部門。假如你是兼職編劇，應該參加電影振興委員會、文化振興院、各地區影像委員會主辦的劇本徵選活動。有時候，你的作品會被製作公司或投資方放棄，但這些故事也有可能在偶然間流傳到著名的導演或其他編劇手中，並得以復活。

　　就像每個人都有自己的人生一樣，每個故事也有它自己的生命流向，誰也不知道它最終會流往何方。

　　好的作品，在任何地方都會得到好的評價。假設你將作品寄到某處，大約兩週左右就會有結果。各位必須知道，這個產業會給編劇的回應只有兩種。如果作品夠好，一週之內就會收到聯繫，接著在聯繫的當天或第二天，就會與負責人見面。反之，則是不會收到任何聯絡。他們不希望各位去主動聯繫、追問自己作品的缺點是什麼──基本上是不會告訴你的。倘若有人繼續糾纏，大部分都會得到這樣的回答：「你的作品還不錯，但這次好像不太適合我們公司。」這裡「還不錯」的意思幾乎等同於「差勁」。

　　因此，請去徵詢同儕的意見。你應該去拜託那些能夠以冷酷、殘忍方式

表達意見的朋友或前、後輩，聽聽他們的建議，就能夠掌握自身問題所在。雖然你當下會覺得很受傷，但只有經歷過這個過程才能成長。別忘了，編劇寫的作品必須走向社會大眾，而能夠走向社會大眾的作品並非「我自己的作品」，而是「我們的故事」。

故事的價值

關於故事情節創作的討論就到此為止，現在是時候向世界展現你自己創造的故事了。最後，我想針對寫作的外部環境，簡單而慎重地提醒一下。

大家是為了什麼而寫作呢？是什麼讓大家開始寫作？寫作的附加價值是什麼？我們是為了什麼，每天每天都在敲打鍵盤呢？

請對自己完全坦誠。

各位在期望什麼呢？

你的答案就是你的創作的「價值」。所有編劇都想講述自己文字背後的價值。很多人會這樣說：幾年前——或是很久以前、昨天——我突然想寫一個故事。這時候，必須仔細觀察「背後」，檢視編劇無意識的想法。究竟是什麼驅使編劇開始動手寫作？

藝術價值

電影產業中藝術價值較高的文本，會在坎城影展、柏林影展、威尼斯影展這些以作品成就為評鑑核心的舞台上浮出檯面。比起受到大眾歡迎，這種作品的編劇是以作品名譽為終極目標。我想問你們：

你期望的東西是什麼？是在世界級影展上獲獎嗎？你在無意識中真心渴望著什麼？

問問自己的內心吧。你打從心底期盼且想要的究竟是什麼？把你的答案放在內心深處，偶爾拿出來再想想。一開始設定目標時的想法，如今是否沒有改變？每一次你都應該再確認過。請認真詢問自己想要什麼、希望前往哪個方向。只有找到自己能夠接受的答案，才能產生與之相應的創作形態與過程。

「我應該獲得什麼獎，才能實現我身為編劇的成就？」各位必須一輩子想著這個問題。每完成每一部作品，都要提出來問自己。

商業價值

不管電影或電視劇，都會希望能夠獲利。沒有任何一間電影製作公司或投資方會拒絕票房與流行。它的指標明確、目標明確，而且十分客觀。我要問問想要寫出千萬票房電影劇本的各位：

你的人生目標是什麼？寫作是賺錢的手段嗎？還是你的人生目標？

也許大家的答案都差不多。如果照著觀眾可能會喜歡的風格去寫他們會有興趣的故事，你自然會得到物質面的回饋。接下來，我要再問一個更深入

的問題。

如果你賺到目標中的報酬金額，你就會停止寫作嗎？

這是一個關於慾望大小的問題。如果各位希望藉由寫作來獲得經濟上的成果，就有必要去調整慾望的大小。如果你沒及時且正確地調整慾望，「編劇精神」被「資本大小」吞噬的機率就會變高。不過，還是有人想要創作出可以巧妙融合藝術價值與商業價值的電影——在影展上獲得好評，也能吸引很多觀眾。

這個人是誰呢？

這個人就是你們。各位，兩者都想擁有對吧？但是這很不容易。請先取得其中一項成就吧，那樣的話就有可能達成了。
現在，我要問最後一個問題了。

你是藝術電影的編劇嗎？ 還是商業電影的編劇呢？

結語

　　直到今天，我仍然在使用公元前寫成的《詩學》來講課。此時此刻，地球的某個角落一定也還在上演希臘式的悲劇。人類是一種不會改變的生物，只是人類生活的世界發生變化而已。人的本質還是一樣的。人們仍然喜歡故事，也喜歡展開故事。我們彼此交談、分享故事的慾望不會改變。

　　雖然我們不會改變，但是我們身邊的環境會改變。原本會花金錢與時間到電影院的我們，逐漸開始藉由電視、電腦、手機來看電影。人工智能已經可以寫簡單的新聞報導。今後，機器人也會開始寫作，進行創作活動。但人工智能系統絕對沒辦法理解人類編劇坐在電腦螢幕前，茫然盯著空白的畫面，度過無數鬱悶的夜晚與苦惱的時間。

　　雖然人類不會改變，人類喜歡的東西卻在變化。由此可見，隨著時代的更迭，人們喜歡的故事也會不一樣。今後也會是這樣。看看現在的韓國電影就知道了。有一段期間大家說韓國只拍黑幫電影，也有過如果不是愛情電影就沒人想投資的時期。

　　在那些年代，誰想像得到韓國會走到今天這樣的未來？在即將來臨的未來，我們要寫怎樣的劇本呢？對於這個問題，我能提供的答案只有「好好觀察」。請各位將目光轉向外頭，細心觀察世界的變化，同時也傾聽自己內心

的變化。

請你們每天觀察現在的人都在喜歡些什麼。不管你用什麼方法都好，重要的是，明白這世界的一切都會改變的真理。請將這一點銘記在心，並且與時俱進。即使各位在寫的是悠遠過去的故事，也要記得讓它與現在人的情感有所連結；即使你寫的是遙遠未來的故事，也要謹記這些故事的觀眾是和你同時代的人。

在本書裡，我把所有的故事代入「吳基桓公式」來進行說明。對於這個公式，各位讀者可以認同，也可以反駁。這些都沒關係。我也拜讀了許多大師的劇本寫作書，被某些知識感化，但也有些部分是我不認同的。各式各樣的人，會用各自的方法去寫自己的作品，而這本書是我的方法。

我一直在問各位有沒有「屬於自己的工具」。《【圖解】韓國影劇故事結構聖經》就是一個能夠讓你找到它的工具。即使各位還沒有自己的寫作公式，也不用擔心或焦慮。我是下定決心要寫書、到了十年後的今天，才終於完成這本書。不知道這一點能否稍微安慰一下各位？

最重要的是大家對於寫作的態度、鍾愛的寫作方向，以及最終完成它的意志。在「情節」、「主角」、「價值」這三個關鍵之間躊躇思索，今日也徹夜未眠的各位，會是真正的勝利者。

最後，我想要告訴大家：「我支持各位的編劇之路。」

不管這條路是什麼形狀，不管這條路的終點何在，我真心真意地支持你。即使跑完這條路需要很長時間，各位也一定要跑到最後。別忘了，這世上所有人都在等待著你的作品。

【圖解】韓國影劇故事結構聖經：韓國影劇征服全世界的編劇法則
스토리 : 흥행하는 글쓰기

作　　　　者　吳基桓 (오기환)
譯　　　　者　郭宸瑋
封 面 設 計　萬勝安
內 頁 排 版　高巧怡
篇章頁製圖　Vecteezy.com
行 銷 企 畫　蕭浩仰、江紫涓
行 銷 統 籌　駱漢琦
業 務 發 行　邱紹溢
營 運 顧 問　郭其彬
責 任 編 輯　林淑雅
總 編 輯　李亞南
出　　　　版　漫遊者文化事業股份有限公司
地　　　　址　台北市103大同區重慶北路二段88號2樓之6
電　　　　話　(02) 2715-2022
傳　　　　真　(02) 2715-2021
服 務 信 箱　service@azothbooks.com
網 路 書 店　www.azothbooks.com
臉　　　　書　www.facebook.com/azothbooks.read
營 運 統 籌　大雁文化事業股份有限公司
地　　　　址　新北市231新店區北新路三段207-3號5樓
電　　　　話　(02) 8913-1005
訂 單 傳 真　(02) 8913-1056
初 版 一 刷　2022年12月
初版三刷 (1)　2024年3月
定　　　　價　台幣580元

ISBN　978-986-489-726-1

國家圖書館出版品預行編目 (CIP) 資料

【圖解】韓國影劇故事結構聖經：韓國影劇征服全世
界的編劇法則/ 吳基桓 (오기환) 著；郭宸瑋譯. -- 初版.
-- 臺北市：漫遊者文化事業股份有限公司, 大雁文化
事業股份有限公司發行 2022.12
408 面；17 x 23 公分
譯自：스토리 : 흥행하는 글쓰기

ISBN 978-986-489-726-1(平裝)
1. 劇本 2. 寫作法 3. 韓國

812.31　　　　　　　　　　　　　111018136